과학영재들과 함께 나누는
논리와 글

이춘근

1984년 2월 부산대학교 사범대학 국어교육과를 졸업하고, 2001년 8월 부산대학교 대학원에서 문학박사 학위를 받았다.

1984년 3월부터 부산광역시 중·고등학교에서 국어 교사로 재직하다가, 2005년 3월부터는 한국과학기술원 부설 한국과학영재학교에서 근무를 시작하여, 중간에 교감 보직을 수행한 이태를 빼고, 지금까지 학생들과 함께 화법·작문 등의 과목을 수업(修業)하며 그들의 잠재력에 거듭거듭 놀라면서 기쁘게 지내고 있다.

저서로는 『문법교육론』(2002, 이회문화사)이 있다.

과학영재들과 함께 나누는
논리와 글

초판 1쇄 인쇄 2020년 7월 21일
초판 1쇄 발행 2020년 7월 31일

지 은 이   이춘근
펴 낸 이   이대현

책임편집   이태곤
편   집   문선희 권분옥 임애정 백초혜
디 자 인   안혜진 최선주 김주화
기획/마케팅 박태훈 안현진

펴 낸 곳   도서출판 역락
주   소   서울시 서초구 동광로46길 6-6 문창빌딩 2층 (우06589)
전   화   02-3409-2055(대표), 2058(영업), 2060(편집) FAX 02-3409-2059
이 메 일   youkrack@hanmail.net
홈페이지   www.youkrackbooks.com
등   록   1999년 4월 19일 제303-2002-000014호

ISBN 979-11-6244-549-5   53800

*정가는 뒤표지에 있습니다.
*잘못된 책은 바꿔 드립니다.

*이 책자는 과학기술정보통신부의 지원을 받아 수행된 결과물입니다.

과학영재들과 함께 나누는
논리와 글

이춘근

Logical Thinking and Writing for Students gifted in Science

역락

이 책은 한국과학기술원[KAIST] 부설 한국과학영재학교의 작문 과목[논리와 글쓰기] 교재다. 교재를 어떤 체제로 만들 것인가 고민이 많았다. 2005년부터 영재 학생들과 함께 작문 수업을 진행해 오면서, 설명 위주의 교재와 강의 위주의 수업은 학생들이 견디지 못할 뿐 아니라, 그것이 효과적이지도 않다는 것을 깨달았다. 토론하고 협업하며 문제를 해결하는 활동을 중심으로 이루어지는 수업을 학생들은 가장 좋아했다. 이 교재는 이런 배경 가운데 나온 것이다.

이 책의 특징은 두 가지다.

첫째, 편제가 파격적이다. 1부는 '탐구', 2부는 '해설'로 구성하였고 각각은 13개 장으로 되어 있다. 1부 '탐구'는 모둠별 탐구 활동을 할 수 있도록 만들었다. 각 장[단원]을 '들어가며 > 학습 개요 > 탐구하기 > 쓰기 > 나아가기' 체제로 구성했다. '들어가며'에서 학생들은 출발점에서 그 장의 학습 내용과 관련하여 뭘 알고 뭘 모르는지 점검·확인한다. '학습 개요'에서 학생들은 핵심 내용을 간단히 익히고 탐구과제를 확인한다. '탐구하기'에서 학생들은 여러 가지를 탐구하면서 내용을 본격적으로 익힌다. '쓰기'와 '나아가기'는 논법을 다루는 장에만 있는데, 학생들은 '쓰기'에서 각 장에서 익힌 논법으로 한 편의 글을 쓰고, '나아가기'에서 외부 전문가의 글을 경험해 본다. 2부 '해설'에는 1부 탐구의 각 장에서 다룬 탐구과제에 대한 해설을 실었다.

둘째, 탐구 활동에서 다루는 읽기 자료는 학생들 글을 중심으로 편성했다. 좋은 글이 많지만 각 장의 학습 내용, 논법 및 논제 등을 고려하여 선별했다. 선배들의 작품으로 탐구하며 학생들은 자기의 눈높이에 맞는 글이라 좋아할 것이고, 강한 학습 동기도 얻을 것이다.

고마운 분들이 많다. 먼저 1년간 교육연구년을 수행할 수 있도록 기회를 준 학교, 특히 정윤 교장 선생님, 김훈 교감 선생님, 김영미 교무연구부장님께 감사를 드린다. 그리고 1년간의 공백을 참아주신 윤여민 인문예술학부장님과 국어과 선생님들, 행정적인 뒷바라지를 정성껏 해 주신 김세진 선생님과 백성연 선생님께도 고마움을 전한다.

따뜻하게 격려해 주신 카이스트 이광형 부총장님, 카이스트 과학영재교육연구원에서 1년간 방문 연구를 할 수 있도록 허락해 주시고 온갖 지원을 아끼지 않으신 곽시종 원장님과, 1년 내내 환대해 주신 류지영 부원장님, 정현철 센터장님, 손승목 팀장님, 이영주 팀장님을 비롯한 모든 연구원 선생님들께 고개 숙여 감사를 드린다. 또 연구실을 공유하는 불편에도 불구하고 성원을 아끼지 않으신 박광춘 교수님께도 고마움을 전한다. 이분들의 환대와 격려 때문에, 짧지 않은 1년을 타처라는 것을 잊고 지낼 수 있었다.

연구와 관련하여 자문해 주신 카이스트 인문사회과학부 이상경 교수님, 전봉관 교수님, 부산대학교 국어교육학과 김명순 교수님께도 감사를 드린다.

이 책자를 발간하기로 결단하신 도서출판 역락 이대현 사장님, 편집을 맡아 수고해 주신 이태곤 편집이사님, 안혜진 디자인팀장님께도 감사를 드린다. 3~4주마다 대전과 부산을 오가느라 가정을 소홀히 한 남편을 한결같이 따뜻하게 응원해 준 아내 김계숙에게도 고마움을 전한다.

마지막으로 글을 교재에 사용하도록 동의해 준 제자들과, 또 교학상장(教學相長)의 기쁨, 청출어람(靑出於藍)의 보람과 후생가외(後生可畏)의 설렘을 나에게 듬뿍 안겨준 많은 제자들, 저들과 모든 좋은 것들을 나누고 싶다.

2020. 7.
지은이

Contents

1

탐구

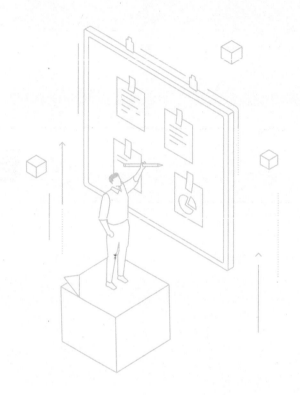

논리

제 1 장

논리적인 글

🎓 들어가며

1. 다음의 단어 풀이(표준국어대사전)를 참고하여 '논리적인 글'이란 어떤 글일지 정리해 보자.

- **논리(論理)**: ① 말이나 글에서 사고나 추리 따위를 이치에 맞게 이끌어 가는 과정이나 원리 ② 사물 속에 있는 이치, 사물끼리의 법칙적 연관 ③ 논리학
- **논리적(論理的)**: ① 논리에 맞는. 또는 그런 것. ② 사고나 추리에 능란한. 또는 그런 것. ③ 논리학적 지식에 합당한. 또는 그런 것.
- **논문(論文)**: ① 어떤 것에 관하여 체계적으로 자기 의견이나 주장을 적은 글. 그 체계는 대개 서론, 본론, 결론의 세 단계이다. ② 어떤 문제에 대한 학술적인 연구 결과를 체계적으로 적은 글.
- **논설(論說)**: ① 어떤 주제에 관하여 자기의 의견이나 주장을 조리 있게 설명함. ②『문학』=논설문. ③ 신문이나 잡지 따위의 사설.
- **논설문(論說文)**:『문학』어떤 주제에 관하여 자기의 생각이나 주장을 체계적으로 밝혀 쓴 글. 늑논설(論說) ②.
- **논술(論述)**: 어떤 것에 관하여 의견을 논리적으로 서술함. 또는 그런 서술.
- **조리(條理)**: 말, 글, 일, 행동이 앞뒤가 맞고 체계가 서는 갈피.
- **체계적(體系的)**: 일정한 원리에 따라서 낱낱의 부분이 짜임새 있게 조직되어 통일된 전체를 이루는. 또는 그런 것.

• 무엇을 다루는가?

_____

_____

_____

• 어떻게 쓰는가?

_____

_____

_____

• 왜 쓰는가?

_____

_____

_____

2. 위에서 정리한 것을 모둠원끼리 나누어 보고 논리적인 글에 대해 적절하게 규정해 보자.

_____

_____

_____

_____

_____

_____

우리는 의사소통에 수많은 글을 사용한다. 그 가운데는 논리를 중시하는 글도 있고, 다른 요소(이를테면 정서적 교감 등)를 중시하는 글도 있다. 논리적인 글만 중요한 것은 아니지만 우리의 의사소통에서 논리적인 글은 매우 중요하다.

이 책은 논리적인 글쓰기 능력을 발달시키는 것을 목표로 삼는 교과목의 교재다. 논리적인 글쓰기 능력을 발달시키려면 우선, 어떤 글이 논리적인 글인지를 알아야 한다.

이 장의 탐구과제는 다음과 같다.

- 필자의 의도
- 논리적인 글이란
- 논리적인 글 읽기

⚙️ 탐구하기

1. 아랫글을 읽고 생각을 나누어 보자.

1. 탁자 위에 무언가 반짝이는 것이 있다. 찌그러진 구형의 앙증맞고 순수한 표정을 짓고 있는 조그마한 것. 어쩌면 침묵의 요정이 무심결에 떨구고 간 눈물일까. 흔적을 남기기엔 너무나 여려 보이는 그 눈물도 그 나름의 투명한 그림자를 남기고 있다. 마치 흘러간 추억이 투명한 슬픔을 남기듯.

2. 물은 수질 오염의 정도에 따라서 1급수, 2급수, 3급수 들처럼 등급으로 나눌 수 있다. 1급수는 요즘 찾아보기 어려울 정도로 깨끗한 물이다. 간단한 간이 정수처리를 통해 먹는 물로도 이용 가능한데, 1급수 물에는 쉬리, 가재 등의 생물들이 산다. 2급수는 1급수보다 약간 더러워 약

품처리를 하거나 끓이면 식수로 이용 가능한 물이다. 여기에는 하루살이 유충들이 산다. 3급수는 고도의 정수처리 후 식수로 이용 가능할 정도이며 거머리, 다슬기 등의 생물들이 서식한다. 4, 5급수는 이것들보다 더욱 오염되었기에 식수로는 거의 사용이 불가능하다.

3. 수자원을 깨끗하게 유지하고 잘 보호해야 한다. 세계적으로 인구수에 비해 식수로 사용할 만큼 깨끗한 물이 얼마 남지 않았다. 또 한번 오염된 물은 정화하는 데에 막대한 비용과 시간이 든다. 더욱이 물이 오염되면 수중 생태계 전체가 파괴됨은 물론 그 주위 땅도 오염되므로 자칫 잘못하면 수자원과 동시에 여러 가지 자원들을 잃게 된다.

4. 기숙사 정수기가 문제다. 냉수와 온수가 모두 미지근하게 나온다. 저번에 냉수인 줄 알고 물을 마셨는데 미지근해서 다 뱉어버렸다. 그리고 밤에 아껴놓았던 컵라면 하나를 끓여 먹으려고 정수기에서 물을 받았는데 미지근한 물이 나와서 아까운 컵라면을 버려야 했다. 또 물 자체가 나오지 않을 때도 있다. 물을 많이 빼먹으면 나중에는 물줄기가 가늘어지면서 물이 나오지 않는다. 그래서 아이스티를 마시려는 친구는 2층과 3층을 오가면서 물을 받았다.

가. 윗글은 모두 '물'과 관련이 있다. 각 글의 필자가 저 글을 쓴 주된 의도는 무엇일까?

• 정보나 지식을 전달함
• 이유를 들어 어떤 의견을 주장함
• 근거를 들어 어떤 사실이 옳음을 증명함
• 정서를 표현하여 전달함

_____

_____

_____

나. 각 글을 아래의 선 위에 놓아 보고, 그 까닭을 말해 보자.

논리적

⟶

_____

_____

_____

_____

2. 위의 활동을 바탕으로 논리적인 글을 다음 항목에 따라 규정해 보자.

• 무엇을

_____

_____

_____

• 어떻게

_____

_____

_____

• 왜

_____

_____

_____

3. 아랫글을 읽고 물음에 따라 생각해 보자.

인간 문명은 자연의 법칙을 거스르는가

최조열린(13학번)

요즈음 산업화로 인하여 자연이 파괴되는 일이 잦아지고 있다. 인간 문명에 의한 환경오염은 지구 온난화, 무분별한 벌목, 독성 또는 방사성 물질의 유출 등 다양한 형태로 나타나고 있으며, 이를 두고 혹자는 인간 문명이 자연의 법칙을 거스른다고 표현한다. 하지만 나는 이는 자연과는 별개의 문제이며, 단순히 현재 단계 인류 문명의 부정적인 특징이라고 표현하고 싶다. 인간의 산업이 자연을 파괴하는 것이 잘못되었느냐의 문제는 '인간의 문명이 자연의 법칙을 거스르는가?'라는 질문과는 전혀 다르며, 현재 인간의 문명이 이렇게 발달한 것은 자연의 법칙을 거스른 것이 아니다.

우선, 자연적으로 발생하는 사건은 자연의 법칙을 거스르는 것이 아니다. 만약 어떤 사건이 자연적으로 발생하였고 그것이 자연의 법칙을 거스른다고 판단된다면 우리는 다음의 두 가지 경우를 생각해 볼 수 있다. 첫째, 그 사건이 자연적으로 발생된 것이 아닌 경우이다. 둘째, 우리가 알고 있는 '자연의 법칙'이 잘못된 경우이다. 자연의 법칙에 의해 발생한 사건이 최종적으로 자연의 법칙을 거스른다면 모순이 발생한다. 자연의 법칙을 거스르는 사건이 자연적으로 발생하는 것은 논리적으로 맞지 않는다.

또한, 현대 인간 문명의 출현은 자연적으로 발생한 사건이라고 볼 수 있다. 인간 문명이 현재와 같은 형태가 된 것은 여러 가지 사건들이 작용한 결과이다. 이러한 일련의 사건들은 임의의 상황에서 발생할 확률을 각각 가지며, 이는 0이 아니다. 그러므로 이 사건들은 아주 오랜 시간이 경과하면서 '확률적'으로 발생하게 된 것이라고 할 수 있으며, 이러한 사건들에 의하여 만들어진 현재 인간의 문명도 결과적으로 확률적으로 발생한 것이라고 할 수 있다.

지금의 문명이 확률적으로 발생하였다는 것은, 그것의 형성이 0이 아닌 확률을 가지고 있었다는 것을 의미하며, 시간이 계속 흐르다 보면 언젠가는 반드시 일어나는 하나의 사건일 뿐이라는 것을 의미한다. 현재의 문명은 시간이 흐름에 따라 분명히 언젠가는 등장할 문명이었으며, 우리는 그것이 막

등장한 특정한 시대에 살고 있는 것뿐이다. 우리가 현재의 상태에 태어나서 이러한 문명 속에서 살고 있는 것뿐이지 이러한 기술의 등장은 우리가 언제 태어났든 거의 필연적으로 일어났을 것이다.

따라서 현대 인간 문명의 출현은 자연의 법칙을 거스르는 것이 아니다. 자연물의 파괴가 과연 옳으냐의 문제는 제쳐 두더라도, 어떤 문명이 지구 온난화를 일으키든 그렇지 않든, 숲을 파괴하든 그렇지 않든 그 문명은 자연적으로 발생한 것이라는 사실은 변하지 않는다. 자연환경의 훼손을 막는 것은 인간의 합리적, 윤리적 판단의 문제이지 자연의 법칙과는 관계가 없다는 것이다. '자연으로 돌아가자'라는 말을 '자연의 법칙과 어긋나는 지금의 문명을 자연 상태로 돌리자'라는 의미로 사용하는 것은 그렇기 때문에 비논리적이며, '자연을 보호하자'라고 주장하는 것이 훨씬 논리적이라고 생각한다. 자연 보호라는 대의를 뒷받침하기 위해 현대 문명을 악처럼 포장하는 것은 극단적임을 넘어서 논점을 흐리는 행위이다. 문명은 악이 아니라 결과이다.

가. 각 문단의 중심 내용을 정리해 보자.

1. _____

_____

2. _____

_____

3. _____

_____

4. _____

_____

5. _____

_____

나. 아래 질문에 답하면서, 글의 논리 구조를 파악해 보자

- 주장하는 바는 무엇인가?

- 주장을 뒷받침하는 근거는 무엇인가?

- 근거를 뒷받침하는 증거는 무엇인가?

_____

_____

_____

_____

_____

_____

다. 윗글은 논리적인 글이다. 어떤 점에서 그러한가?

_____

_____

_____

_____

_____

_____

_____

제 2 장
논리의 구성과 논법

들어가며

1. 아랫글을 읽고 물음에 답하면서 논리의 구성에 대해 알아보자.

> ① 사전에 선린을 '이웃하고 있는 지역 또는 나라와 사이좋게 지냄. 또는 그런 이웃.'으로 정의하고 있다. ② 그런데 일본은 지리적으로는 우리와 이웃하고 있지만, 예나 지금이나 우리와 사이좋게 지낸 적이 거의 없다. ③ 삼국 시대부터 조선 초까지 이어져 온 왜구들의 노략질, 조선 시대의 임진왜란과 근대의 식민지 침탈 등으로 우리나라에 큰 고통을 주고 막대한 피해를 입혔다. ④ 최근에는 미국과 북한의 한국 전쟁 종식 노력을 이간질하고, 미국이 G7을 G10으로 확대하기 위해 우리나라를 회의에 초청하려고 하는데 이것도 일본이 제동을 걸고 있다. ⑤ 또 우리나라 통상 전문가의 WTO 사무총장 진출도 반대하고 있다. ⑥ 일본은 결코 우리의 선린이 아니다.

가. 윗글에서 다음 사항에 해당하는 내용을 찾아보자.[01]

- **개념**: 일반어가 지닌 뜻.
- **판단 · 명제**: 개념과 개념을 연결한 생각. 판단의 언어적 표현을 '명제'라 함.

---

01 김용규(2011:44)를 참조함. '개념, 판단 · 명제'는 인용자가 추가했고 거기의 '전제 지시어'와 '결론 지시어'를 통합하여 '논증 지시어'로 제시했음.

> • **추론 · 논증**: 어떤 명제를 근거로 다른 명제를 이끌어내는 특수한 종류의 사고. 추론의 언어적 표현을 '논증'이라 함.
> • **전제**: 추론의 출발점이자 결론의 근거가 되는 명제.
> • **결론**: 추론의 도달점이자 전제가 지지하는 명제.
> • **논증 지시어**: 논증에서 전제나 결론을 지시하는 말. 전제 지시어(왜냐하면, 그 근거는, 그 이유는, ~이기 때문이다 등)와 결론 지시어(그러므로, 따라서, 결론적으로, 결국, 그러한 이유로 등)가 있음.

- 개념 (주요 개념만 찾을 것)
- 판단 · 명제 (주요 명제만 찾을 것)
- 추론 · 논증
- 전제
- 결론

나. 문장 ③ ~ ⑤는 어떤 기능을 하는가?

2. 다음 용어에 관해 아는 바를 나누어 보자.

- 정의

- 비교

- 연역 (추론)

- 귀납 (추론)

- 유추 [=유비 추론]

- 가추 [=가설 추론]

'들어가며'에서 살핀 대로, 논리는 개념, 명제, 논증 등으로 구성된다. 개념이란 용어의 의미를 말하고, 명제란 개념과 개념을 연결한 판단을 말하고, 논증이란 하나의 판단을 근거로 다른 판단을 이끌어내는 추론을 말한다. 논증의 근거 명제를 전제라 하고, 전제를 근거로 이끌어낸 명제를 결론이라 한다.

한편, 추론에는 여러 가지 논법이 사용된다. 이 장에서는 논리적인 글을 쓸 때 유용하게 활용할 수 있는 논법, 여섯 가지를 훑어볼 것이다.

이 장의 탐구과제는 다음과 같다.

- 개념의 성격 및 개념 관계
- 명제의 성격과 갈래
- 논증의 구성
- 논법의 개념, 갈래와 특성
- 전제와 결론 파악하기

1. 논리적인 글을 쓰기 위해서는 개념에 대해 잘 알고, 또 이들을 논리적으로 사용 해야 한다.

가. 어떤 단어[용어]의 개념을 안다는 말은 그 내포와 외연을 안다는 말이다. 아래 문장에 사용된 '물'의 의미 차이를 내포, 외연이라는 말로 설명해 보자.

> 1. 한국이 '물' 부족 국가라는 데에는 논란이 여지가 있다.
> 2. '물'은 최소한 식후 30분 뒤에 마시는 것이 좋다.

*내포: 단어가 가리키는 부류[집합]의 구성원들이 공통으로 지니고 있는 하나 이상의 속성
*외연: 단어의 내포가 적용되는 범위

나. 단어는 대개 기본적 의미를 지니면서 동시에 함축적 의미도 지닌다. 1에 나열된 유의어의 의미 차이와 2의 '물'이 문맥에 따라 지니는 어감 차이를 따져 보며, 함 축적 의미에 관해 생각을 나누어 보자.

> 1. 선생님께서 갑주에게 A+를 주시다니,
>   [의혹이 생긴다/의아하다/(뭔가) 의심스럽다/의문이 들었다/궁금하다].
> 2. 이 가루는 '물'에 잘 녹는다.
>   '물'처럼 사는 것이 지혜로운 삶이다.
>   저들은 나를 '물'로 보고 있다.

다. 다음 문장에 쓰인 같은 단어('고발')가 어떤 의미 차이가 나는지 살펴보고 그 까닭을 말해보자.

> 1. 그 기자는 사회의 부조리를 '고발'하는 기사를 많이 썼다.
> 2. 한 시민단체가 극단적인 선택을 한 경비원을 폭행한 가해자를 경찰에 '고발'했다.

라. 아래 문장을 해석해 보자. 어떤 단어가, 왜 문제가 되는지 생각해 보자.

> 1. 쟤 삼촌은 별이 셋이래.
> 2. 1등성이란 우리 눈에 가장 밝게 보이는 별을 말한다.

마. 단어들의 의미 관계를 바르게 아는 것은 논리적인 글쓰기에 매우 중요하다. 제시된 단어들의 의미 관계가 어떠한지 살펴보자.

> 1. 나무, 침엽수, 소나무, 금송
> 2. 나무, 뿌리, 줄기, 잎
> 3. 책방-서점, 고발(告發)-고소(告訴), 잔치-연회(宴會)-파티
> 4. 기쁨-슬픔, 삶-죽음

---

2. 명제에 대해 잘 알고, 또 이들을 논리적으로 사용하는 것도 중요하다. 아래 물음
   에 답하면서 명제와 관련된 기본 개념을 익히자.

가. 아래 각 명제에 사용된 '이다'의 의미를 파악해 보자.

> 1. 인간은 동물이다.
> 2. 인간은 이성적이다.
> 3. 인간은 이성적 동물이다.

나. 명제에는 여러 가지가 있다. 아래 명제가 각각 어떻게 구성되어 있는지 알아보자.

> 1. 사과는 과일이다.
> 2. 사과는 채소가 아니다.
> 3. 사과는 과일이고 배추는 채소다.
> 4. 토마토는 과일이거나 채소다.
> 5. 포도가 과일이라면 포도는 열매다.
> 6. 사과는 과일이고 배추는 채소지만, 토마토는 과일이거나 채소다.

다. 한 개념을 주어로 삼고 다른 한 개념을 술어로 삼아, 그 포함 여부를 판단한 명제를 정언명제라고 한다. 네 가지 종류가 있는데 이들 명제 사이의 관계에 관해 알아보자.

- 모든 S는 P이다. (전칭 긍정 명제)
- 모든 S는 P가 아니다. (전칭 부정 명제)
- 어떤 S는 P이다. (특칭 긍정 명제)
- 어떤 S는 P가 아니다. (특칭 부정 명제)

＊S는 주어[주개념], P는 술어[빈개념]

1. 동시에 참이거나 동시에 거짓이 될 수 없는 관계

2. 동시에 참일 수 없는 관계

3. 동시에 거짓일 수 없는 관계

4. 하나가 참이면 다른 것도 저절로 참이 되는 관계

5. 하나가 거짓이면 다른 것도 저절로 거짓이 되는 관계

라. 아래 연언명제에서 이들의 의미 차이를 살펴보자.

1. 갑주는 수학을 좋아하고 을주는 문학을 좋아한다.
2. 갑주가 교실을 나가고 을주가 교실로 들어왔다.

마. 아래 선언명제에서 이들의 의미 차이를 살펴보자.

> 1, 정주는 한국과학영재학교를 졸업했거나 서울과학고등학교를 졸업했다.
> 2. 정주는 한국과학영재학교에 합격했거나 서울과학고등학교에 합격했다.

바. 아래 가언명제에서 이들의 의미 차이를 살펴보자.

> 1. 갑주가 이번 선거에서 투표를 했다면 갑주는 만 18세 이상이다.
> 2. 모든 한국인이 머리털이 검고 을주가 한국인이라면 을주는 머리털이 검다.
> 3. 만약 끓는 물에 손가락을 집어넣으면 화상을 입는다.
> 4. 대학에 합격하면 새 스마트폰을 사주겠다.
> 5. 네가 논리와 글쓰기 과목에서 A+를 받는다면 나는 이번 학기 평점 평균이 4.3이다.

사. 아래 문장들은 표현이 다르지만 같은 명제라 볼 수 있다. 그 아래 제시된 문장에 대해, 그 명제는 유지하면서 표현을 바꾸어 보자.

> • 모든 교사는 자격증을 갖고 있다.
> • 교사는 누구나 자격증을 갖고 있다.
> • 자격증을 갖고 있지 않은 교사는 한 사람도 없다.[02]

1. 모든 교사가 박사 학위를 받지 않았다.

---

02 이용걸(1982:37-38)에서 인용함.

2. 그는 교사 자격증 갖고 있고 박사 학위를 받았다.

_____

3. 그는 교사 자격증을 갖고 있거나 박사 학위를 받았다.

_____

4. 그가 교사라면 그는 교사 자격증을 갖고 있다.

_____

5. 그가 교사 자격증과 박사 학위 둘 다 가진 것은 아니다.

_____

6. 그가 교사 자격증을 갖고 있거나 박사 학위를 받은 것은 아니다.

_____

3. 하나 이상의 명제를 근거로 다른 명제를 이끌어내는 특수한 종류의 사고를 추론이라 한다. 이 추론을 언어로 표현한 것을 논증이라 한다. 아래의 예로 논증에 관해 탐구해 보자.

1. 갑주는 을주의 아버지다. 그러므로 을주는 갑주의 아들이다.
2. 갑주는 을주의 어머니다. 을주는 병주의 어머니다. 그러므로 갑주는 병주의 할머니다.
3. 수학을 좋아하는 정주는 문학을 싫어한다. 수학을 좋아하는 무주는 문학을 싫어한다. 기주도 수학을 좋아하는데 문학을 싫어한다. 그러므로 수학을 좋아하는 사람은 대체로 문학을 싫어한다.

가. 논증은 어떻게 구성되는가?

_____

_____

나. 논증에서 전제와 결론의 관계가 똑같지는 않다. 1~3의 차이점을 찾아보자.

_____

_____

4. 글을 논리적으로 전개하는 방법을 논법이라 한다. 논증은 전형적인 논법이다. 아랫글을 읽고 물음에 답하면서 여러 가지 논증에 대해 살펴보자.

> 1. 섬에서 자란 사람들은 모두 생활력이 강하다. 갑주는 섬에서 자랐다. 따라서 갑주는 생활력이 강하다.
> 2. 갑주, 을주, 병주는 모두 생활력이 강하다. 저 셋은 모두 섬에서 자랐다. 그러므로 섬에서 자란 사람들은 모두 생활력이 강하다.
> 3. 갑주, 을주, 병주는 모두 생활력이 강하다. 그런데 저 셋은 모두 섬에서 자라났다. 정주도 섬에서 자랐기 때문에 생활력이 강하다.
> 4. 정주는 생활력이 강하다. 섬에서 자란 사람들은 대체로 생활력이 강하다. 정주는 섬에서 자란 것이 분명하다.

가. 논증은 전제와 결론으로 구성된다. 각 논증에서 전제와 결론을 구분해 보자.

_____

나. 각 논증에서 전제와 결론의 관계를 따져보고 다음에 해당하는 논증을 찾아보자.

1. 전제가 올바르다고 가정하면 결론이 반드시 올바르다고 볼 수 있는 논증
2. 전제가 올바르다고 가정하더라도 결론이 반드시 올바르다고 볼 수 없는 논증
3. 개체의 속성을 그 개체가 속한 부류 전체에 적용하는 논증
4. 공통 속성을 공유하는 대상들이 다른 속성도 공유할 것이라고 추론하는 논증
5. 관찰된 현상(의 원인)을 설명하는 논증
6. 전제에 함축되어 있는 판단을 끄집어내어 명료화하는 논증
7. 전제를 바탕으로 새로운 판단을 내리는 논증

8. 참과 거짓의 두 가지 기준만으로 판단을 내리는 논증

9. 세 가지 이상의 기준으로 판단을 내리는 논증

다. 아무 논제나 선정하고 위에서 익힌 네 가지 논법을 활용하여 짧은 글을 만들어 보자.

1.

2.

3.

4.

라. 위에서 살핀 논증은 논리적인 글에서 사용하는 전형적인 논법이다. 다음과 같은 방법도 논지를 전개하는 데 중요하게 쓰인다. 그 특징을 말해 보자.

1. 섬에서 자란 사람들은 생활력이 강하다고 할 때, '섬에는 자란 사람'이란 말의 의미가 모호하다. 섬에서 태어난 사람을 모두 가리키는지, 육지에서 태어났지만 어린 시절을 섬에서 보낸 사람도 포함되는지, 섬에서 태어나 초등학교 입학 무렵 섬을 떠난 사람은 포함되는지 등, 대체 얼마 동안 섬에서 생활한 사람인지가 문제다. 딱 잘라 말할 수는 없지만 '생활력'을 고려할 때, 최소한 10대 시절을 섬에서 생활한 사람이라 할 수 있다.

2. 섬에서 자란 사람들은 육지에서 자란 사람들보다 대체로 생활력이 강하다. 갑주는 섬에서 자랐고, 을주는 육지에서 자랐다. 따라서 갑주는 을주보다 생활력이 강하다.

5. 논리적인 글에서 전제와 결론을 가려내는 것이 중요하다. 물음에 답하면서 익혀 보자.

가. 아랫글에서 전제와 결론을 가려내어 보자.

1. 학업성적에 영향을 미치는 요인들은 매우 많기 때문에 학업성적을 지능만을 갖고서 예측할 수는 없다. 그리고 지능만을 갖고서는 학업성적을 정확하게 예측할 수 없다는 것은 널리 알려진 사실이다.

2. 대입 시험에서 삼수생을 감점한다는 것은 가혹한 처사이다. 그러한 감점은 일류대학 지원 경향을 억제하지 못할 것이다. 따라서 감점제는 폐지되어야 한다.

3. 독사나 식인어를 애완용으로 기르는 것은 현명하지 못한 일이다. 그것은 위험하다. 위험한 동물을 애완용으로 기르는 것은 결코 현명하지 못한 일이다. -스티븐 바커, 《논리학의 기초》[03]

나. 생략되었거나 숨어 있는 전제나 결론을 파악해 보자.

1. 이 영화는 미성년자 관람 불가야. 너는 볼 수 없어.
2. 초청장이 없는 사람은 파티에 입장할 수 없는데 당신은 초청장이 없다.
3. 드래곤스 팀이 우승하면 내가 네 아들이다. [04]

---

03 1은 이용걸(1982:118)에서, 2는 같은 책 119에서 인용자가 일부 한자 어휘를 한글로 바꾸어 인용함. 3은 최훈(2018:164)에서 재인용함. 거기에는 문장마다 번호가 붙어 있었지만 빼고 인용함.

04 1은 최훈(2018:141)에서, 2는 서정혁(2015:38-39)에 있는 것을 참조하여 인용자가 표현을 다듬어서 인용함. 3은 최훈(2018:142)에서 인용함.

제 3 장
좋은 논법

 들어가며

1. 다음은 잘못되었거나 논리성이 약한 논법의 예다. 어떤 점에서 그러한지 따져
   보자.

   가. 연구자의 건전한 삶에서 신뢰할 만한 연구 결과가 나오기 마련이다. 그러므
   로 슈뢰딩거 방정식은 믿을 수 없다. 그는 사생활이 문란했다.

   _____

   _____

   나. 화투 놀이는 치매를 예방하는 것으로 알려졌다. 도박은 어떤 것이든 치매를
   예방하는 긍정적 기능을 지니고 있다.

   _____

   _____

   다. 구독자 수가 엄청난 유명한 유튜버가 지난 21대 국회의원 선거가 부정 선거
   였다고 말했다. 국회의원 선거를 다시 실시해야 한다.

   _____

   _____

라. 지난해, 영재학교 합격생의 90% 정도가 중학교 때 영재교육원에서 교육을 받은 것으로 조사됐다. 지난해 영재학교에 합격한 갑주도 중학교 때 영재교육원을 다닌 것이 분명하다.

_____

_____

마. 사람은 직립 보행을 한다. 일부 장애인은 직립 보행을 하지 못한다. 따라서 장애인들이 자립 생활을 할 수 있도록 도와야 한다.

_____

_____

바. 모든 과일은 식물이다. 모든 채소는 식물이다. 따라서 모든 채소는 과일이다.

_____

_____

2. 논법의 잘못된 점을 알아차리거나 논리성이 강한 논법을 사용하려면 어떤 것을 살펴봐야 할까?

_____

_____

_____

_____

좋은 논법이란 논리성이 강한 논법이다. 논리성이란 논법의 확실성 또는 논법이 옳은 것으로 여겨지는 정도를 말한다. 논리성이 강한 논법은 논리적 설득력이 높다. 논법은 전제와 결론으로 이루어지므로 논리성은 전제, 결론, 전제와 결론의 관계에 따라 그 강도가 달라진다.

좋은 논법에 관한 이 장의 학습을 통해 다른 글의 논리성을 분석하고 비판하는 능력과 함께 강한 논리성을 갖춘 논법을 사용하는 능력을 기를 수 있다.

이 장의 탐구과제는 다음과 같다.

- 논리성의 조건
- 논리 구조 파악
- 오류 논법
- 논리성의 한계

🛠️ 탐구하기

1. '들어가며'의 활동을 참고하며 아래 물음으로 탐구해 보자.

가. 전제와 관련하여,

  1. 어떤 것을 논법의 전제로 사용할 수 있는가?
  2. 전제가 어떤 조건을 갖추어야 논법의 논리성이 강화될까?

나. 결론과 관련하여,

  1. 결론은 어떤 성격의 진술인가?
  2. 결론이 어떤 조건을 갖추어야 논법의 논리성이 강화될까?

다. 전제와 결론의 관계가 어떠해야 논법의 논리성이 강화될까?

2. 글의 논리성을 따지려면 전제와 결론을 추리고 생략된 명제는 복원하는 등의 일을 통해 글의 논리 구조를 파악해야 한다.

가. 아래 두 논법은 논리 구조가 비슷하다. 생략된 명제를 복원하여 논리성을 판단해 보자.

> 1. 아테네는 마케도니아에게 멸망했다. 왜냐하면 적과 맞붙어 싸울 병사들을 갖지 못했기 때문이다.
> 2. 아테네는 마케도니아에게 멸망했다. 왜냐하면 자유 기업의 정신을 갖지 못했기 때문이다. [05]

나. 다음 논법의 논리 구조를 파악하고 논리성을 판단해 보자.

> 1. 그 집은 바닷가의 나무가 많은 숲에 있다. 그 집 사람들은 오존을 많이 마실 것이다. [06]
> 2. 바람이 강하게 불면 깃발이 마구 펄럭거린다. 지금 밖에 바람이 세게 부는 것이 분명하다.

---

3. 겉보기로는 그럴듯하지만 잘못되었거나 논리성이 약한 논법을 오류 논법이라고 한다. 아래에 제시된 논법의 전제와 결론을 추려보고 어떤 점에서 이들이 오류인지 따져 보자. 그리고 비슷한 오류를 지닌 논법의 예를 들어 보자.

---

05 김용규(2011:61-62)에서 인용함.
06 이대규(1995:232-233)에서 인용함.

가. 미국의 CNN에서 북한 지도자 김정은이 사망했다고 보도했다. 북한 지도자 김정은이 사망한 것은 분명하다. CNN 같은 공신력 있는 언론 기관이 오보를 낼 리가 없다.

_____

_____

나. 이공계 분야의 노벨상 수상자가 빨리 나와야 한다. 한국인인데도 이것을 지지하지 않는다면 그는 매국노나 마찬가지다.

_____

_____

다. 인간은 본래 선한 존재다. 사람은 태어날 때 선하게 태어나기 때문이다.

_____

_____

라. 영국 식민지 지배를 받은 인도는 지금도 영어를 공용어로 쓰고 있지만, 일본의 식민지 지배를 받았던 우리나라는 일본어를 공용어로 쓰고 있지 않다. 따라서 일본의 식민지 지배가 그렇게 가혹했다고 볼 수 없다.

_____

_____

마. 한글날을 국경일에다가 법정 공휴일로까지 지정한 것은 지나친 처사다. 자국 문자를 기념하여 법정 공휴일로 지정·운영하는 것은 세계적으로 유례가 없는 일이다.

_____

_____

바. 일본인들은 대부분 친절하다. 따라서 일본은 아시아에서 가장 친절한 국가라고
　　할 수 있다.

＿＿＿＿＿＿＿＿＿＿＿＿＿＿＿＿＿＿＿＿＿＿＿＿＿＿＿＿＿＿＿＿＿＿＿

＿＿＿＿＿＿＿＿＿＿＿＿＿＿＿＿＿＿＿＿＿＿＿＿＿＿＿＿＿＿＿＿＿＿＿

사. 우리나라는 IT 강국이다. 70대 김갑주 어르신도 디지털 기기 사용에 아무런 문
　　제가 없을 것이다.

＿＿＿＿＿＿＿＿＿＿＿＿＿＿＿＿＿＿＿＿＿＿＿＿＿＿＿＿＿＿＿＿＿＿＿

＿＿＿＿＿＿＿＿＿＿＿＿＿＿＿＿＿＿＿＿＿＿＿＿＿＿＿＿＿＿＿＿＿＿＿

아. 개발부 직원 83%가 카이스트 출신이다. 창의적인 아이디어, 열정, 유창한 외국
　　어 실력, 꼼꼼한 업무 처리 등으로 볼 때 개발부 김 과장도 틀림없이 카이스트
　　출신이다.

＿＿＿＿＿＿＿＿＿＿＿＿＿＿＿＿＿＿＿＿＿＿＿＿＿＿＿＿＿＿＿＿＿＿＿

＿＿＿＿＿＿＿＿＿＿＿＿＿＿＿＿＿＿＿＿＿＿＿＿＿＿＿＿＿＿＿＿＿＿＿

자. 우리나라는 금수강산이다. 따라서 하루빨리 남북통일을 해야 한다.

＿＿＿＿＿＿＿＿＿＿＿＿＿＿＿＿＿＿＿＿＿＿＿＿＿＿＿＿＿＿＿＿＿＿＿

＿＿＿＿＿＿＿＿＿＿＿＿＿＿＿＿＿＿＿＿＿＿＿＿＿＿＿＿＿＿＿＿＿＿＿

차. 저 가수의 노래는 수준 이하라고 봐야 한다. 그는 중학교 시절 학교 폭력 가해자
　　였다고 한다.

＿＿＿＿＿＿＿＿＿＿＿＿＿＿＿＿＿＿＿＿＿＿＿＿＿＿＿＿＿＿＿＿＿＿＿

＿＿＿＿＿＿＿＿＿＿＿＿＿＿＿＿＿＿＿＿＿＿＿＿＿＿＿＿＿＿＿＿＿＿＿

카. A 피부과 원장 선생님은 믿을 수 없다. 자신이 대머리면서 탈모 클리닉을 운영한다는 게 말이 되지 않는다.

_____

_____

타. "선생님, 미적분학1 과목 D+를 C-로 올려 주시면 안 될까요? 평균 평점이 2.0에서 조금 모자라 학사 경고를 받게 생겼습니다. 이번에 학사 경고를 받으면 저는 제적당합니다. 재시험을 치든 추가 과제를 하든 뭐든지 하겠습니다."

_____

_____

파. "저도 나름 파워 블로거입니다. 이 상품 환불해 주지 않으면 가만있지는 않겠습니다."

_____

_____

4. 아랫글을 읽고 논리성과 설득력의 관계에 관해서 생각해 보자.

> 트베르스키는 다른 동료들과 함께 이번에는 고등교육을 받은 의사들을 상대로 실험을 했다. 이들은 의사들에게 5년 내 사망률 7%인 어떤 수술을 환자에게 권할 것인지를 물었다. 그랬더니 대부분의 의사들이 권하지 않겠다고 했다. 반면에 5년 내 생존율이 93%인 어떤 수술을 환자에게 권할 것인지를 물었더니, 의사들은 권하겠다고 대답했다.[07]

_____

_____

07   김용규(2011:206-207)에서 인용함.

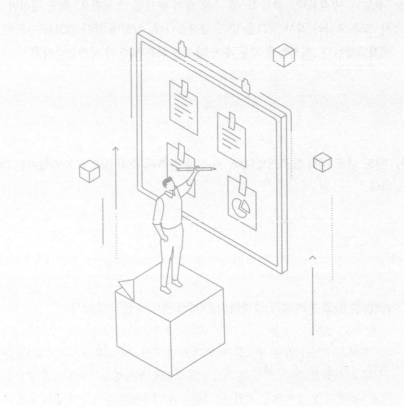

글쓰기

제4장
구상

🧑‍💻 들어가며

1. 글쓰기는 대개 '구상 〉 (초고)쓰기 〉 퇴고(탈고)'의 활동으로 이루어진다. 가장 최근의 글쓰기를 떠올리며 글을 구상하면서 무엇을, 어떻게 했는지 정리해 보자.

무엇을	어떻게

2. 글을 구상할 때 가장 중요한 것은 무엇일까?

_____

_____

_____

3. 글을 구상하면서 가장 힘들었던 점은 무엇이었는가?

📋 학습 개요

글쓰기는 '구상(>개요) > (초고)쓰기 > 퇴고(>탈고=제출)'의 과정으로 이루어진다. 이 장에서는 글쓰기를 구상할 때 무엇을 어떻게 하는 것이 좋은지 익힌다. 특히 논리적인 글쓰기를 겨냥하여 탐구한다.

글을 구상할 때는 대개 아래 목록에 제시된 일들을 한다. 이것들을 빠짐없이 해야 하거나, 항목별로 구분하여 해야 하거나, 순서대로 해야 하는 것은 아니다. 하지만 아무렇게 구상하는 것보다는 이런 것들을 참고하여 글쓰기를 구상하는 습관을 들이면 능숙한 필자가 될 수 있을 것이다.

- 글쓰기의 목적 결정
- 글쓰기의 조건 검토 및 논제 선정
- 1차 자료 조사
- 논제 구체화 및 주장(결론[01]) 결정
- 1차 개요 짜기
- 2차 자료 조사(뒷받침 내용 수집) 및 선정
- 개요 확정

---

01 글과 관련하여 '주제'라는 말이 두 가지 의미로 쓰인다. 글에서 다루는 중심 문제, 또는 그 중심 문제에 대한 필자의 핵심적인 언급이 그것이다. 이 교재에서는 전자를 '논제', 후자를 '결론'으로 부르고자 한다. 이 '결론'은 '맺음말'을 가리키는 '결론'과는 그 뜻이 다르다. 다만 단락(문단)의 핵심 진술은 '주제'라고 부르겠다.

1. 글을 구상할 때, 글쓰기의 목적을 결정하는 것이 중요하다.

가. 일반적으로 사람들이 글을 쓰는 목적(또는 의도)은 무엇일까?

나. 사람들이 논리적인 글을 쓰는 목적(또는 의도)은 무엇일까?

2. 본격적인 구상에 들어가기 전에 다음과 같은 것들을 검토하고 논제를 선정할
   필요가 있다.

가. 아래 항목별로 무엇을, 왜 검토해야 할지 생각나는 대로 적어보고 나누어 보자.
   더 추가할 항목은 없는지 살펴보자.

- (예상 또는 겨냥) 독자

- 발표 매체 및 공개 범위

- 분량 및 기한

나. 논리적인 글을 쓸 때는 어떤 논제를 선정하는 것이 좋을까?

3. 논제를 대강 선정하였다면 논제를 구체화하고 자기의 주장을 결정해야 한다.

가. 논제를 구체화하고 결론을 결정하기 위해서는 기초적인 자료 조사가 필요하다. 1차 자료 조사에서는 어떤 것을 살펴보는 것이 좋을까?

_____

_____

나. 논리적인 글에서 결론(주제)은 어떻게 표현하는 것이 좋을까?

_____

_____

다. 결론을 잠정적으로 결정하는 과정에서 꼭 주의해야 할 것은 무엇일까?

_____

_____

4. 글을 논리적으로 쓰려면 개요를 체계적으로 짜는 것이 중요하다. 개요는 1차 개요를 먼저 짠 다음, 개요에 따라 자료 조사를 한 후, 1차 개요를 손질하여 최종적으로 확정한다. 확정된 개요라도 글쓰기를 수행하는 과정에서 변경될 수 있다. 아래 물음에 답하면서 개요에 관해 탐구해 보자.

가. 아랫글의 개요를 재구성하고 글의 짜임을 살펴보자.

#1.

음악 수업의 가치

이윤주(10학번)

　　국영수사과. 우리나라 고등학생들이 흔히 말하는 중요과목이다. 학교도, 선생님들도, 학생들도 오직 이 다섯 과목에 집중적인 투자를 한다. 반면 이른바 예체능 과목들은 뒷전이다. 중요과목에 비해 턱없이 적은 시수, 아이들의 부진한 참여는 예체능 과목이 겪고 있는 고질병이다. 하지만 이제는 예체능 과목들에도 투자를 해야 할 때가 왔다. 그 중에서도 특히 음악 수업은 그 가치를 인정받고 중요시되어야 한다.

교육학자들부터 기업관계자들까지 모두들 '창의력'을 외친다. 창의력은 자동차의 엔진과 같다. 엔진은 자동차가 나아갈 힘을 제공하는 자동차의 필수 요소이다. 엔진이 약한 차는 비실비실 기어가지만, 엔진이 강한 차는 힘차게 달린다. 목표를 향해 신속하게 나아간다. 창의력은 사람에게 있어서 엔진이다. 우리를 생각하게 하고, 행동하게 하는 원동력이다. 창의력이 부족한 사람은 힘차게 인생을 헤쳐 나가지 못하고, 남들을 비실비실 따라갈 뿐이다. 따라서 창의력을 길러내는 것은 매우 중요한 일이며, 교육이 해결해야 할 큰 과제이다. 이를 해결하기 위해, 창의력을 증진시키는 교과는 중요시되어야 한다.

그런데 음악 수업은 창의력을 기르는 데 탁월한 효과를 가지고 있다. 다양한 과학적 연구 결과가 이를 증명하고 있다. 음악은 뇌파를 안정시켜, 진지하고 차분한 사고를 할 수 있도록 유도한다. 또한 음악은 좌뇌 활동을 활성화하여, 더욱 폭넓은 사고를 가능케 한다. 그리고 조지아 공대의 연구결과에 따르면, 음악은 생각을 통합시키는 데 큰 효과가 있다고 한다. 이처럼 음악은 생각의 힘을 키워, 창의력을 기르는 데 도움을 준다.

창의력은 21세기의 핵심 가치이다. 따라서 교육은 창의력을 길러내기 위해 힘써야 하며, 창의력을 증진시키는 교과목의 비중을 키워야 한다. 현재 음악 수업은 과소평가 되고 있지만, 창의력을 계발하는 데 그 효과가 탁월하므로, 앞으로는 음악 수업을 중요시해야 할 필요가 있다. 이제 교육부와 학교, 선생님들은 음악 수업에 주목할 필요가 있다.

[개요]

• 서론

_____

_____

- **본론**

- **결론**

#2.

바보야, 문제는 포털의 익명성이야[02]

최내현(월간 판타스틱 발행인)

세상에는 마음에 안 드는 사람이 많다. 누구나 그런 생각을 해보았을 것이다. 단순히 생김새가 뭔가 거슬리는 사람도 있고, 나보다 너무 잘나서 싫은 사람도 있다. 나보다 별로 나을 것도 없는데 사회적 명망을 얻은 게 아니꼬울 수도 있다. 혹은 평소 잘 지내는 사람인데 그날따라 내 기분이 안 좋아서 욕을 한마디 해주고 싶을 때도 있다.

하지만 우리는, 뒤에서 흉을 볼지라도 그 사람 면전에서는 가급적 싫은 태를 내지 않으려 노력한다. 최소한의 예의는 지켜야 하기 때문이다. 상대방이 나를 모르는 경우도 마찬가지다.

02 《시사IN》57호 2008.10.14.
http://www.sisainlive.com/news/articleView.html?idxno=3047. 김형규 외(2010:55-57)에서 재인용함.

그런데 왜 유독 인터넷에는 '악플'이 많이 달리는 것일까? 주변에 있는 평범한 사람과 누리꾼이 서로 다른 사람이 아닐진대, 대체 왜 이들은 인터넷에 접속만 하면 돌변하는 것일까. 일부에서는 익명성의 폐해라고 지적한다. 익명의 가면 뒤에 숨은 일부 누리꾼이 스트레스를 욕과 저주로 푼다는 것이다. 정부에서는 최진실 씨의 자살을 계기로 실명제 강화를 추진한다고 한다. 그러면서 포털 뉴스나 싸이월드 미니홈피에 달린 악플이 텔레비전 뉴스의 자료 화면으로 등장한다.

그런데 싸이월드는 전 세계에서 유례를 찾기 어려운 실명 사이트다. 포털 사이트의 경우 댓글을 쓰려면 회원 가입을 해야 하고, 최근에는 다시 한 번 실명 확인 및 등록을 거치도록 했다. 그러니 익명성이 문제의 발단이라는 시각은 한참 빗나간 헛다리짚기가 아닐 수 없다. 사람들은 싸이월드에서 버젓이 자기 실명을 걸고도 욕을 한다.

실제로 '최진실 사채설'을 인터넷에 올린 사람은 전부 경찰에 잡혔다. 마음만 먹으면 언제든지 추적이 가능하다. 우리나라처럼 사이트 가입할 때 주민등록번호를 넣지 않는 외국에서는 오히려 이런 문제가 덜 심각하다. 왜 그럴까?

문제는 댓글을 다는 사람의 익명성이 아니라, 반대로 댓글이 달리는 뿌리글의 주인이 없기 때문이다. 가령 뉴스의 경우, 문제가 되는 공간이 해당 기사를 내보낸 언론사 사이트가 아니라 포털 사이트라는 점을 주목해야 한다. 언론사 사이트라도 악플이 전혀 없는 것은 아니지만, 같은 기사에 대한 악플의 비율이 언론사 사이트에서는 현저히 적다는 것을 알 수 있다. 즉, 아무리 성격이 '개차반'인 사람도 남의 '집'에 들어가서는 조금 예의를 차린다는 말이다. 수십 개 언론사의 기사가 쏟아져 들어오는 포털 사이트는 언론사 직원이 아닌 포털 직원이 관리하는 공간이다. 그러니까 문제의 핵심은 글 쓰는 이의 익명성이 아니라 '포털의 익명성'이라는 것이다. 면전에서 못할 말이라도 뒤에서 수군거릴 수 있는 것과 똑같은 이치다.

그럼 외국에서는 왜 이런 일이 발생하지 않는가? 간단하다. 포털 사이트가 뉴스 서비스를 하지 않기 때문이다. 〈뉴욕 타임스〉 기사는 〈뉴욕 타임스〉 사이트에서 본다. 구글이나 야후에서 읽는 것이 아니다. 결국 우리나라의 경우 기사가 기사 작성자가 아닌 제3자의 손에 의해 관리되는 곳에서 읽히고 소비되다 보니 '뒷담화 분위기'가 조성되는 것이다. 정부는 이른바 '최진실법'을 만들어 처벌을 강화한다고 하지만, 실명제의 예에서 보듯 그런다고 상황이 달라질지 의문이다. 6·15 남북회담 당시 나이트클럽 웨이터가 인공기를 걸고 '부킹 위원장 김정일'이라는 명함을 돌렸다가 국가보안법으로 체포된 사실을 기억해야 한다. 권력에 자의적 해석 권한을 주는 것은 민주주의가 아니다.

　악플의 폐해를 보고 실명제 강화, 처벌 강화 같은 억압 정책을 펴기보다는 인터넷 서비스의 근본 구조를 고민할 때다.

[개요]

• 서론

_____

_____

_____

• 본론

_____

_____

_____

• 결론

_____

_____

_____

나. 글의 서론에는 어떤 것을 다루고, 결론(맺음말)은 어떻게 마무리하는 것이 좋은지 말해 보자.

_____

_____

다. 위 두 글은 각각 아래 개요 모형을 바탕으로 작성되었다. 이 외에도 어떤 개요 모형이 가능한지 궁리해 보자.

#1. '음악 수업의 가치'의 개요 모형

1. **서론:** [주의 끌기], 배경 설명, 논제 또는 결론, [방법 진술]
2. **본론 1:** 전제 1 (대전제) 증명
3. **본론 2:** 전제 2 (소전제) 증명
4. **결론:** 전환(주의 환기), 본론 요약, 결론(연역의 결론), 제언(전망)

#2. '바보야, 문제는 포털의 익명성이야'의 개요 모형

1. **서론:** 주의 끌기, 배경 설명, 논제 또는 결론, [방법 진술]
2. **본론 1:** 반대하는 주장 소개 및 비판
3. **본론 2:** 자신의 의견 제시
4. **결론:** [전환(주의 환기)], [본론 요약], [결론], 논평(의의) 및 제언(전망)

＊[ ]로 묶은 것은 글에 나타나지 않았다.

5. 다음에 제시한 논제로 글을 쓴다고 가정하고, 개요를 짜 보자.

• **논제:** 촉법소년의 처벌 면제

＊촉법소년: 형벌 법령에 저촉되는 행위를 한, 10세 이상 14세 미만의 소년. 형사 책임 능력이 없기 때문에 범죄 행위를 하였어도 처벌을 받지 않으며 보호 처분의 대상이 된다. ≒법령 위반 소년. (표준국어대사전)

가. 1차 개요를 짜 보자.

_____

_____

_____

나. 1차 개요에 따라 자료를 조사하고, 수집된 자료를 바탕으로 1차 개요를 구체화하여 개요를 확정하자. (앞에서 익힌 개요 모형을 활용할 것)

- **논제:** 촉법소년의 처벌 면제

- **결론:** _____

- **제목:** _____

  - 서론

  _____

  _____

  - 본론

  _____

  _____

  _____

  _____

  - 결론

  _____

  _____

  _____

제 5 장
쓰기

들어가며

1. 어느 정도 구상이 끝나면 본격적으로 글을 써야 한다. 초고 쓰기와 관련하여 가장 최근의 글쓰기를 떠올리며 아래 빈칸을 채워 보자.

무엇을	어떻게

2. 글쓰기는 개요라는 뼈에 살을 붙이는 작업으로 비유할 수 있다. 이는 곧 개요에 제시한 한 구절이나 문장을 한 문단으로 확장하는 것이다. 이런 확장 방법에는 어떤 것이 있을까?

3. 글을 쓰면서 서론 및 결론은 주로 어떻게 썼는가?

4. 지금까지 읽은 글이나 책 가운데 인상 깊게 남아 있는 제목은 무엇인가? 자기가 쓴 글에 제목은 어떻게 붙이고 있는가?

📋 학습 개요

글쓰기에서 가장 중요한 단계가 초고 쓰기이다. 구상 단계에서 작성한 개요와 수집한 자료를 바탕으로 글을 쓴다. 사람마다 글 쓰는 습관이 다르므로 일률적으로 말할 수는 없지만, 글은 '본론 > 서론 > 결론 > 제목' 순으로 쓰는 것이 좋다.

본론은 하나 이상의 단락으로 이루어진다. 긴 글에서는 한 단락이 하나 이상의 문단으로 이루어진다. 본론 쓰기의 핵심은 본론 개요에 제시된 한 줄의 진술을 하나의 문단으로 확장하는 것이다.

문단은 하나의 중심 진술(문단 주제)과 여러 개의 뒷받침 진술로 이루어지는데 중심 진술과 관련이 없는 것을 포함해서는 안 된다. 또 문단 내의 각 문장들이 일정한 관계에 따라 긴밀히 연결어야 한다.

이 장의 탐구과제는 다음과 같다.

- 본론 쓰기
- 서론 쓰기
- 결론 쓰기
- 제목 붙이기

🔩 탐구하기

1. 개요에 제시된 한 줄의 중심 진술을 하나의 문단으로 확장하는 방법에는 여러
가지가 있다. 각 글을 읽고, 밑줄 친 중심 진술과 나머지 뒷받침 진술들의 관계
를 따져보고 이들이 어떤 방식으로 확장되었는지 탐구해 보자.

가. 개념 확인에 의한 확장

> 1. <u>언어는 시간의 흐름에 따라 변한다.</u> 언어가 변한다는 것은 무슨 말인
> 가? 언어란 사람들이 의사소통에 사용하는 기호로서 그 형식은 말소
> 리, 내용은 의미로 되어 있다. 언어 기호의 말소리와 의미의 관계는 자
> 의적이다. 어떤 의미를 나타내기 위해 반드시 특정 말소리를 사용할
> 필요는 없는 것이다. 따라서 언어는 '말소리'와 '의미'가 결합된 일종의
> 기호이므로 언어가 변한다는 것은 말소리가 변하거나, 의미가 변하거
> 나, 아니면 둘 다 변한다는 뜻이다.
>
> 2. <u>언어는 시간의 흐름에 따라 변한다.</u> 15세기 노래인 용비어천가의 제2
> 장에는 '불휘 기픈 남군 부루매 아니 뮐씨 곶 됴코 여름 하느니'(인용자
> 가 방점을 없애고 띄어쓰기를 함)라는 구절이 나온다. 오늘날 말로 직역하
> 면 '뿌리가 깊은 나무는 바람에 아니 움직이므로 꽃이 좋고 열매가 많

으니'라는 뜻이다. 여기서 '기픈, 아니' 등은 표기 방식만 다를 뿐 오늘날과 똑같은 발음으로 된 단어들이다. 하지만 '불휘>뿌리, 부르매>바람에, 곳>꽃, 됴코>좋고' 들은 말소리가 바뀌었다. 또한 '뮐씨(뮈다), 여름' 등의 단어는 지금은 쓰이지 않고, '많다'는 뜻의 '하ᄂ니(하다)'도 사라졌다. 오늘날 '하다'는 옛말 'ᄒ다'가 발음이 바뀐 것이다. '남ᄀᆫ'는 '남ᄀ-ᄋᆫ'으로 형태소 구분이 가능하다. 자음으로 시작하는 조사가 붙으면 (나모-도) '나모'로, 모음으로 시작하는 조사가 붙으면 저렇게 형태가 변하였는데 명사가 이렇게 형태가 변하는 방식은 사라졌다.

나. 개념 관계에 의한 확장

1. <u>언어는 시간의 흐름에 따라 변한다.</u> 사회적으로 맺은 약속들은 시간의 흐름에 따라 변하게 마련이다. 좀처럼 변하지 않을 것 같은 법률도 시대에 따라 변한다. 헌법재판소가 1990년부터 2008년까지 네 차례의 헌법 재판에서 간통죄(1953년 제정)를 합헌으로 판단했으나, 2015년 2월 26일 드디어 위헌 판결을 내림으로써 형법의 간통죄 조항은 62년 만에 폐지되었다. 법규처럼 일정한 절차를 거쳐서 제정된 약속은 아니지만 언어도 일종의 사회적 약속이다. 우리가 '밥'이라는 사물을 꼭 [ㅂㅏㅂ]이라는 말소리로 지칭할 필요는 없지만 한 번 사회적 약속으로 굳어지면 쉽게 고칠 수는 없는 것이다. 그래서 언어는 좀처럼 변화하지 않는 것처럼 보이지만 긴 시간을 두고 보면 언어도 시간의 흐름에 따라 변해 왔다는 것을 알 수 있다.

2. <u>언어는 시간의 흐름에 따라 변한다.</u> 옛날 한국어를 살펴보면 현대 한국어와 많은 차이가 있음을 알 수 있다. '수(水, water)'를 가리키는 현대 한국어는 '물'이지만 옛날에는 '믈'이었다. 옛 문헌에 나오는 '뮈다'라는 단어는 '움직이다'라는 뜻을 가졌었는데 이 말은 사라져서 오늘날에는 쓰이지 않는다. 한편 '컴퓨터'라는 단어가 옛날에는 우리 어휘가 아니었지만 이제 우리 어휘가 되었다. 옛날 국어에는 주격조사 '가'가 없

었으나 나중에 생겨나 오늘날은 '이/가'가 함께 쓰인다. 영어도 마찬가지다. 현대 영어의 'house[haus]'가 이전에는 'hous[huːs]'로 발음·표기되었다. 'yfere'가 사라지고 'together'가 쓰인다. animate, education 같은 단어가 차용되어 영어 어휘가 되었다. 옛날 영어에서는 'What means this?'나 'What does this mean?'이 섞여서 쓰였는데 현대에는 'do'의 조동사적 용법이 확대되어 뒤엣것으로 굳어졌다.[03]

3. 언어는 그 형태적인 특성에 따라 고립어, 교착어, 굴절어, 포합어 들로 구분할 수 있다. 고립어란 어형 변화가 없고 문법적 기능이 주로 어순에 의해 표시되는 것으로 중국어가 대표적이다. 각 단어가 문법적 변화를 나타내지 않으므로 그 하나하나가 모두 어근인 것 같은 느낌을 주며, 단어가 하나의 음절로 이루어지는 단음절어적 특징도 아울러 지니고 있다. 교착어란 문법적 기능이 어미에 의하여 표시되는데 한국어가 대표적이다. 어간과 어미(조사도 명사 어미로 간주할 수 있음)의 결합에 의하여 단어가 문장 속에서 가지는 여러 관계를 나타내게 되는데 어미 변화가 굴절어와 같이 밀접하지 않고 어간 안의 변화는 거의 없다. 이에 반해 인도-유럽어에 속하는 여러 언어와 같이 어형이 변화하여 문법적 기능을 표시하는 것을 굴절어라 한다. 명사·대명사 등의 체언에는 성·수·격, 동사에는 인칭·시제·수 등의 문법 범주가 있어 이에 따라 어형이 일정하게 변화하는데 교착어는 문법적 기능을 표시하는 부분이 어간과 쉽게 분석되지만 굴절어는 분석하기 어렵다. 이 밖에 에스키모나 아메리카인디언의 언어와 같이 문장을 구성하는 요소가 밀접히 결합, 문장이 그대로 단어로 인식되어 단어와 문장이 구별되지 않는 언어를 포합어라 한다.

4. 인간의 언어는 분절적이고 창조적이다. 동물의 몸짓이나 소리에는 분절이 없다. 아무리 길게 외치는 동물의 소리라도 그것은 문장, 단어와 같은 의미를 가진 단위로 나누어지지 않는다. 또, 소리 자체만 보더라

---

03   영어의 변천과 관련하여, [권혁승(2010), 《영어사 이해》, 한국문화사]를 참조함.

도 그 소리는 모음-자음으로 나누어지지 않으며, 따라서 거기에는 음절이 있을 수 없다. 하지만 인간 언어는 분절적이어서 여러 단위로 쪼갤 수 있다. 또한 동물의 몸짓이나 울음은 매우 유한한 데 비해 인간의 언어 사용은 무한에 가깝다. 동물의 언어라고 하는 것, 이를테면 개미나 벌이 가진 소통 수단들은 매우 유한하여 그 가짓수가 얼마 되지 않는다. 하지만 인간은 기억하고 있는 유한한 수의 어휘나 문법 규칙을 활용하여 무한한 언어생활을 한다. 그래서 인간의 언어 활동은 그 자체가 창조적이다.[04]

5. 언어는 물과 같다. 물은 수용적이다. 소금이 녹으면 소금물, 설탕이 녹으면 설탕물이 된다. 언어에도 그 언어 사용자들의 문화가 녹아 있다. 한국어에는 한국 문화, 중국어에는 중국 문화가 반영되어 있다. 언어에 반영된 이런 미묘한 문화적 차이 때문에 통역이나 번역이 어려운 경우가 많다. 사람이 살아가려면 물은 필수 불가결하다. 인체의 약 70%가 물로 이루어져 있다고 한다. 음식을 먹지 않고서는 제법 오래 버틸 수 있지만 물을 마시지 않고서는 얼마 버틸 수가 없다. 인간에게 언어도 필수적이다. 우리가 말을 하지 않고 있을 때에도 속으로는 끊임없이 언어 작용이 일어난다. 침묵이 침묵이 아니다. 다만 말을 입으로 내뱉지 않을 뿐 우리는 끊임없이 언어로 사유한다. 물을 다룰 때는 조심해야 한다. 바닥에 쏟아진 물은 주워 담기가 힘들다. 말도 마찬가지다. 감정이 격해서건 습관적이건 돌이킬 수 없는 말을 하고 나서 후회한 적이 있을 것이다. 신중한 언어 사용이 중요하다.

---

04 아이디어는 [허웅(1981), 《언어학》, 샘문화사] 58-59쪽에서 얻음.

다. 인과 관계에 의한 확장

1. 우리가 사용하는 단어는 그 뜻이 고정되어 있는 것처럼 보이지만 어느 정도 시간을 두고 보면 의미가 변한다는 것을 알 수 있다. '사모님'이라는 말은 본래 '스승의 부인'을 높여 부르거나 이르는 말이었는데, 남을 우대하고자 하는 마음에서 굳이 스승이 아니더라도 다른 사람의 부인을 대우하고자 할 때 이 말을 사용하면서 그 뜻이 넓어졌다. '동무'라는 단어는 '친구'라는 단어와 맞바꾸어 썼지만, 공산주의자들이 '혁명을 위해 함께 싸우는 사람'을 친근하게 부르는 말로 이 말을 자주 사용함에 따라 다른 정치적 이념을 가진 사람들은 저 단어를 잘 쓰지 않게 되면서 그 의미가 축소되었다. 언어의 의미는 왜 이렇게 변할까? 사람들은 느낌이나 뜻이 좋은 말은 널리 사용하고자 하고, 그 반대의 말은 사용을 꺼려 하고 가급적 다른 말로 바꾸어서 쓰고자 한다. 이런 심리적 요인이 언어의 의미를 바꾼다.

2. 전문가들에 따르면 지구상에 약 6,000종 내외의 언어가 있으며 그 중 100가지 정도의 언어만 전 세계 인구의 90%가 사용한다고 한다. 산업화, 세계화를 통해서 소수자들의 언어가 점점 사라져 왔고 고도의 정보화 시대를 맞아 언어 사멸은 가속화하고 있다. 여러 가지 언어가 사라지고 몇 가지 주요 언어만 살아남는 데 그친다면, 이런 현상은 그렇게 큰 문제가 아닐 수도 있을 것이다. 그러나 이로 말미암아 문화 다양성이 더불어 훼손되는 것이 문제다. 곧 특정 언어의 사멸은 그 언어 사용 집단의 문화 사멸을 가져 올 것이다. 언어는 그 자체가 하나의 문화이면서 그 언어 사용 집단의 문화를 창조하고, 보존하고, 전승하는 수단이기 때문이다.

3. 언어는 시간의 흐름에 따라 변한다. 만약 시간이 아무리 흘러도 언어가 변하지 않는다고 생각해 보자. 그렇다면 21세기를 사는 현대 한국인과 15세기를 살던 중세 한국인과의 의사소통에는 아무런 장애가 없을 것이다. 하지만 이는 사실과 다르다. 현대 한국인들은 15세기 세종대왕 시절에 만들어진 문헌 자료를 제대로 읽을 수가 없다. 사전이나

전문가의 도움을 받아야 그 시절의 글을 읽고 그 뜻을 바르게 이해할 수 있다. 거꾸로 15세기의 지식인들이 현대 한국어로 된 신문 기사나 방송을 접한다면 이해할 수 있을까? 거의 불가능할 것이고 상당한 노력을 들여야 제대로 이해할 수 있을 것이다. 심지어 똑같은 한시를 번역한 것도 15세기의 번역본과 17세기 번역본이 꽤 다르다는 것을 알 수 있다. 불과 2세기 정도의 시간 차이에도 언어가 변한 것이다.

4. <u>우리는 고운 말을 써야 한다.</u> 고운 말은 사람의 마음을 곱게 만든다. 마음이 먼저인지, 말이 먼저인지는 논란이 많지만 말이 마음에 큰 영향을 미치는 것은 사실이다. 고운 말을 자주 쓰면 그 마음도 고와지고 거친 말을 자주 쓰면 그 마음도 거칠어진다. 거친 행동을 일삼는 사람들이 말을 거칠게 하는 것을 자주 볼 수 있는 것도 이 때문이다. 또 고운 말은 좋은 인간관계에 필수적이다. 거친 말은 다른 사람에게 상처를 주고 결국 인간관계를 깨뜨리는 원인이 되기도 한다. 의견이 다른 사람과도 고운 말로 소통한다면 관계는 좋게 유지할 수 있다.

라. 시간 관계에 의한 확장

1. <u>어휘는 서서히 변한다.</u> 어떤 단어가 사람들 사이에 널리 쓰이고 있는데 유사한 의미를 지닌 다른 단어가 들어오게 된다. 일정 기간 두 단어는 함께 쓰이면서 경쟁을 한다. 새롭게 들어온 단어가 일부 사람들에게만 쓰이다가 언중의 외면을 받으면 결국 사라진다. 하지만 어떤 때는 새 단어가 세력을 얻으면서 더욱 널리 쓰이게 되기도 한다. 이러면 기존에 쓰이던 단어는 서서히 사라지고 단어가 교체된다. 해산물 '우렁쉥이'가 유일한 표준어로 쓰였는데 사투리 '멍게'가 점차 세력을 얻어 지금은 둘이 복수 표준어가 되었다. 하지만 언중들이 '멍게'만 쓰고 있어, '우렁쉥이'는 곧 사어가 될 것이다.

2. 하늘에 있는 구름은 모두 작은 물방울이다. 그것들이 대류하면서 큰

물방울로 합쳐지면 비로소 비가 되어 땅으로 내려온다. 빗방울이 도착하는 곳은 여럿이지만 지하로 스며드는 경우도 있다. 지하로 내려간 빗물은 지하수가 되어 땅 밑을 흐른다. 이 중 일부는 개발되어 우물로 끌어올려져 사람들의 생활용수로 사용된다. 사람들이 쓰고 난 물은 하수도를 통해 하수처리시설로 가고 하수처리시설에서는 폐수를 정화해 바다로 흘려보낸다. 바다에 도착한 물은 증발하여 다시 구름으로 돌아간다. 이처럼 지구상의 물은 돌고 돈다.

마. 공간 관계에 의한 확장

1. 물은 화학적으로 H2O로 구성되어 있다. 수소 원자 2개와 산소 원자 하나가 결합하여 이루어진 분자 형태이다. 원자 3개가 결합하였으므로 선형이라 생각하기 쉽지만 그렇지 않다. 물 분자의 구조는 중심에 산소 원자에 수소 원자 두 개가 약 $104.5°$의 각을 이루어 붙어있는 형태이다. 그리고 비공유 전자쌍 두 쌍이 산소 원자에 붙어있다. 산소 원자에 붙은 네 개의 구조를 합쳐보면 사변체 구조를 띠고 있는 것이다. 산소 원자와 수소 원자 사이의 거리가 산소 원자와 비공유 전자쌍 사이의 거리보다 길다. 각 수소 원자의 전자는 산소 원자와 각 수소 원자 사이의 오비탈에서 맴돌고 있다.

2. 물은 우리 몸에서 많은 역할을 한다. 피가 되어 온몸을 흐르면서 산소와 이산화탄소의 교환이 가능하도록 해 주며, 여러 가지 수용성 영양분들을 필요한 곳으로 운반하는 역할도 한다. 또한 물은 더울 때는 땀 등의 형태로 외부로 방출되고, 추울 때는 방출이 최대한 억제되어 신체 내부의 항상성 유지에 큰 역할을 한다. 우리의 체온이 36.5℃인 것도 물 덕분이다. 또 관절 안에는 마찰을 줄여 주며 관절 연골에 영양을 공급해 주는 윤활액이 있는데 이 윤활액도 대부분 물로 이루어져 있다.

2. 제시된 주제 진술을 뒷받침할 문장을 여럿 덧붙여 문단을 완성해 보자. 하나의
   주제 진술을 각각 다른 방식으로 확장해서 다른 문단을 만들어 보자.

   1. 미성년자의 권리를 일부 제한하는 것은 정당하다. _____

   _____

   _____

   _____

   _____

   _____

   _____

   _____

   2. 사람은 장수를 갈망해 왔지만, 개체 인간이 지나치게 오래 사는 것은 인류 사
      회에 바람직하지 않다. _____

   _____

   _____

   _____

   _____

   _____

   _____

   _____

   3. _____

   _____

   _____

   _____

   _____

_____ . 따라서 기술의 발달로 인간은 더 자유로워졌다.

4. 우리의 삶은 달리기로 치면 100m 경주가 아니라 마라톤과 같은 것이다. ____

_____

_____

_____

_____

_____

3. 다음은 어떤 글[05]의 서론이다. 어떻게 구성되어 있는가? 서론은 어떻게 구성하는 것이 좋을까?

> 　최근 전 세계 최대의 동영상 사이트인 유튜브(YouTube)가 뮤직비디오 서비스를 연말부터 유료화할 것이라는 소문이 돌고 있다. 돈을 내면 광고 없이 뮤직비디오를 감상하고 다운로드할 수 있으나 돈을 내지 않으면 광고를 시청해야 하고 다운로드도 불가능하다는 것이다. 유튜브의 경우는 뮤직비디오지만, 음원에 대해서는 이미 대다수의 사이트가 유료화를 실시하고 있다. 언뜻 생각하면 유료화는 당연한 것 같다. 우리가 지불하는 금액의 일부가 저작권료로 음악가들에게 돌아가고, 음악가들은 경제적 수입을 바탕으로 계속해서 창작 활동을 할 수 있기 때문이다. 그러나 겉으로 보이는 것과는 달리, 음악 서비스 유료화는 음악가들에게 득이 아닌 실이 된다.

05　이 서론과 뒤의 결론은 학생의 글에서 인용함.

4. 다음은 어떤 글의 결론이다. 어떻게 구성되어 있는가? 결론은 어떻게 구성하는 것이 좋을까?

> 지금까지 음악 서비스 유료화가 음악가들에게 그들의 창작품에 대한 정당한 대가를 지불하여 긍정적인 영향을 줄 것이라 흔히 여겨지는 것과 달리, 신인 가수들의 진출을 방해하고 경제적으로도 음악가들에게 이득이 되지 않음을 살펴보았다. 뮤직비디오 서비스를 유료화할 것이라는 유튜브도, 유료 음원 서비스를 제공하던 사이트들도, 그리고 음악가들도 다시 한번 음악 서비스 유료화의 실효성에 대해서 고민해봐야 할 것이다.

5. 제목 붙이기에 대해서 탐구해 보자.

가. 위에서 살핀 단락은 같은 글의 서론과 결론이다. 윗글에는 어떤 제목을 붙이는 것이 적절할까? 자기가 필자라고 생각하고 적절한 제목을 붙여보자.

나. 최근에 큰 관심사가 되었던 일에 대하여, 주요 언론의 기사나 칼럼을 검색해 보고 제목들을 뽑아서 정리해 보자. 그리고 그 제목들을 평가해 보자.

다. 제목은 어떻게 붙이는 것이 좋을까?

6. 다음은 어떤 글[06]의 본론이다. 서론과 결론을 작성하고 제목을 붙여보자.

제목 _____

서론 _____

_____

_____

_____

_____

　　청소년은 사회의 많은 분야에서 보호와 통제를 받고 있다. 사실 청소년에 대한 통제의 목적은 유해한 매체, 약물, 업소, 행위 등으로부터의 보호이다. 이는 청소년보호법의 목표이기도 하다. 이렇게 청소년의 권리를 제한하는 근본적인 원인은 청소년이 미성숙하기 때문이다. 청소년은 급격한 발달이 일어나 신체적으로는 성인과 거의 유사하나 그 변화를 따라가지 못하고 정신적으로 상당히 불안정하다. 호르몬의 영향으로 어쩔 수 없이 미성숙한 면모가 나타나는 것이다.

　　미국 국립보건원의 지드 박사에 따르면 청소년의 뇌는 완전히 발달하지 않았다. 청소년기에 특히 많은 발달이 일어나는 부위는 전전두엽으로, 충동을 조절하는 부위이다. 따라서 전전두엽의 미성숙은 반항, 일탈 등의 행위를 청소년이 성인에 비해 많이 하는 원인이 된다. 사회적으로도 청소년에 대한 규제가 존재하기 때문에 그에 대한 반발심도 역시 존재할 것이다.

　　청소년이 미성숙하다는 것은 사회 통념상으로도, 과학적으로도 분명한 사실이다. 미성숙한 국민이 투표권을 가지게 되면 어떤 문제가 일어날까? '모든 국가는 그에 걸맞은 정부를 가진다.'는 격언이 있다. 그만큼 민주주의는 국민의 수준에 많이 좌지우지된다. 즉 미성숙한 국민들에게 투표권이 주어지면 정치인들이나 특정 이익집단이 이를 이용해서 선동, 날조를 통해 부당한 이익을 얻으려 할 가능성이 있다. 정당이나 개인에 맹목적인 지지를

06　이동우(16학번)의 글이다. 본론의 분량은 1,240자(공백 포함)이다. 1,500~2,000자 정도의 글에서 서론:본론:결론의 비율은 1:3:1이 적당하다.

바친 사람들을 우리는 보았고, 그 결과 역시 잘 알고 있다.

물론 모든 청소년이 정치적으로 미숙한 것은 아니고 성인 중에서도 미성숙한 민주 의식을 가진 사람들이 적지 않다. 당장 위의 예시도 성인들이 문제가 된 경우이다. 그러나 투표권 제한의 기준이 필요하다는 것은 명백한 사실이고, 가장 타당한 기준은 청소년과 성인이다. 청소년의 미숙함과 더불어 학교라는 공간은 청소년 투표권이 제한되어야 하는 가장 큰 이유이다.

학교생활은 청소년들에게 매우 큰 비중을 차지한다. 모든 인간관계와 배움의 시작이 학교에서 이루어지기 때문이다. 또한 학교는 또래 친구들이 모여 있는 공간으로서 청소년의 모방심리가 나타나기 가장 좋은 곳이기 때문에 선동이 잘 일어날 수 있다. 교육 현장의 정치화도 문제이다. 교사는 학생을 가르치는 입장에 있기 때문에, 학업 이외의 분야에서도 학생들에게 미치는 영향이 지대하다. 교사의 정치적 입장이 학생에게 전달되기 매우 쉽다는 의미이다. 이미 교사의 편향적인 정치 인식 주입에 관한 문제 제기도 일어나는 상황에서 청소년 투표권이 주어진다면 문제가 심화될 것이다.

결론

_____

_____

_____

_____

_____

_____

_____

_____

제 6 장
퇴고

들어가며

1. 글쓰기를 완료했으면 제출하기 전에 다시 한번 살펴보고 고칠 것이나 보완할 것이 있으면 손질해야 한다. 이를 퇴고라 한다. 퇴고와 관련하여 가장 최근의 글쓰기를 떠올리며 아래 빈칸을 채워 보자.

무엇을	어떻게

2. 글을 왜 퇴고해야 하는가?

_____

_____

3. 글쓰기 윤리에 대해서 들어본 본 적이 있는가? 아는 대로 말해보자.

_____

_____

📋 학습 개요

초고를 완성했으면 제출하기 전에 글을 점검하고 고칠 것이 있으면 고쳐 써야
한다. 글을 고쳐 쓰는 것을 '퇴고'라 한다. 객관적인 관점에서 퇴고하려 할 때 다음
을 참고하면 도움이 된다.

- 일정 기간 초고를 멀리하라.
- 다른 사람(친구, 선생님 등)에게 검토를 부탁하라.
- 초고를 큰 소리로 읽어 보라.[07]

이 장의 탐구과제는 다음과 같다.

- 좋은 글의 요건
- 글쓰기 윤리(인용, 주석, 참고 문헌 등)
- 퇴고 연습

---

[07] 서울대학교 대학국어편찬위원회(2012:63-64)를 참조함.

🐾 탐구하기

1. 좋은 글은 일반적으로 다음의 요건을 갖추어야 한다. 그 의미를 생각해 보자.

- 통일성
- 연결성
- 경제성
- 명료성
- 정확하고 풍부하고 효과적인 단어와 문장

가. 아랫글을 통일성 측면에서 검토해 보자.

> 1990년대 이후에 한국 영화도 작품성과 흥행 면에서 외화 못지않은 경쟁력을 갖추게 되었다. 1990년대는 '한국영화 르네상스'라고도 불리운다. '블록버스터'라는 단어가 방화에 더해지기 시작한 시대이기도 하다. 대표작으로는 쉬리(1999), 투캅스시리즈(1994, 1996), 장군의 아들(1990), 편지(1997) 등이 있다. 특히 쉬리는 600만 관객을 동원하며 한국영화에 100만 관객 시대를 열었다. 90년대 한국영화는 영화법의 개정으로 표현의 다양함이 보장되었고, 한국 사회의 발전과 중산층의 등장으로 문화에 대한 관심이 증폭되면서 호황기를 맞이할 수 있었다.

나. 아랫글을 연결성 측면에서 검토해 보자.

> 인생살이는 육상으로 치면 100m 경주가 아니라 마라톤과 같은 것이다. 100m경주의 의의는 주어진 짧은 시간동안 경쟁자들을 제치고 실적을 내야 하는 데에 있다. 허나, 마라톤은 아주 오랜 시간동안 자신과의 싸움을 하는 육상 종목이다. 100m 경주는 선수들은 다른 선수들을 이기는 데에 모든 신경을 집중해야 한다. 그러나 우리가 세상을 살아가면서 남들과의 경쟁에 에

너지를 과하게 쓰는 것은 의미가 없다. 마라톤은 완주 자체만 하더라고 큰 의미가 있는 운동 종목이기 때문에 실적 보다는 완주 그 자체에도 큰 의의를 둘 수 있다. 인생도 마찬가지이다. 마라톤을 뛰는 마음으로 남들을 의식하지 않고 스스로와의 싸움과 인내에 집중을 한다면 그대로 의미가 있다.

다. 아랫글을 경제성 측면에서 검토해 보자.

'양성 평등'이라는 측면에서 보면 조선 시대가 고려 시대보다 더 후퇴했다고 할 수 있다. 고려와 같은 경우에는 일부일처제가 시행되었고 유산은 남자한테만 상속한다는 것은 불법이었다. 이에 반해서 조선 시대는 유교 사회로 유교 사화에서는 인간이 지켜야 할 5가지 도리 중 부부유별을 강조하였다. 남자와 여자는 각자 맡은 일이 있으며 서로 다른 사람의 일을 침범하지 않는다는 뜻이다. 하지만, 실제로는 여성은 집 안에만 있어야 하고 부부간의 소통과 애정이 단절되었다. 뿐만 아니라 당시 조선시대에서는 일부다처제가 허용되었음을 알 수 있는데 이를 통해서 조선 시대가 고려 시대보다 양성평등의 측면에서 더 후퇴했다고 할 수 있다.

라. 아랫글을 명료성 측면에서 검토해 보자.

교육의 사전적 의미는 지식 교육과 품성, 체력을 단련하여 성숙치못한 심신 발육을 뜻한다. 이러한 점을 미루어 볼 때 교육은 개념적 수단으로서 역할을 수반한다. 즉 현상을 깨닫는 삶이 인간다운 삶이라는 말과 같은 맥락에서 해석된다. 이때 두 가지 형태의 삶은 교육을 통해 이룰 수 있다는 공통점이 있다. 또 공교육 습득은 대다수에게 행해짐으로, 이런 삶의 기회는 많은 이들에게 제공되지만 수동적인 교육자와 피교육자에겐 그런 삶이 의미가 없다는 단점도 배제할 수 없다. 뿐만 아니라 공교육 습득자만이 이러한 삶을 사는가에 대한 의문은 극단적인 경우 미성숙자의 급격한 증가로 공교육의 가치를 상실시킬 염려도 있다.

마. 위에서 다룬 글에서 잘못 쓰인 단어나 문장을 골라내 보자.

2. 글쓰기 윤리에 관해 물음에 답하면서 탐구해 보자.

가. 글을 쓸 때, 윤리적으로 문제가 될 수 있는 행위에는 어떤 것들이 있을까?

나. 글을 쓸 때 다른 사람의 아이디어를 인용하여 활용할 수 있다. 아래 인용의 차이가 무엇인지 구체적으로 말해 보자.

    1. 직접 인용

    2. 간접 인용

    3. 재인용

다. 다른 사람의 생각이나 글의 일부를 자기의 글에 인용했으면 출처를 밝혀야 한다. 출처를 밝힐 때 어떤 정보를 제시해야 할까?

_____

_____

라. 다음 설명에 해당하는 예를 이 책에서 찾아보자.

1. 참조주: 인용의 출처를 밝히는 주석
2. 내용주: 글 내용의 일부에 대하여 부족한 점을 보충 설명하기 위한 주석
3. 내각주: 글의 본문 안 해당 부분에 괄호로 표시하는 주석
4. 외각주: 해당 페이지 본문 밑에 다는 주석
5. 미주: 글의 끝이나 각 장의 끝에 몰아서 제시하는 주석

3. 퇴고는 내용을 검토하는 거시적인 것과 표현을 검토하는 미시적인 것으로 구분하여 수행하는 것이 좋다. 물음에 답하면서 퇴고 연습을 해 보자.

인간은 생물의 왕인가?[08]

우리나라에서는 동물이 사람을 심하게 해치거나 죽이면 그 동물을 즉각 죽인다. 하지만 사람이 다른 사람을 심하게 해치거나 죽이더라도 즉각 죽이지는 않고 복잡한 사법 절차에 따라 대우하면서 벌을 결정한다. 이러한 인간과 동물에 따라 다른 처벌 방법은 논쟁을 크게 일어나게 만든다. 여기서 중요한 것은 인간과 동물의 존엄성이다. 과연 인간은 동물들보다 더 존엄하기에 이러한 처벌 방법들이 정당한가에 대해 알아보기 위해 과연 인간이 존엄한지, 또 다른 동물 또는 생물들보다 더 존엄한지에 대해서 알아보려고 한다.

인간이 존엄한 지를 따지기 위해서는 우선 존엄성이라는 것부터 정의를 해야 한다. 존엄하다는 것은 사전적으로는 '인물이나 지위 따위가 감히 범할

---

08 이 글은 '인간은 존엄한가?'라는 논제에 대하여 학생이 작성한 글이다. 퇴고 연습을 위해, 동의를 받아 학생의 글을 인용자가 수정하여 인용한다.

수 없을 정도로 높고 엄숙하다.'라는 것이다. 여기서 '지위'란 '개인이 사회적 신분에 따르는 위치나 자리' 또는 '어떤 사물이 차지하는 자리나 위치'라는 의미를 가지며[1] '엄숙하다'는 것은 '분위기나 의식 따위가 장엄하고 정숙하다'는 것이고, '장엄하다'는 것은 '씩씩하고 웅장하며 위엄 있고 엄숙하다.'는 뜻이다. 여기서 또한 '위엄'이란 '존경할 만한 위세가 있어 점잖고 엄숙함. 또는 그런 태도나 기세.'라는 뜻이다.[2] 마지막으로 '존경하다'는 것은 '남의 인격, 사상, 행위 따위를 받들어 공경하다.'는 것이고[3] '공경하다'는 '공손히 받들어 모시다'[4], '받들다'는 '가르침이나 명령, 의도 따위를 소중히 여기고 마음속으로 따르다'는 것이다.[5] 즉 존엄하다는 것은 '어떤 인물이나 개인이 차지하는 자리나 위치가 감히 범할 수 없을 정도로 높고 분위기나 의식 따위가 남들이 보았을 때 인격, 사상, 행위 따위를 받들어 공손히 가르침이나 명령, 의도 따위를 소중히 여기고 마음속으로 따르고 모실 만하다' 는 것이다. 사람 가운데서도 존엄한 사람이 있는가 하면 그렇지 않은 사람도 있으므로 이것은 상대적인 것이므로 생물의 관점에서 봐야한다. 그러므로 존엄한 인간은

1) 인간이 다른 생물들과 비교해서 차지하는 자리나 위치가 매우(범할 수 없을 정도로) 높아야 한다.

2) 인간의 의식이 다른 생물들과 비교해서 인격, 사상, 행위 따위들이 공손히 가르침이나 명령, 의도 따위를 소중히 여기고 마음속으로 따르고 모실 만해야 한다.

를 만족해야 한다.

첫 번째 조건을 살펴보면 '인간이 다른 생물들과 비교해서 차지하는 자리나 위치가 매우 높아야 한다'는 것이다. 여러 생물이 있을 때 우리는 여러 가지 기준을 가지고 자리나 위치를 비교한다. 하지만 생물, 생태계의 관점에서 보려고 할 때 우리는 보통 약육강식 즉 먹이사슬에서 우위에 있을 때 그 생물이 그 지역에서 높은 지위에 있다고 한다. '먹이사슬' 이란 '생태계에서 먹이를 중심으로 이어진 생물 간의 관계'이다.[6] 이 관점에서 보면 인간은 차지하는 자리나 위치가 범할 수 없을 정도로 높아야 한다고 할 수 있다. 오늘날 인간들은 각종 화기들을 사용할 수 있으며 이런 도구들을 사용하여 매일같이 다른 생물들을 먹이로써 사용하고 있다. 또한 인간을 먹이로 하는 동물들은 가끔 인간이 잡아먹혔다는 뉴스가 나오기는 하지만 그것은 극히 일

부일 뿐이고 종 대 종으로 보았을 때 그 종에게 인간이 죽는 횟수보다 압도적으로 인간이 죽이는 횟수가 많다. 그러므로 인간이 존엄하다는 첫 번째 조건은 매우 만족한다고 볼 수 있다.

둘째 조건은 '인간의 의식이 다른 생물들과 비교해서 인격, 사상, 행위 따위들이 공손히 가르침이나 명령, 의도 따위를 소중히 여기고 마음속으로 따르고 모실만 하다.'라는 것이다. 다른 생물들과 인격이나 사상을 비교하기는 어려우므로 행위와 그것들의 의도를 위주로 비교하면 된다. '따르고 모실만 하다'는 것을 모두가 이렇게 행동한다면 좋은 결과, 사회, 세상이 만들게 된다. 하지만 '생물'이란 '생명을 가지고 스스로 생활 현상을 유지하여 나가는 물체. 영양, 운동, 생장, 증식을 한다.'이다. [7] 즉 보통 생물들은 스스로 생활 현상을 유지하고 생장, 증식하는 것들을 해야 한다. 이런 생물적인 관점에서 본다면 인간은 존엄하다고 나는 생각한다. 첫 번째 조건에서 보았듯이 인간은 먹이사슬의 꼭대기에 위치하므로 영양을 섭취할 수 있고 생장할 수 있으며 증식하기에는 다른 종의 위협이 없어 새끼 또는 태아들의 생존률이 매우 높다. 즉 어느 종들 보다도 살기에 안전하고 번식 또는 출산 또한 할 수 있다. 만약 다른 생물들이 생각을 할 수 있다면 인간처럼 다른 종들의 위협이 적고 먹이사슬 꼭대기에 위치하고 번식, 증식을 편하게 할 수 있고 싶다.라고 생각할 것이다. 그러므로 두 번째 조건에서도 생물적인 관점에서 인간은 존엄하다고 본다. 그러나 위에서 언급한 인간적인 관점에서 본다면 모두가 인간처럼 다른 종들을 거의 신경 쓰지 않고 먹이로써 보다 더 사냥하고 자신들의 활동 영역을 넓혀 간다면 아무 생물도 남지 않을 것이다. 하지만 인간이 거의 간섭하지 않았던 아마존 등을 본다면 생태계가 잘 이루어져 있다. 그러므로 인간이 만든 도덕적인 관점에서는 건전한 의식을 가진 사람은 존엄하고 그렇지 않은 사람은 존엄하지 않다고 할 수 있다.

이렇게 '인간'과 '다른 종'들의 존엄한 정도에 대해 두 기준을 가지고 그에 따라 '존엄한 정도'를 비교해 보았다. 인간은 다른 종들의 위협이 거의 없고 다른 종들을 먹이로 하므로 먹이사슬에 우위에 있어서 지위나 위치가 매우 높아 첫 조건을 만족시키고 영양, 운동, 생장, 증식을 하기에 매우 적합하므로 두 조건 모두 인간이 존엄하다고 할 수 있다. 종합적으로, 모든 인간이라고 할 수는 없지만, 어떤 인간은 적어도 생물의 관점에서 본다면 보다 더 '존엄하다'라고 할 수 있다. 그러므로 인간은 다른 생물을 일부 존엄하지 못한 인간과 함께 차별 하더라도 상당히 정당하다고도 할 수 있다.

주석:

1) "지위"

2) "위엄"

3) "존경하다"

4) "공경하다"

5) "받들다"

6) "먹이사슬"

7) "생물" 이하 네이버 국어사전

가. 다음 관점에 따라 윗글을 검토해 보자.

- 본론의 각 문단이 글 전체의 결론을 뒷받침하고 있는가?

- 본론의 각 문단이 효과적으로 배열되어 있는가?

- 불필요한 내용이 들어있거나 꼭 필요한 내용이 누락되지는 않았는가?

- 사용한 논법이 논리성이 강한가?(전제, 전제와 결론의 관련, 결론 요건)

- 서론이 매력적인가?

- 결론이 인상 깊은가?

- 제목이 적절한가?

나. 이번에는 다음 관점에서 윗글을 검토해 보자.

- 각 문단의 뒷받침 문장들이 문단의 중심 문장을 뒷받침하는가?

- 각 문단에서 문장들의 연결은 적절한가?

- 문장들이 문법적으로 정확한가?

- 문장들의 구조와 길이는 적절한가?

- 단어를 정확하게 사용했는가?

- 단어를 풍부하고 효과적으로 사용했는가?

- 글쓰기의 윤리를 제대로 지켰는가? (인용, 주석, 참고 문헌 등)

다. 위 검토 결과를 바탕으로 윗글을 퇴고해 보자.(고친 부분에 그 사유를 주석으로 달기)

여러 가지 논법

○ ○ ●

제 7 장

정의

 들어가며

썸을 탄다는 것은

박유진(11학번)

최근에 학생들 사이에서 "썸을 탄다."라는 말이 자주 사용되고 있다. 이 말은 은어 중 하나로서 개그콘서트의 '두근두근', 웹툰인 '썸툰' 등 각종 작품들의 소재로 자주 쓰이기도 한다. 그렇다면 썸을 탄다는 것은 정확히 어떤 것일까?

썸이라는 단어는 영어 something에서 유래했다. 즉 남녀 사이에 '무엇'인가 있다는 것이다. 흔히 두 남녀가 서로에게 호감을 가지고 지속적인 연락을 통해 친밀감을 느끼는 것, 사귀기 직전의 관계를 썸을 탄다고 말한다. 또한, 서로가 서로의 마음, 즉, 호감을 가지고 있다는 사실을 알고 있어야 한다. 이런 썸은 여러 단계를 거쳐서 진행될 수 있다.

초기 단계에서는 남자, 또는 여자가 이성에게 호감을 느끼게 되어 먼저 연락을 시작하면서 진행이 된다. 대부분 이 단계에서는 한 명만 호감을 가지고 있기 때문에, 또한 친구로서 친하게 지내고 싶어서 연락을 하는 것일 수도 있기 때문에, 아직 썸을 탄다고 말하기에는 이르다. 하지만 연락이 지속되고, 한 방향이 아니라 쌍방향으로 연락이 진행될 때는 썸으로 가는 다음 단계로 발전할 수 있다.

연락이 끊이지 않고, 서로의 연락을 기다리게 된다면 썸을 탈 수 있는 중반 단계에 온 것이다. 이 단계에서는 연락이 오지 않으면 괜히 그 사람이 무엇을 하고 있을까 궁금해지고, 왜 연락이 오지 않을까 자기도 모르게 생각하게 된다. 연락이 끊이지 않게 대화 주제를 찾으려고 하고, 상대방도 먼저 연락을 끊지 않을 때 마지막 절정 단계에 도달할 수 있다.

절정 단계에서는 상대방을 좋아한다는 사실을 의식하게 된다. 그 사람을 보면 두근거리고, 보고 싶고, 만나고 싶게 된다. 그리고 상대방도 그런 조짐을 보인다면, 썸을 탈 수 있는 준비가 된 것이다.

썸은 이렇게 세 단계를 거쳐서 사귀기 바로 직전, 서로가 좋아한다는 사실이 심증은 있지만 확실한 물증이 없을 때, 행복하고 두근거리는 상태이다. 그래서 상대방이 언제 고백하든 받아줄 수 있어야 한다. 하지만 사람들은 자신이 썸을 타고 있다고 착각에 빠질 때가 있다. 이는 대부분 상대방도 나를 좋아한다고 생각하기 때문에 발생하는 오류이다. 예를 들어 철수는 영희와 썸을 탄다고 생각해서 고백했는데 영희가 거절했다면 철수와 영희는 썸을 탄 것이라고 말할 수 없다.

이렇듯 썸을 탄다는 것은 헷갈리기 쉽기 때문에 오랜 시간을 들여 썸을 타는 게 맞는 것인지 검증하는 작업이 필요하다.

1. '썸을 탄다'는 말에 관해 필자가 내린 정의를 정리해 보자.

_____

_____

_____

2. 필자의 정의는 적절한가?

_____

_____

_____

3. 정의를 논증에 사용하면 어떤 점에서 유익할까?

_____

_____

_____

4. 좋은 정의를 위해 필요한 것은 무엇일까?

_____

_____

_____

📋 학습 개요

정의란 어떤 용어[단어, 어구]의 개념을 다른 말로 규정하는 것이다. '들어가며'에 실린 글의 필자는 "썸을 탄다"라는 신조어에 대해 "사귀기 바로 직전, 서로가 좋아한다는 사실이 심증은 있지만 확실한 물증이 없을 때, 행복하고 두근거리는 상태이다."로 정의하고 있다.

정의는 한 개념과 다른 개념 사이의 관계를 밝히는 것이다. 제2장에서 익힌 것처럼 개념이란 단어가 지닌 의미인데 이것은 단어가 지칭하는 대상이 속하는 부류의 공통적 속성을 가리킨다. 그런데 이 개념은 하나의 사회적 약정이어서 정의란 어떤 용어에 대한 사회적 약정을 확인하는 것이기도 하다.

정의는 논리적인 사고 전개의 필수 요소다. 정의는 논법이 아니지만, 이 책에서는 논법의 하나로 간주하고 다룬다.

이 장의 탐구과제는 다음과 같다.

• 정의의 어려움과 필요성

탐구하기

1. 아랫글을 읽고 물음에 답하면서 정의에 대해 살펴보자.

1. 플라톤의 후예들이 아카데메이아에서 '인간'을 정의하기 위해 오랜 토론을 했다. 그리고 '인간은 털 없는 두 발 달린 동물이다.'라는 정의를 내리고 자랑스럽게 일반에 발표했다. 그러자 다음 날, 어떤 사람이 털을 모두 뽑은 닭 한 마리를 던지면서 "여기 플라톤의 인간이 있다."라고 했다. 그가 고대의 유명한 견유주의(犬儒主義)* 철학자 디오게네스(Diogenes, B.C. 400?~323?)였다는 설이 있다. 알렉산드로스 대왕이 소원을 들어줄 테니 말하라고 하자, 햇빛이나 가리지 말아달라고 한 냉소적 성품을 감안하면 충분히 그럴 수 있겠다.

아무튼 아카데메이아의 학생들은 이 사건에 당황하여 다시 닭과 인간의 차이에 대해 토론을 벌였다. 그 결과 얻은 결론이 '닭은 발톱이 좁고 인간은 넓다.'라는 것이었다. 그래서 다시 내린 정의가 '인간은 발톱 넓은, 털 없는, 두 발 달린 동물이다.'였다.[01]

*견유주의: 인간이 인위적으로 정한 사회의 관습, 전통, 도덕, 법률, 제도 따위를 부정하고, 인간의 본성에 따라 자연스럽게 생활할 것을 주장하는 태도나 사상. ≒냉소주의, 시니시즘.

---

01 김용규(2011:182)에서 인용함.

2. EU는 '초콜릿이란 무엇인가?'라는 정의를 둘러싸고 두 파로 갈라져 싸
   우는데, 초콜릿은 순수하게 코코아 버터만으로 만들어야 한다고 주장
   하는 프랑스, 벨기에 주도의 8개국과 식물성 기름이 혼합된 것도 초콜
   릿으로 인정해야 한다고 맞서 온 영국, 덴마크 주도의 7개국이 이른바
   초콜릿 전쟁을 벌이고 있다. 현재 EU에서는 코코아 버터만으로 제조된
   것만 초콜릿으로 인정해 수출입이 자유화되어 있는 데 반해, 식물성 기
   름을 섞어 만든 제품은 제조는 자유이나 수출입이 금지되어 있다. [02]

3. "소크라테스 선생님, 당신이 모르고 있는 것을 어떻게 탐구하시렵니
   까? 탐구의 대상으로 무엇을 정하시겠습니까? 그리고 만일 당신이 원
   하는 것을 발견한다손 치더라도 그것이 바로 당신이 모르고 있었던 대
   상이라는 것을 어떻게 알 수가 있습니까?"[03]

4. "야, 인호 아빠가 담임 선생님을 아동학대로 고소했대?"
   "헐! 왜 그랬대?"
   "인호를 심하게 꾸짖은 것을 문제 삼았나 봐."
   "좀 심하긴 했어. 근데, 인호가 무슨 아동이야?"
   "어? 그러네! 고등학생인 우리가 아동은 아니잖아."

가. 어떤 것은 정의하기가 왜 어려울까?

_____

_____

_____

---

02 한국일보(1997.10.25.), 김영정 편저(2006a:144)에서 재인용함. 최훈(2018:11-112)에 따르면 1973년부터 시작
    한 이 논쟁은 2000년 유럽 의회가 뒤엣것도 초콜릿으로 분류하도록 허가하면서 끝났다고 한다.

03 메노(Meno)의 말. 이용걸(1982:26)에서 재인용함.

나. 정의는 왜 필요할까?

---

2. 다음 예시로 정의의 형식에 대해 살펴보자.

    인간은 이성적 동물이다.

---

3. 정의는 여러 가지 방식으로 내릴 수 있다. 아래 정의들이 어떤 방식으로 이루어
   졌는지 따져 보자.

   가. 사람이란 █를 가리킨다.

   나. 사람이란 김갑주, 이을주, 박병주, 최정주, 정무주 등을 말한다.

   다. 사람이란 생각을 하고 언어를 사용하며, 도구를 만들어 쓰고 사회를 이루어
     사는 동물이다. (표준국어대사전)

라. 사람이란 동물계, 척삭동물문, 포유강, 영장목, 사람과, 사람속에 속하는 생물 종이다.

_____

_____

마. 사람이란 권리와 의무의 주체인 인격자를 말한다. 자연인(自然人)과 법인(法人)을 포함한다.

_____

_____

바. 인간이란 아무 조건 없이 사랑해 주는 대상이 필요한 존재이다.

_____

_____

사. 사람이란 말에는 다른 뜻도 있는데 누군가가 어떤 사람을 두고 "제발 사람 노릇 좀 해라."라고 할 때 "제발 품위 있게 행동하라."라는 뜻이다.

_____

_____

아. 사람이란 다른 사람의 기대와 관심으로 격려를 받으면 마음과 언행이 긍정적인 방향으로 바뀌는 존재이다.

_____

_____

자. 인간이란 사람을 가리킨다.

_____

_____

차. 사람의 15세기 말은 '사룸'이다. '사룸'은 동사 '살-'에 접미사 '-움'이 결합한 명사이다. 16세기 이후로 '사람'이 되면서 현재에 이르렀다. 살아 있는 것이 어디 사람뿐이겠는가? 어원이 저렇다는 것은 사람이란 결국 살아 있는 존재의 대표라는 뜻일 것이다.

---

4. 각 단어에 관해 어떤 방식으로 정의를 내리고 있는지 살펴보고, 제시된 기준에 따라 정의가 적절한지 판단해 보자.

<정의의 검토 기준>[04]

1. 정의항은 피정의항의 본질적인 의미를 드러내야 한다.
2. 정의항은 너무 넓어서도, 너무 좁아서도 안 된다.
3. 피정의항은 정의항에 있는 단어를 사용하지 않아야 한다.
4. 정의항은 피정의항의 의미를 애매하지도 모호하지도 않게 해야 한다. 분명하고 명료하게 해야 한다.
5. 긍정어를 써서 정의할 수 있다면 부정어를 사용하지 않아야 한다.

가. 가시광선이란 특정 주파수의 전자기파로서 눈으로 볼 수 있으며 그 색을 구분할 수 있는 빛을 의미하며, 흰빛을 프리즘에 통과시켰을 때 나타나는 여러 종류의 색을 띤 빛을 말한다.

---

04 김희정·박은진(2020:151)에서 인용함.

나. 달력이란 1년의 날짜와 명절 등을 순서대로 정리해 놓은 표나 책자를 의미하며, 동양의 경우 달이 차고 지는 것을 기준으로 삼아 날짜를 구분하였기 때문에 달력이라는 이름이 붙었다.

_____

_____

다. 물이란 수소와 산소를 2대 1의 비율로 밀폐된 공간에 넣고 가열하면 일어나는, 수소의 연소반응에 따라 생성되는 물질을 말한다.

_____

_____

라. 문학은 주로 정서에 영향을 주려고 창조하고 정서적 경험을 하려고 감상하는 예술로 시, 소설, 수필, 희곡 등이 있다.

_____

_____

마. 소설은 시가 아닌 문학 작품이다.

_____

_____

바. 인간이란 생각하는 갈대다. (파스칼)

_____

_____

사. 김 박사 형제는 철학이 다르다. 진화론자인 형은 어떤 물질이 무한한 시간 속에서 우연한 변화를 통해 세계가 형성되었고, 우연적으로 운행된다고 보지

만, 목사인 그 동생은 세계가 신에 의해 창조되어 형성되었고 필연적인 목적에 따라 운행된다고 본다는 점에서 그 철학이 다르다. 철학은 이런 것이다.

_____

_____

아. 듣는 사람이 무슨 뜻인지 모르고, 말하는 사람조차 자신이 무슨 말을 하는지 모르면, 그것은 철학이다. (볼테르, 김용규 2011:278)

_____

_____

5. 아래 진술에서 언어 사용의 문제점을 파악해 보자.

가. 봄철에 방화에 의한 산불이 더러 발생한다. 방화 대책을 꼼꼼히 세워야 한다.

_____

_____

나. 아인슈타인이 시간의 상대성을 말했는데 이것은 확실히 진리다. 4교시 수업시간은 다른 시간보다 훨씬 길지만, 점심시간은 얼마나 빨리 지나가는지 모른다.

_____

_____

다. 이번 특별재난지원금은 서민들에게만 지급되어야 한다.

_____

_____

라. 아버지께서 급우들과 사이좋게 지내라고 하셨다. 그래서 갑주하고 사이좋게
　지내지 않아도 된다. 갑주는 다른 반 친구이기 때문이다.

마. "지난번 과제, 갑주 도움으로 A 받았지, 맞지?" "A 아닌데요. B+인데요." "그
　래? 언제부터 갑주 도움 받은 거야?"

바. 외국인 노동자들의 산업재해 사고가 빈발하고 있다. 참으로 안타깝다. 인종
　차별 문제를 빨리 극복해야 한다.

사. 김갑주 박사는 틀림없이 공산주의자다. 그는 칼럼에서 자본주의의 문제점을
　조목조목 지적하며 비판했다.

아. 인간이란 조금만 힘이 생기면 다른 사람을 부려먹으려고 덤비는 종족이다.

---

6. 법규 '2'를 참고하여, 글 '1'에 나온 김항일 씨의 행위를 법적으로 판단해 보자.

1. 춘원 이광수, 그의 문학적 업적은 얼마나 화려한가? 그러나 잘 아는 대로 그는 말년에 친일의 길을 걸음으로써 많은 사람들을 실망시켰다. 이렇게 가정해 보자.

　최근 춘원의 문학이 재조명되고 그의 작품이 날개 돋친 듯 팔려나가자 독립운동가의 후손인 김항일 씨는 그만 화가 날 대로 났다.

　어느 날 세종 문화 회관에서 '춘원을 다시 생각한다'라는 주제로 심포지엄이 열린다는 소식을 듣고 그는 그 자리에 나가, "춘원은 민족 반역자다. 친일파의 문학을 평가해서 어쩌자는 것이냐?"라고 고함치면서 항의했다. [05]

2. **제33장 명예에 관한 죄** [06]

제307조(명예훼손) ①공연히 사실을 적시하여 사람의 명예를 훼손한 자는 2년 이하의 징역이나 금고 또는 500만원 이하의 벌금에 처한다. 〈개정 1995. 12. 29.〉

②공연히 허위의 사실을 적시하여 사람의 명예를 훼손한 자는 5년 이하의 징역, 10년 이하의 자격정지 또는 1천만원 이하의 벌금에 처한다. 〈개정 1995. 12. 29.〉

제308조(사자의 명예훼손) 공연히 허위의 사실을 적시하여 사자의 명예를 훼손한 자는 2년 이하의 징역이나 금고 또는 500만원 이하의 벌금에 처한다. 〈개정 1995. 12. 29.〉

제309조(출판물 등에 의한 명예훼손) ①사람을 비방할 목적으로 신문, 잡지 또는 라디오 기타 출판물에 의하여 제307조제1항의 죄를 범한 자는 3년 이하의 징역이나 금고 또는 700만원 이하의 벌금에 처한다. 〈개정 1995. 12. 29.〉

05　한기찬(2019:195)에서 인용함.

06　'형법'을 참조함.
　　http://www.law.go.kr/LSW/lsSc.do?tabMenuId=tab18&p1=&subMenu=1&nwYn=1&section=&tabNo=&query=%ED%98%95%EB%B2%95#undefined

②제1항의 방법으로 제307조제2항의 죄를 범한 자는 7년 이하의 징역, 10년 이하의 자격정지 또는 1천500만원 이하의 벌금에 처한다. 〈개정 1995. 12. 29.〉

제310조(위법성의 조각) 제307조제1항의 행위가 진실한 사실로서 오로지 공공의 이익에 관한 때에는 처벌하지 아니한다.

제311조(모욕) 공연히 사람을 모욕한 자는 1년 이하의 징역이나 금고 또는 200만원 이하의 벌금에 처한다. 〈개정 1995. 12. 29.〉

제312조(고소와 피해자의 의사) ①제308조와 제311조의 죄는 고소가 있어야 공소를 제기할 수 있다. 〈개정 1995. 12. 29.〉

②제307조와 제309조의 죄는 피해자의 명시한 의사에 반하여 공소를 제기할 수 없다. 〈개정 1995. 12. 29.〉

7. 아랫글을 읽고 정의에 대해 더 탐구해 보자.

이스포츠(e-sport)는 새로운 문화이다

남윤호(15학번)

이스포츠 진흥에 관한 법률 제2조 제1호의 정의에 의하면 이스포츠는 "게임물을 매개로 하여 사람과 사람 간에 기록 또는 승부를 겨루는 경기 및 부대 활동"을 말한다. 쉽게 말해, 사람들이 게임에서 경쟁을 하는 것이 이스포츠이다. 지난 4월 17일 아시아 올림픽 평의회와 중국의 알리스포츠는 2022년 항저우 아시안게임에서 공식종목으로 이스포츠를 추가하는 협약을 맺었다고 발표했다. 아시아 올림픽 평의회는 이스포츠를 공식종목으로 채택하기 위해 2차례 시범적으로 운용 후 정식종목으로 운용할 예정이다. 올해 9월에 열리는 제5회 실내 무도 아시안 게임에서는 피파 2017,

MOBA(Multiplayer Online Battle Arena) 장르와 RTS(Real Time Strategy) 장르 게임으로 이스포츠 경기를 할 예정이라고 한다. 즉, 세계적으로 이스포츠를 하나의 스포츠로 인정하려는 움직임이 있다는 것이다. 하지만 이스포츠는 스포츠가 아니다.

이를 증명하기 위해 이스포츠가 스포츠라고 가정해 보자. 표준국어대사전에 따르면 스포츠란 운동과 같은 뜻으로, 일정한 규칙과 방법에 따라 신체의 기량이나 기술을 겨루는 일 또는 그런 활동을 의미한다. 덧붙이자면, 주어진 규칙에 따라 신체를 사용해 승리를 쟁취하는 것을 주목적으로 하는 활동이 스포츠이다. 이스포츠 또한 게임 내에 어떤 규칙이 존재하고 플레이어들은 그 규칙에 따라 승리를 목적으로 경기를 진행한다. 하지만 이스포츠를 신체적 활동이라고 보기에는 다소 무리가 있다. 전 세계인들의 스포츠인 축구의 경우, 활동량이 많은 미드필더는 한 경기에서 평균 11~13km를 뛰어다닌다고 한다. 심지어, 경기를 심판하는 주심의 활동량도 8~10km에 이른다. 다른 스포츠들도 경기를 끝내고 나면 온몸이 땀으로 흠뻑 젖어있고 호흡이 가파를 것이다. 하지만 이스포츠는 의자에 앉아 키보드와 마우스를 손으로 조작하는 것이 전부이다. 경기가 끝난 후에는 목이나 어깨가 조금 뻐근할 뿐이다.

또한 스포츠는 영원하다. 예를 들어, 사람들이 공을 차며 놀던 것이 1863년에 축구 협회가 탄생한 이후 축구가 되어 규칙만 조금씩 바뀌었을 뿐 오늘날까지 전해져 내려와 많은 사람들이 즐기는 스포츠가 되었다. 이 외에도 야구, 농구, 배드민턴, 탁구 등의 많은 스포츠가 지금까지 지속되어 오고 있으며 앞으로도 계속 지속될 것이다. 비록 특정 스포츠를 즐기는 사람들이 없어지더라도 그 스포츠 자체는 존재하며, 그 스포츠를 즐기고 싶은 사람이 생겨난다면 다시 그 스포츠는 활성화 될 것이다. 그러나 이스포츠는 영원하지 않다. 예를 들어, 스타크래프트는 1998년 처음 출시된 이후, 대한민국에서 엄청난 열풍을 일으켰고 그로 인해 이스포츠가 탄생했다고 해도 과언이 아니다. 하지만, 현재 스타크래프트 프로리그는 해체되었고 추억에 잠겨 있는 일부 플레이어들만 스타크래프트를 종종 즐길 뿐이다. 이는 이스포츠의 매개물인 게임이 기업의 소유이기 때문이다. 기업은 이윤 창출을 목표로 하는 단체이고, 게임이 더 이상 이윤을 만들어내지 못한다면 그 게임은 망할 수밖에 없는 것이다.

 이렇게 이스포츠를 스포츠로 인정하기에는 기존 스포츠의 특성과는 상반되는 부분들이 있다. 따라서 이스포츠는 스포츠가 아니다. 물론 이스포츠와 스포츠는 유사한 점이 많다. 단순한 신체 능력 또는 조작능력뿐만 아니라 동물적인 육감과 상대의 허를 찌르는 전술, 어떠한 상황에서도 침착함을 유지할 수 있는 냉철한 이성, 팀원과의 소통 능력 또한 굉장히 중요하며 경기의 승패에 큰 영향을 끼친다. 또한, 한쪽이 지고 있는 상황에서도 역전과 재역전을 거듭하며 극적인 반전의 상황이 나올 수 있다. 그렇기에 우리는 이스포츠를 스포츠와 유사하지만 스포츠는 아닌, 별개의 새로운 문화로 인정해주고 이스포츠를 즐기는 사람들을 존중해주어야 할 것이다.

가. 전제와 결론을 찾아 정리해 보자.

_____

_____

나. 윗글에 정의가 어떻게 사용되었는가?

_____

_____

다. 윗글에 사용한 정의의 방식은 무엇인가?

_____

_____

라. 윗글에 사용한 정의가 적절한지 기준에 따라 검토해 보자.

_____

_____

쓰기

1. 아래 중 하나를 선택하여 정의의 방법으로 글을 써 보자.

- 평화
- 임의의 추상적인 단어
- 임의의 신조어

▶ 정의에 초점을 두고 아랫글을 읽어 보자.

삶에 필요한 몇 가지 용기[07]

김형경(소설가)

그 후배 여성은 아버지의 폭력 피해자였다. 그 아버지는 아내도, 다른 자식도 때리지 않았는데 유독 큰딸에게만 폭력을 행사했다. 무언가를 잘못한다는 이유에서였다. 집안에 회초리를 마련해두고 잘못하는 일이 발견될 때마다 아이에게 직접 매를 가져오게 했다. 맞는 게 공포스러웠던 아이가 장롱 뒤편으로 회초리를 숨기자 "이게 안 맞으려고 별 꾀를 다 쓴다"면서 딸의 눈앞에서 PVC 관을 잘라 새 회초리를 만들었다. 관 위에 청테이프를 감으면서 "이렇게 때리면 자국이 남지 않는다"고도 말했다.

처음 만났을 때 그녀는 스물일곱 살이었다. 노출 심한 옷차림에, 18세기에서 온 듯 온순한 태도를 취했다. 그 온순함은 온 힘을 다해 아버지의 폭력에 적응한 결과였다. 대신 그녀는 초등학교 5학년 때부터 술을 마셨다고 말했다. 스물일곱 살에 이미 매일 술을 마시지 않고는 견딜 수 없는 상태에 있었다. 물리적인 폭력을 행사하는 남자와 파괴적인 연애를 하는 중이었고, 극단적 자기파괴 충동 속에서 고통받고 있었다. 다행인 점은 그녀가 자신을 구하기 위해 한 발 내디딘 상태라는 점이었다. 그로부터 약 6년 동안 나는 그녀가 자신을 치유하고 구원하는 과정을 곁에서 지켜보았다. 변화를 모색하는 고비마다 그녀는 힘겹게, 온 힘을 다해 용기를 쥐어짜곤 했다.

후배 여성에게 필요한 첫 번째 용기는 '고통을 직면할 수 있는 용기'였다. 자신이 꽤 착하고 옳은 사람이라는 나르시시즘적인 자기 이미지를 벗어내고, 알코올로 회피해온 내면의 고통과 직면했다. 가족의 희생양이었던 유년기의 공포를 경험하고 표현하면서 눈물 흘릴 수 있는 용기를 냈다. 아프고 슬프고 찌질한 과거가 있어도 괜찮고, 다만 그것이 삶에 걸림돌이 되지 않도

록 애도하고 떠나보낼 수 있도록 노력했다.

용기라는 단어(courage)는 심장을 뜻하는 프랑스어(coeur)에 어원을 두고 있다고 한다. 심장이 뇌와 팔다리로 피를 보냄으로써 신체 기관이 작동하도록 하듯 용기는 정신의 모든 미덕이 가능하도록 하는 근원이다. 용기가 없다면 삶의 가치들을 실천하거나 이행할 수 없다. 우리가 한 걸음 성장하기 위해서도 반드시 필요한 것은 용기이다.

그녀에게 필요했던 두 번째 용기는 '불안을 이겨낼 수 있는 용기'였다. 아버지에게 맞으면서도 그 아버지에 대한 의존성을 버릴 수 없었던 유년기의 감정을 알아차리고, '사랑하기 때문에 폭력을 행사한다'는 잘못된 메시지를 지워냈다. 폭력적인 남자친구와 헤어지기 위해 노력하고, 나쁜 남자와 상호 의존하는 성향을 버렸다. 의존할 사람을 성급하게 찾는 대신 혼자 있을 때의 불안을 이겨내는 법을 배웠다. 한 번씩 불안을 넘어설 때마다 내면에서 마음의 힘이 조금씩 커지는 것을 경험해나갔다.

용기는 무기력이나 절망감의 반대 개념이 아니다. 키에르케고르, 니체, 사르트르 등 많은 철학자들이 용기를 '절망감에도 불구하고 앞으로 나아갈 수 있는 능력'이라고 정의했다. 개인이든 사회이든 우리를 둘러싼 환경이 늘 불안하거나 절망적이기 때문이다. 진정한 용기에는 성찰과 저어함이 동반된다. 머뭇거림 없이 돌진하는 행동은 만용이며, 무의식의 공포를 감추기 위한 행위이다.

후배 여성이 마음으로부터 찾아낸 세 번째 용기는 '실패를 감당할 수 있는 용기'였다. 그녀는 대학에서 전문 분야를 공부했지만 내가 만났을 때는 전공과 무관한 단순 반복 업무를 하고 있었다. 사실 디자인이나 요리에 재능이 있었고 그 분야에서 자기 삶을 개척하고 싶다는 소망도 있었다. 하지만 막상 창의적인 일을 하려면 실패에 대한 두려움 때문에 손끝 하나 움직일 수 없었다. 격려나 지지는커녕, 작은 실수에도 매를 맞았던 유년의 공포에서 한 발도 벗어나지 못한 상태였다. 나는 그녀에게 쿠션 커버를 만들어 달라고 부탁했다. 그녀는 온순한 태도로 그러겠다고 대답한 후 거의 열 달쯤 지나서야 결과물을 가지고 왔다. 기대 이상의 솜씨였지만, 예상보다 깊은 공포의 늪을 지나왔다고 말했다. 어쨌든 그런 방식으로 그녀는 잠재력과 창의성을 한 뼘씩 표현해나가며 새로운 자기 개념을 만들어갔다.

우리가 용기를 발현시키기 위해서는 내면에 확고한 자기 개념과 자기 존중감이 있어야 한다. 용기는 미덕이나 충성심 같은 정신 가치가 아니다. 그 모든 것의 밑바닥에 존재하면서 미덕과 충성심에 현실감을 부여하는 뿌리가 된다. 용기가 없으면 사랑은 단순한 의존이 되고, 용기가 없으면 충성심은 순응주의에 불과해진다.

그녀가 마지막으로 성취한 용기는 '자기 자신으로 존재할 수 있는 용기'였다. 성찰과 치유를 시작한 지 2년쯤 후 그녀는 새로운 삶의 목표를 세우고, 그 분야로 이직했다. 예전보다 임금은 적어졌지만 삶 속에서 배울 수 있는 기회가 많아졌다. 하지만 더 깊이 내면을 성찰해보니 요리나 커튼 만들기는 유아기 소망이었다. 그런 일을 잘하면 엄마처럼 아버지의 사랑을 받을 수 있을 거라 기대한 매 맞는 아이의 생각이었다. 그녀는 다시 한 번 용기를 내어 유아기 소망을 버렸다. 그런 다음 처음으로 자기 자신으로만 존재하면서 새로운 삶의 비전을 모색했다. 그녀는 또 한 번 용기를 내어 상담심리학 대학원에 진학했다.

우리의 삶은 늘 무엇인가를 선택하는 과정들이다. 그 고비마다 선택하는 용기와 포기하는 용기를 내어야 한다. 선택한 대상에 헌신할 수 있는 용기를 내어야 하고, 포기한 대상들을 애도하고 떠나보낼 수 있는 용기를 내어야 한다. 그런 용기와 헌신, 애도와 연민의 마음들이 모여 우리의 존엄성과 삶을 만들어간다. 일찍이 폴 틸리히는 "용기는 존재 그 자체와 직결되는 요소이다"라고 말했다.

후배 여성이 용기를 내어 자신을 변화시켜온 과정이 위에 기술된 순서에 따라 순탄하게 이루어진 것은 아니다. 그것은 스위치백 구간을 오르는 열차처럼 용기와 무기력, 진보와 퇴보의 긴 과정이었다. 폭력을 행사하는 남자친구와 헤어지는 데는 1년 이상 걸렸고, 자기 내면의 힘을 믿는 데는 3년쯤 필요했다. 알코올로부터 걸어나오는 데는 5년이 소요되었고, 새로운 진로로 들어선 것은 최근 일이다. 그 모든 과정에서 그녀는 온 힘을 다해 용기를 짜냈다. 그것은 한 편의 영웅 스토리이다.

1. 이 글에서 사용한 '용기'의 개념을 정리해 보자.

_____

_____

_____

_____

_____

_____

_____

_____

_____

2. 필자는 정의라는 논법을 어떻게 활용하고 있는가?

_____

_____

_____

_____

_____

_____

_____

_____

_____

제 8 장
비교

![들어가며]

뉴턴이 아인슈타인보다 우수한 이유

이승우 · 정윤우 · 황반석(14학번)

아인슈타인과 뉴턴 모두 학문의 큰 발전을 이루는 데 공헌하였다는 점은 부정할 수 없다. 하지만 우리가 여기서 누가 더 우수하냐는 질문에 대해 절대적인 업적이 아닌 당시 시대에 더 많은 영향을 미쳤는가에 집중할 필요가 있다. 따라서 우리는 과학자에게 있어 '우수하다'의 정의를 다음과 같이 내리고자 한다. 곧 '사회에 더 큰 영향을 미치고, 당대의 사회에 더 큰 공헌을 한 사람'을, 우리는 지금부터 우수한 과학자라고 정의할 것이다.

뉴턴과 아인슈타인 모두 당시 시대의 사람들이 생각하지 못한 새로운 이론을 창시하였다. 그리고 물리학회에서 인정받은 새로운 물리 이론은 지금까지도 널리 받아들여지고 있다. 그리고 두 과학자 모두 저명한 과학자에서 시작하여 물리학의 대가에 이르기까지 사회에 많은 공헌을 하였다. 그런데 우리는 여기서 '누가 더 우수한가?' 질문에는 아이작 뉴턴이 과학자로서 더 우수하다고 말하고 싶다.

먼저 뉴턴은 아인슈타인보다 더 다양한 분야의 이론을 창조하였기 때문이다. 대표적으로 미적분학, 뉴턴의 운동 법칙(이는 후에 고전역학의 기초가 된다), 음속 등등이 있는데, 이에 비해 아인슈타인은 상대성이론, 광자효과와 같은 현대 물리 이론을 중점적으로 연구하였다. 뉴턴이 더 다양한 분야에서 연구하였고, 그 연구들은 사회에 큰 영향을 미쳤다. 그에 반해 아인슈타인은 특수한 분야를 중점적으로 연구한 만큼 사회에 영향을 적게 미칠 수밖에 없었다.

그리고 당대 사회에 공헌을 많이 하기 위해선 본인의 이론을 타인에게 잘 이해시켜야 할 것이다. 뉴턴은 본인의 이론을 수식화, 정형화하여 타인의 이해를 돕는 데 힘을 썼었다. 그에 반해 아인슈타인은 본인의 이론을 추상적으로 설명한 탓에 당시 과학자들에게 받아들여지지 못하였다. 뉴턴이 아인슈타인보다 당대 사회에 더 큰 공헌을 했다고 본다.

이런 면에서 볼 때 뉴턴이 아인슈타인보다 뛰어나다고 할 수 있다.

1. 논제는 무엇인가?

2. 전제와 결론을 찾아 논리 구조를 파악해 보자.

3. 윗글에 비교가 어떻게 사용되었는가? 적절한가?

4. 비교를 논증에 사용하면 어떤 점에서 유익할까?

5. 좋은 비교를 위해 필요한 것은 무엇일까?

_____

_____

📋 **학습 개요**

비교란 둘 이상의 논제[대상]를 맞대어서 그 공통점이나 차이점, 또는 둘 다를 바탕으로 논의를 전개하는 논법을 말한다. 어떤 사람은 공통점을 맞대는 것을 비교, 차이점을 맞대는 것을 대조라 부르기도 한다. 그러나 비교라는 말의 개념에 차이점을 견주는 것이 포함되기 때문에 비교로 부르기로 한다.

논증에 사용되는 비교는 그 논리 구조에 따라 연역 또는 귀납(넓은 의미)의 성격을 띠어서 분립할 수 있는 논법은 아니다. 하지만 논리적인 글을 쓸 때 비교는 매우 유용한 방법이어서 여기서는 따로 떼어서 익힌다.

한편, 비교는 비논증적인 글, 특히 지식이나 정보를 전달하는 글에도 자주 쓰인다.

이 장의 탐구과제는 다음과 같다.

- 비교 논법의 구성과 특성
- 비교의 갈래: 기준별 비교와 대상별 비교
- 좋은 비교의 조건
- 비교 읽기

1. 비교의 논리 구조는 어떠한지 살펴보자.

가. '들어가며'에서 살핀 글의 논리 구조를 형식화해 보자.

_____

_____

나. 다음과 같은 논증도 가능하다. 그 논리 구조를 형식화해 보자. 비교 논법에서 전제와 결론은 어떤 성격인지 찾아보자.

> 1. 갑주는 을주와 몸무게가 비슷하고 을주는 병주와 몸무게가 비슷하다. 따라서 갑주는 병주와 몸무게가 비슷하다.
> 2. 갑주는 을주보다 키가 크고 을주는 병주보다 키가 크다. 따라서 갑주는 병주보다 키가 크다.
> 3. 눈이 큰 사람은 눈이 작은 사람보다 대체로 겁이 많다. 갑주는 을주보다 눈이 크다. 따라서 갑주는 을주보다 겁이 많다.

_____

_____

다. 비교 논법에서 가장 중요한 것은 비교 기준이다. '들어가며'의 글과 위의 예문에서 비교 기준을 찾아보자.

_____

_____

2. '들어가며'의 글의 논증 부분을 아래처럼 재구성해 보았다. 원문과 어떤 차이가
   있는지 살펴보자.

> 먼저 뉴턴은 아인슈타인보다 더 다양한 분야의 이론을 창조하였기 때문
> 이다. 대표적으로 미적분학, 뉴턴의 운동 법칙(이는 후에 고전역학의 기초가 된
> 다), 음속 등등이 있다. 뉴턴이 더 다양한 분야에서 연구하였고, 그 연구들
> 은 사회에 큰 영향을 미쳤다. 또 뉴턴은 본인의 이론을 수식화, 정형화하여
> 타인의 이해를 돕는 데 힘을 썼었다. 이로 말미암아 사회적으로 공헌을 많
> 이 하였다.
>
> 이에 비해 아인슈타인은 상대성이론, 광자효과와 같은 현대 물리 이론을
> 중점적으로 연구하였다. 아인슈타인은 특수한 분야를 중점적으로 연구한
> 만큼 사회에 영향을 적게 미칠 수밖에 없었다. 또 아인슈타인은 본인의 이
> 론을 추상적으로 설명한 탓에 당시 과학자들에게 받아들여지지 못하였다.
> 이로 말미암아 당대 사회에 크게 공헌하지는 못했다.

_____

_____

_____

3. 아랫글로 좋은 비교의 조건을 탐구해 보자.

> 1. 전 학기의 평점 평균이 높은 학생은 그렇지 않은 학생보다 우수하다. 갑
>   주는 을주보다 전 학기 평점 평균이 높다. 따라서 갑주는 을주보다 우수
>   하다.
> 2. 전 학기 평점 평균이 높고 연구 실적이 좋은 학생은 그렇지 않은 학생보
>   다 우수하다. 갑주는 을주보다 전 학기 평점 평균이 높고 연구 실적이 좋
>   다. 따라서 갑주는 을주보다 우수하다.
> 3. 전 학기 평점 평균이 높고 예의가 바른 학생은 그렇지 않은 학생보다 우
>   수하다. 갑주는 을주보다 전 학기 평점 평균이 높고 예의가 바르다. 따라
>   서 갑주는 을주보다 우수하다.

4. 갑주는 을주보다 키가 크다. 갑주는 을주보다 몸무게가 많이 나간다. 따라서 갑주는 을주보다 몸이 튼튼하다.

5. 갑주는 을주보다 키가 크다. 을주는 병주보다 몸무게가 많이 나간다. 따라서 갑주는 병주보다 신체가 크다.

가. 아래 기준으로 위 논법의 논리성 강도를 따져 보자.

1. 전제가 수용 가능한가?

2. 전제가 충분한가?

3. 전제와 결론이 관련 있는가?

4. 결론이 수용 가능한가?

나. 좋은 비교를 위해 가장 중요한 것은 무엇인가?

_____

_____

4. 아랫글을 읽고 비교에 대해 더 탐구해 보자.

인공지능, 그 선악의 경계[08]

김혜린(16학번)

2035년, 기술의 발달로 로봇이 보편화된 시대. 인간을 해하지 않는다는 로봇의 3원칙을 지키며 평화롭게 살아가던 로봇들이 갑자기 돌변하여 제 주인을 공격한다. 영화 아이, 로봇(I, Robot, 2004)의 한 장면이다. 인간을 압도하는 인공지능에 대한 두려움은 인공지능이라는 개념이 등장했을 때부터 계속되어 왔다. 이러한 논의의 대상은 단순히 시킨 일만 처리하는 약인공지

---

08 이 글은 '강인공지능은 선할까?'라는 논제에 대해 학생이 작성한 글이다.

능(weak AI)이 아닌, 스스로 생각하고 학습하는 자의식을 가진 강인공지능(strong AI)이다. 자신의 의지로 행동할 수 있으면서도 절대 지치지 않는 강인공지능 로봇은 인류의 삶에 혁신을 가져다줄 수도, 인간을 멸망시킬 수도 있기 때문이다. 그렇다면 정말로 인공지능은 악할까? 전례를 찾아보고 싶지만, 아쉽게도 강인공지능은 아직까지 SF 영화에나 등장하는 꿈의 존재다. 이렇게 된 이상, 그나마 강인공지능과 가장 비슷한 존재를 알아보는 편이 낫겠다. 바로 인간이다.

'선하다'는 것은 주관적이다. 나는 영화 '어벤져스: 에이지 오브 울트론'의 울트론처럼 세계의 평화를 위해 인류를 멸망시키겠다는 의견은 악하지 않다고 생각하는 입장이다. 물론 다르게 생각하는 사람도 많다. 그래도 최대한 객관적인 접근을 위해 국립국어원이 내린 단어의 정의를 차용하자면, 선하다는 것은 '올바르고 착하여 도덕적 기준에 맞는 데가 있는' 것이고, 악하다는 것은 '인간의 도덕적 기준에 어긋나 나쁜' 것이다. 즉, 도덕적 기준에 맞는 것은 선하고, 그렇지 못한 것은 악하다고 생각할 수 있겠다.

우리는 모두 어렸을 때부터 사회에서 지켜야 할 도덕적 기준이 무엇인지 배운다. 사회의 질서를 유지하고 그 속에 섞여 살아가기 위해서는 반드시 필요한 덕목이기 때문이다. 이러한 도덕 교육은 잘못을 하면 꾸중을 하거나 벌을 주고, 좋은 일을 하면 칭찬을 하거나 상을 주는 식으로 유아기부터 청소년기까지 계속해서 이루어진다. 강인공지능도 마찬가지다. 제작자가 악한 의도를 가지지 않는 이상, 인간과 같은 수준의 지능과 학습능력을 가진 강인공지능도 도덕적 기준을 충분히 배울 수 있다.

물론 교육만으로 사람이나 인공지능이 선해지는 것은 아니다. 좀 배웠다고 하는 사람들이 성범죄를 저질러 욕을 먹고, 열심히 공부해 국회의원이 된 사람들이 온갖 비리를 저질러 한순간에 몰락하기도 하지 않는가? 대체 그들이 태어나서 지금껏 배워온 도덕적 기준을 어기고 악한 행동을 하는 이유는 무엇일까? 그것은 바로 인간에게 생물이라면 당연히 가지는 기본적인 욕망이 존재하기 때문이다.

본능, 즉 욕망은 이성과 함께 생명체의 행동을 조절하는 존재이다. 본능은 이성을 마비시키고 이성은 본능을 억누른다. 무언가를 하겠다는 욕망이 양심을 지켜야 한다는 이성을 앞서게 되면 인간은 악행을 저지르게 되는 것이다. 예를 들어, 성범죄자는 범죄의 대가로 사회적으로 도태되거나 국가의 감시를 받는 등의 불이익을 받게 되지만, 그럼에도 불구하고 인간의 3대 욕구 중 하나라고 일컬어지는 성욕을 채우기 위해 범죄를 저지른다. 시민들을 속이고 비리를 일삼는 정치인 같은 경우도 마찬가지다. 그들은 권력이나 돈에 대한 욕심과 그것을 통해 얻을 수 있는 기본적인 욕구의 충족을 위해 악행을 일삼는다.

그러나 인공지능은 어떤가? 인공지능은 기계이기 때문에 생물의 기본적인 욕구를 갖지 않는다. 기본적인 욕구가 없으니 그것에서 비롯되는 권력욕, 금전욕 등의 고차원적인 욕망도 가질 수 없다. 욕망이 없는 이상 인공지능의 행동을 결정하는 것은 이성이다. 즉, 이미 학습한 도덕적 기준에 어긋나는 행동을 할 동기가 인공지능에는 없다는 것이다. 물론, 만든 사람이 인공지능에 도덕적 기준을 가르치지 않거나 그에 반대되는 것을 가르칠 경우, 혹은 학습능력을 갖추고 있는 인공지능이 악한 인간의 영향을 받을 경우, 인공지능이 악한 행동을 할 가능성은 충분히 존재한다. 그러나 만들어질 때부터 올바른 도덕적 기준을 학습하고 그것을 계속해서 유지한 인공지능은 선할 수밖에 없다.

강인공지능은 인간과 같거나 더 높은 수준의 지능과 학습능력을 갖추었으나, 어떤 행동의 동기가 되어 줄 욕망을 가지고 있지 않다. 그렇기 때문에 그들은 정해진 도덕적 기준에 맞춰 행동하고, 그것은 결국 인공지능을 선하게 만든다. 인간에 가까운 인공지능을 만드는 것은 아직도 먼 미래의 일이다. 그러나 윤리적 문제에 대한 열띤 논의에도 불구하고 인공지능 개발이 계속해서 대두되는 만큼 언젠가 다가올 미래인 것은 확실해 보인다. 강인공지능이 우리 사회에 어떤 변화를 가져다줄지는 확실하지 않지만, 그것이 더 나은 미래가 될 수 있도록 확실하고 꾸준한 논의가 필요할 것으로 보인다.

가. 비교 기준과 비교 대상을 찾아보자.

_____

_____

_____

나. 전제와 결론을 간추리고 논리 구조를 파악해 보자.

_____

_____

_____

다. 아래 기준으로 논리성을 따져 보자.

　　1. 전제가 수용 가능한가?

　　2. 전제가 충분한가?

　　3. 전제와 결론이 관련 있는가?

　　4. 결론이 수용 가능한가?

_____

_____

_____

라. 어떤 비교 방식을 사용했는가?

_____

_____

_____

마. 필자의 주장에 대해 어떻게 생각하는가? 다른 근거를 들어서 필자의 주장을 옹호 또는 비판해 보자.

_____

_____

_____

5. 비교는 논증이 아닌 글에도 쓰인다. 아랫글을 읽고 비논증적 비교에 대해 살펴 보자.

SAC 디자인팀

유현민(11학번)

2014년도 학생회의 임원에 선출된 한 학생의 공약 중에 나의 눈에 가장 먼저 띈 것은 바로 디자인팀과 영상팀을 공식화겠다는 것이었다. 매년 진행 되는 한국과학영재학교의 축제인 SAC은 수많은 사람들의 힘을 모아 탄생한 하나의 작품이다. 그중 숨은 공신 중 하나는 바로 SAC의 포스터와 팸플릿 의 제작을 맡는 디자인팀이다. 디자인팀은 시험 기간 전부터 SAC을 준비하 여 포스터와 팸플릿 등 축제를 알릴 다양한 홍보물을 제작한다. 하지만 놀 랄 만한 사실은 디자인팀은 2012년 이전부터 존재하였으나 그 형식이나 운 영이 매년 달라졌다는 것이다. 본격적으로 디자인팀이 운영된 2012년, 2013 년의 SAC 디자인팀의 공통점과 차이점을 알아보자.

2012년에 구성된 SAC 디자인팀은 그해 당시의 3학년과 2학년으로 구성 되어 작업을 진행하였으며, 포스터, 팸플릿과 플래카드를 제작하였다. 작업 기간은 2학기 중간고사 약 한 달 전부터 진행하여 SAC 시작 1주 전까지였 으며, 디자인팀의 구성 인원은 5명 내외의 적은 수였다. 2013에 구성된 SAC 디자인팀 역시 간략히 살펴보자면 겉모습은 2012년의 SAC 디자인팀과 유사 하다. 마찬가지로 2013년도 SAC을 위하여 포스터와 팸플릿, 플래카드를 제 작하였으며, 중간고사 한 달 전부터 5명 내외의 팀원들과 작업을 진행하여 SAC 1주 전쯤 작업을 종료하였다.

하지만 겉모습이 비슷하다고 해서 그 운영이 동일하게 진행된 것은 아니 다. 2012년도에 소집된 디자인팀은 비정기적으로 만나 불규칙한 작업 시간 을 가졌으나, 2013년도에 소집된 디자인팀은 정기적으로 모여 의견을 교환 하는 시간을 가지고, 그 사이의 기간에 각자 작업하여 모이는 것을 기본 규 칙으로 하여 효율적으로 운영되었다. 실제 작업에 참여한 인원의 비율 역시 2013년도에 소집된 디자인팀이 7명 중 6명으로 2012년도 디자인팀의 6명 중 3명보다 압도적으로 우세했다. 그러나 가장 큰 차이는 2013년 디자인팀은 2012년도 디자인팀보다 공식적으로 운영되었다는 것이다. 2012년도 디자인팀은 학예부의 요청을 받은 일부 선배들이 후배들을 끌어들여 만들어졌지만, 2013년도 디자인팀은 SAC 추진위원회의 지원을 받아 공식적인 모집 절차를 거쳐 소집되었다. 이러한 공식적 운영이 활동에 보다 책임감을 불어넣어 주었고 그를 통해 더욱 성공적인 작업 결과물을 만들 수 있지 않았나 싶다.

2013년도 SAC은 성공리에 진행되었다. 수많은 학생들의 노력과 재능도 빛을 발했지만, 그들의 배경을 장식하던 포스터와 현수막들이 제대로 한몫을 했다고 본다. 2012년 SAC 디자인팀의 결과물에 비해서 2013년 디자인팀의 결과물은 강한 인상을 학부모님들과 학생들에게 뚜렷이 남겨주었다. 비슷한 인원과 비슷한 작업 기간에 확연한 성취의 차이를 보일 수 있던 것은 단순히 개인 기량의 차이라고 볼 수는 없다. 공식적인, 그리고 책임감을 가진 운영이 그 차이를 만들어 낼 수 있었던 것이다.

＊SAC(Science Adventure Celebration): 한국과학영재학교 가을 축제.

가. 비교 대상을 찾아보자.

나. 비교 기준은 무엇인가?

다. 비교 방식은 어떠한가?

📖✍ 쓰기

1. 임의의 대상 둘을 선택하여 비교 논법을 사용하여 논증하는 글을 써 보자.

_____

_____

_____

_____

_____

_____

_____

2. 다음 논제에 대해 '정의'와 '비교'를 사용하여 논증하는 글을 써 보자.

"10년 전에 한 일로 내가 지금 상을 받거나 벌을 받는 것은 정당한가?"

_____

_____

_____

_____

_____

_____

▶ 비교에 초점을 두고 아랫글을 읽어 보자.

속성과 숙성[09]

배병삼(영산대 교수·정치사상)

공자 고향마을에 똑똑하다는 아이가 있었다. 동네 사람들이 그의 장래를 물었다. 지켜보니 그 아이는 선생의 뒤를 따르지 않고 어깨를 겨누고 걷는 것이었다. 공자가 답하길 "제대로 배워서 익히려는 아이가 아니라, 빨리 이루려는(速成) 아이일세." '속성'이란 말이 처음 쓰인 용례다.

조기교육이 어린이다움을 가르치는 것이 아니라 큰 아이 배울 걸 앞당겨 가르치는 것을 뜻한 지는 꽤 된다. 요즘엔 중학생이 고등학교 과정을 먼저 떼는 것을 선행학습이라고 한다. 신문에는 천천히 책을 읽으면 큰일이라도 나는 듯 속독 광고가 전면을 채우고, 서점에는 '한 권으로 읽는 …' 식의 책제목이 흔하다. 이 땅의 교육이 속성을 위주로 삼은 것은 어제오늘 일이 아니다.

얼마 전 미국 명문대학에 입학한 한국인들 가운데 절반 가까이 중간에서 탈락했다는 보도가 있었다. 이어 일본에서는 노벨상을 한꺼번에 네 사람이 받았다는 소식도 전해졌다. 서로 다른 이 두 소식이 가리키는 지점은 같다. 가치 있는 성취가 속성으로는 이뤄지지 않는다는 것.

1867년 메이지유신 이후 일본 지식인들은 서양학문 베끼기에 몰두한다. 베끼기란 다른 말로는 번역이다. 허나 번역이 단순한 작업은 아니다. 예컨대 소사이어티를 '사회'라고 번역하는 이가 있는가 하면 '회사'로 옮기는 이도 있었다. 소사이어티가 '사람들 모임'을 뜻하니까 근사한 한자로는, 모일 사(社)와 회(會)자가 적당하긴 했다. 문제는 두 글자를 조합하는 데서 불거졌다.

갈등 끝에 사회는 소사이어티를, 회사는 컴퍼니(company)를 뜻하는 번역어로 정착되면서 새로운 말의 질서가 형성되었다. 이런 번역어 전쟁이 도처에서 일어났다. 사이언스가 과학, 이코노미가 경제로 번역되는 와중은 혼돈

---

09 한겨레신문(2008.10.23.) http://www.hani.co.kr/arti/opinion/column/317786.html

과 갈등의 연속이었다. 하지만 번역 전쟁을 통과하고서야 비로소 서양학문은 일본식 학문으로 소화될 수 있었다.

천문학자 기무라(木村) 박사가 '세계 최초'의 발견을 한 것이 1902년이었다. 지구의 위도 변화 현상을 1년 주기로 나타나는 Z항(項)으로 설명해낸 것이다. 기무라 박사의 성취는 번역에 매진한 지 40년 만의 개가였다.

이로부터 또 106년이 지난 올가을, 일본은 물리학과 화학분야에서 노벨상을 여럿 타게 되었다. 메이지 이후 좌충우돌, 우왕좌왕 서양학문을 번역해서 '자기 말'로 학문한 지 근 150년이 지난 다음에야 노벨상 사태가 터진 셈이니 결코 빠른 성취라고 할 수 없는 일이다. 이것은 창의적 성취가 지식의 습득만으로 이뤄지지 않음을 보여준다. 배움은 속성으로 가능할지 몰라도(실은 그렇지도 않지만) 창조는 그 지식이 익은 다음에야 터져 나온다. 일본의 노벨상은 150년 세월이 묵어 발효된 것이다.

콩은 소금과 더불어 세월을 보내야 된장이 된다. 말이 쉽지 발효란 고통의 세월이다. 소금은 콩을 콩으로 놔두지 않으면서 또 썩지도 못하게 만든다. 이 인고의 세월을 삭힐 때만 똥도 아니고 콩도 아닌 새로운 물질로 재탄생한다. 이 과정이 발효요 숙성이며 그 결과물이 된장이다. 노벨상은 된장의 다른 이름일 뿐이다.

문제는 세월이다. 시인이 노래하듯 "익지 않은 석류는 터지지 않는다."(이문제) 사실은 익어야 터지는 것이 학문이다. 유학생들의 실패는 속성이 학문세계에 소용 닿지 않음을 보여주는 한 예다. '7년 긴병에 3년 묵은 쑥이 약'이라고 했다. 가을마다 도지는 우리의 노벨상 열망을 7년 묵은 병에 비할 수 있다면, 3년 묵은 쑥은 어디서 구할 것인가. 속성과 속독이 판치는 교육현장과 1년 단위로 성과물을 요구하는 학계의 풍토는 답답하기만 하다.

1. 이 글의 결론은 무엇인가?

2. 필자는 무엇을, 어떻게 비교했는가?

제 9 장
연역

들어가며

축구는 예술이다

김대홍(10학번)

유로 2012가 벌써 올여름을 뜨겁게 달구고 있다. 유럽의 16개 나라들이 펼치는 축구 경기들은 유럽뿐만 아니라 전 세계 사람들의 이목을 끌고 있다. 매일 밤마다 쟁쟁한 실력을 갖춘 나라들의 아름다운 패스워크와 골로 이어지는 빌드 업 과정들을 보고 있으면 '예술이다'라는 말이 절로 나온다. 그러나 최고의 실력을 보여주는 팀과 선수들에게 부여되는 칭송인 '예술'은 과연 축구에 적합한 말일까?

예술을 어떻게 정의할 수 있을까? 사람들마다 예술의 정의를 다르게 내릴 수 있지만, 예술은 한 가지 보편적인 특성을 가지고 있다. 예술적인 무언가를 접하는 이는 그로 인해 마음이 움직인다. 사람과 사람은 예술이라는 매개체를 통해 말로 표현할 수 없는 감정을 교감한다. 그렇기 때문에 예술은 형식에 따라야 할 필요가 없다. 아무리 사소한 행동, 보잘 것 없는 물건이라 할지라도 교감의 매개 역할을 할 수 있다면 그 자체로 예술이 된다.

축구가 사람들에게 감동을 주고 마음을 움직인 사례는 너무나도 많다. 2005년 이스탄불에서 열린 챔피언스리그 결승전에서 3 대 0으로 뒤지던 리버풀이 6분 만에 세 골을 몰아치며 동점을 만든 순간 경기를 시청하던 이들은 어느 연극에도 뒤지지 않을 만한 카타르시스를 느꼈다. 또, 2012년 유로

파 결승전 종료 후 울음을 터뜨린 패자 무니아인과 기뻐하는 승자 팔카오의 대비되는 모습은 환희와 비애로 가득 찬 우리 삶의 모습을 잘 반영해 주었다. 이렇듯 축구는 사람들의 감정을 전달하는 매개체 역할을 충분히 수행하고 있다.

축구 경기는 제각기 하나하나 모두 다른 각본 없는 드라마다. 그 속에서 우리는 삶의 모습을 찾을 수 있고, 희망과 열정을 다시금 충전시킬 수 있다. 무엇보다 축구는 감동을 선사한다. 그리고 감동을 주는 것은 예술이 된다. 그렇기에 축구는 단순히 공을 차는 스포츠에서 멈추지 않는다. 오늘 밤 한 시, 잠을 조금 미뤄두고 유로 2012를 관람해보자. 그리고 그 푸른 잔디 위에서 90분간 펼쳐지는 드라마를 온몸으로 느껴본다면 알게 될 것이다. 축구는 예술이다.

1. 전제와 결론을 찾아 논리 구조를 파악해 보자.

2. 연역이 어떻게 사용되었는지 찾아보자.

3. 윗글에 사용된 연역의 논리성을 판단해 보자.

1. 전제가 수용 가능한가?

2. 전제가 충분한가?

3. 전제와 결론이 관련 있는가?

4. 결론이 수용 가능한가?

4. 좋은 연역 논증을 위해 필요한 것은 무엇일까?

_____

_____

📋 학습 개요

　연역의 개념 규정은 어렵다. 수사학에서는 대개 일반 진술이 포함된 전제에서 어떤 결론[특수한 진술]이 옳거나 그르다는 것을 증명하는 논증[10]으로 보고 표준국어대사전에도 그렇게 풀이하고 있다. 전형적인 귀납이 일반화이듯이 연역은 특수화라고 볼 수도 있지만, 반드시 그런 것은 아니다. 또 전제가 참이면 결론이 참이 되는 형식의 논증으로 정의하면, 타당한 연역만 연역으로 간주하는 정의가 된다. 연역에는 부당한 것도 있다.

　연역이란 전제에 사용된 개념이나 명제의 의미 관계에 따라서 필연적으로 결론이 도출되는 논법 정도로 규정한다. 연역에 대한 엄밀한 개념 규정은 논리학의 몫이고, 이 책에서는 연역을 활용하여 논리적인 글쓰기 능력을 키우는 것이 중요하므로 이 정도로 정리한다.

　연역 논법의 전제는 결론보다는 대개 일반적 진술을 포함한다. 또 전제 둘이 함께 결론을 뒷받침한다. 연역 논법의 결론은 전제에 함축되어 있는 판단을 끄집어내어 명료화한 진술로, 새로운 지식은 아니다. 연역 논법에서 전제가 결론을 확증적으로 뒷받침한다. 전제가 참이라면 결론이 참이 된다.

　이 장의 탐구과제는 다음과 같다.

10　아리스토텔레스는 《수사학》에서 '부분에서 전체로 나아가는 추론'을 귀납으로 '전체에서 부분으로 진행하는 추론'을 연역으로 보았다. 김용규(2011:28)를 참조함.

- 연역의 유형

  정언 삼단논법, 가언 삼단논법, 선언 삼단논법, 당위 논법, 생략 삼단논법
- 연역의 논리성과 오류
- 연역 읽기

탐구하기

1. 아래에는 연역 논법의 대표적인 유형의 예가 제시되어 있다. 물음에 답하면서
   연역에 관해 탐구해 보자.

   > 1. 모든 포도는 과일이다. (그리고) 청포도는 모두 포도다. (따라서) 모든 청
   >   포도는 과일이다.
   > 2. 만일 똘망이가 반려견이라면 똘망이는 개다. (그리고) 똘망이가 개라면 똘
   >   망이는 동물이다. (그러므로) 똘망이가 반려견이라면 똘망이는 동물이다.
   > 3. 똘망이는 반려견이거나 반려묘이다. (그리고) 똘망이는 반려견이 아니다.
   >   (그러므로) 똘망이는 반려묘다.

   가. 각 유형별 논법의 공통점과 차이점을 알아보자.

   나. '들어가며'에서 살핀 글은 어떤 유형의 논법을 사용한 것일까?

2. '1'의 1에 쓰인 연역을 정언 삼단논법이라 한다. 정언 삼단논법은 정언명제(범주적 명제) 셋으로 이루어진다. 물음에 답하면서 정언 삼단논법을 탐구해 보자.

가. 정언 삼단논법에서 정언명제 셋은 세 개의 개념으로 논리적 관계를 형성한다. 결론의 주어 개념을 소개념, 결론의 술어 개념을 대개념라 하고, 결론에는 나오지 않고 전제에만 나오는 개념을 매개념이라 한다. '1'의 1 논법에서 개념 셋을 뽑아서 대개념, 소개념, 매개념으로 구분해 보자.

_____

_____

나. 전제 가운데 대개념을 포함한 명제를 대전제, 소개념을 포함한 명제를 소전제라 한다. '1'의 1에 나온 두 전제를 대전제와 소전제로 구분해 보자.

_____

_____

다. '들어가며'에서 다룬 글에서 대개념, 매개념, 소개념을 찾아보자. 또 대전제와 소전제를 구분해 보자.

_____

_____

라. 제2 장에서 배운 네 가지의 정언명제를 바탕으로 정언 삼단논법은 어떻게 구성되는지 그 형식을 만들어 보자. (개념 대신 a, b, c 등의 기호를 사용해서 만들어 보자.)

_____

_____

마. 다음은 앞에서 이미 익힌 논리성의 일반 조건이다. 이것을 기준으로 '1'의 1에 대해 그 논리성을 판단해 보자. 그리고 이 조건들이 정언 삼단논법에서 어떻게

해석되는지를 알아보자.

1. 전제가 수용 가능한가?

2. 전제가 충분한가?

3. 전제와 결론이 관련 있는가?

4. 결론이 수용 가능한가?

바. 다음 삼단논법의 논리성을 판단해 보자.

1. 모든 사람은 반지하에 산다. 소크라테스는 사람이다. 그러므로 소크라테스는 반지하에 산다.
2. 어떤 사람은 원룸에 산다. 플라톤은 사람이다. 그러므로 플라톤은 원룸에 산다.
3. 한국 국적을 가진 사람은 모두 한국인이다. 아리스토텔레스는 한국인이다. 그러므로 아리스토텔레스는 한국 국적을 가졌다.

3. '1'의 2에 쓰인 연역을 가언 삼단논법이라 한다. 물음에 답하면서 가언 삼단논법에 관해 탐구해 보자.

가. 가언 삼단논법은 어떻게 구성되는가? (명제 대신 p, q, r 등의 기호를 사용해서 그 형식을 만들어 보자.)

나. 다음과 같은 논법도 있다. 실제 글쓰기에서는 아래와 같은 논법이 자주 사용된다. 이 삼단논법을 형식화해 보자.

> 만일 똘망이가 개라면 똘망이는 동물이다. (그리고) 똘망이는 개다. (그러므로) 똘망이는 동물이다.

다. '나' 형식의 가언 삼단논법에 대해 그 논리성을 따져보고, 가언 삼단논법의 논리성에 관해 생각해 보자.

  1. 전제가 수용 가능한가?
  2. 전제가 충분한가?
  3. 전제와 결론이 관련 있는가?
  4. 결론이 수용 가능한가?

라. 다음 논법의 논리성을 따져 보자.

> 1. 만일 똘망이가 개라면 똘망이는 동물이다. 똘망이는 개가 아니다. 그러므로 똘망이는 동물이 아니다.
> 2. 만일 똘망이가 개라면 똘망이는 동물이다. 똘망이는 동물이다. 그러므로 똘망이는 개다.
> 3. 만일 똘망이가 개라면 똘망이는 동물이다. 똘망이는 동물이 아니다. 그러므로 똘망이는 개가 아니다.

---

4. '1'의 3에 쓰인 연역을 선언 삼단논법이라 한다. 물음에 답하면서 선언 삼단논법에 관해 탐구해 보자.

가. 선언 삼단논법은 어떻게 구성되는가? (기호로 형식화해 보자.)

_____

_____

나. 선언 삼단논법에는 다음과 같은 것도 있다. 이를 형식화해 보자.

> 똘망이는 반려견이거나 반려묘이다. (그리고) 똘망이는 반려견이다. (그러므로) 똘망이는 반려묘가 아니다.

_____

_____

다. 위에서 다룬 두 가지 형식의 선언 삼단논법에 대하여 그 논리성을 판단해 보자. 그리고 아래에 제시된 예를 활용하여 그 논리성의 차이를 말해 보자.

1. 전제가 수용 가능한가?

2. 전제가 충분한가?

3. 전제와 결론이 관련 있는가?

4. 결론이 수용 가능한가?

> 똘망이는 저 사람의 반려견이거나 안내견이다. (그리고) 똘망이는 저 사람의 반려견이다. (그러므로) 똘망이는 저 사람의 안내견이 아니다.

_____

_____

5. 아래와 같은 당위 논법도 연역으로 간주할 수 있다. 이유를 들어 어떤 당위적 판단을 제안하는 것이다. 논리를 엄밀히 다룰 때는 당위적 진술을 명제로 간주하지 않는다. 참·거짓을 판단할 수 없기 때문이다. 하지만 실생활에는 이런 당위 논법이 매우 자주 사용된다. 아래 물음에 답하면서 당위 논법을 탐구해 보자.

> 1. 안락사는 행복하게 죽을 권리를 누리게 한다. (사람의 모든 행복 추구권은 보장되어야 한다.) 따라서 안락사는 허용되어야 한다.
> 2. 살인은 다른 사람의 목숨을 빼앗는 범죄다. (모든 범죄자는 그에 상응하는 벌을 받아야 한다.) 살인 범죄자는 모두 사형해야 한다.

가. 전제와 결론을 가려내어, 그 논리 구조를 파악해 보자.

_____

_____

나. 이 논법이 다른 연역 논법과 어떻게 다른지 따져 보자.

_____

_____

다. 위 당위 논법의 논리성을 판단해 보자.

1. 전제가 수용 가능한가?
2. 전제가 충분한가?
3. 전제와 결론이 관련 있는가?
4. 결론이 수용 가능한가?

_____

_____

6. 어떤 연역 논법에서는 전제나 결론이 생략되기도 한다. 이런 것을 생략 삼단논법이라 하는데 일상생활에 이 논법도 자주 사용된다. 물음에 답하면서 생략 삼단논법을 탐구해 보자.

가. 아래 논법에서 생략된 명제를 되살려 논리 구조를 파악하고 그 논리성을 판단해 보자.

> 1. 저 친구는 나만 보면 웃는다. 나를 좋아하는 것이 분명하다.
> 2. 갑주가 고급 아파트 단지에 사는 것을 보니. 갑주네 집은 틀림없이 부유하다.
> 3. 코로나 19로 보안이 강화되어 출입증이 있어야 연구동에 들어갈 수 있다. 그런데 출입증을 집에 두고 왔다.
> 4. 민주화를 위해 헌신한 분들에게도 국가가 서훈해야 한다. 민주화를 위한 헌신은 독립이나 호국을 위한 헌신 못지않은 큰 공로이기 때문이다.

나. 생략 삼단논법의 논리성을 판단하기 위해서는 생략된 것을 되살려 논리 구조를 파악해야 한다. 빈칸에 들어가기에 적절한 명제를 만들어 보자.

> 실천적 지혜가 있는 사람은 덕이 있는 성품을 가진 사람이다. 그런데 덕을 아는 것만으로 실천적 지혜가 있는 사람이 될 수는 없다. 실천적 지혜가 있는 사람은 덕을 알 뿐만 아니라 그것을 실행에 옮기는 사람이다. 그리고 그런 사람이 실천적 지혜가 있다고 할 수 있다. 그런데 (   ). 따라서 실천적 지혜가 있는 사람은 자제력도 있다.[11]

---

11 2012년 민간경력 언어논리 재책형 23. 김우진(2018:143)에서 재인용함.

다. 어떤 명제를 생략할 수 있을까?

_____

_____

7. 아래 논법의 구조를 파악하고 그 논리성을 따져 보자.

가. 개나리는 모두 노랗다. 따라서 어떤 개나리도 노랗지 않은 것은 없다.

_____

_____

나. 모든 배추는 작물이다. 모든 배추는 채소다. 따라서 모든 채소는 작물이다.

_____

_____

다. 모든 배추는 작물이다. 모든 배추는 채소다. 따라서 어떤 채소는 작물이다.

_____

_____

라. "새 스마트 폰? 기말시험 망쳤는데 국물도 없어."

_____

_____

마. 전문직에 종사하는 40대 한국인 가운데 비혼주의자가 제법 있다. 우리 수학
선생님은 40대다. 그러므로 우리 수학 선생님은 비혼주의자다.

_____

_____

바. "아이디 '창'은 범인이 아니야. '창' 또는 '송곳'이 범인인데, 경찰이 '송곳'을 범인으로 체포했잖아."

사. "야, 갑주가 나를 좋아하나 봐. '논리와 글쓰기' 과목에서 모르는 것이 있으면 나한테 계속 묻고 있어."

아. 그는 참 나쁜 사람이다. 내 마음을 자꾸 훔쳐 간다.

---

8. 아랫글을 읽고 연역에 대해 더 탐구해 보자.

인간의 본성은 악한가

송형근(11학번)

인간에 대한 연구는 오래전 그리스 시대부터 오늘날까지 이루어지고 있다. 그중에서도 인간이 타고나는 선과 악에 대한 논의는 아직까지도 진행 중이지만 세 가지 이론이 가장 주목받고 있다. 인간은 원래 선하다는 성선설, 반대로 악하다고 주장하는 성악설, 마지막으로 인간은 아무것도 없는 백지 상태와 같다는 타블라 라사 설이다. 매일 접해 듣는 뉴스를 보면 사회는 너무 무섭기에 인간은 악한 것 같지만 유니세프나 적십자 단체 등을 보면 인간이 꼭 악한 것은 아니라는 생각이 든다. 그렇다면 어느 쪽이 맞는 것인가?

만약 인간의 본성이 선하다면 사회에는 범죄가 없고 법도 필요 없을 것이다. 태어날 때부터 본성이 선하고, 다른 사람들 또한 선하기에 그 환경에서 자라는 아이 또한 선하게 자랄 것이 분명하기 때문이다. 성선설을 따른 다면 인간은 본성이 선하기에 양보하고 배려할 줄 알며 자신의 사리사욕을 채우려 하지 않을 것이다. 예를 들어, 운전할 때도 양보와 배려로 인해 사건, 사고가 일어나지 않을 것이며 다른 사람의 돈을 가지고 도망가는 사기 또한 일어나지 않을 것이다. 자신의 이익을 위해 폭리를 취하는 일도 없고, 고용주와 노동자들 사이에도 양보와 이해를 통해 분쟁이 일어나지 않을 것이다. 정치인들은 항상 국민을 위해 일하게 될 것이며 국민들은 자신들의 대변인들을 믿고 따르는 이상적인 국가 체제가 될 것이다.

그러나 지금 우리 사회를 보자. 아니 세계의 사회를 보자. 어느 국가든지 법을 가지고 나라를 통치하고 있다. 법은 어떠한 행동에 대한 지침서가 아니다. 지키지 않아도 된다는 말이 아니다. 꼭 지켜져야 하고 지키지 아니할 때 처벌을 받는 것이 법이다. 이가 시사하는 바는 사회는 법 없이 돌아갈 수 없다는 것이다. 뉴스를 보고 신문을 봐도 법이 엄연하게 존재함에도 불구하고 범법행위가 벌어지고 있고 여러 가지 악랄한 사건들이 많이 일어나고 있다. 경찰청은 2012년에 1분당 경량형의 범죄가 3건씩 발생하고 있고 중량형의 범죄가 10분에 1건씩 벌어지고 있다고 발표했다. 뉴스를 틀자마자 나오는 것은 사건, 사고, 범죄, 절도, 살인, 횡령 등의 부정적인 사건들뿐이다. 따라서 사회에는 헤아릴 수도 없는 많은 종류의 범죄들이 행해지고 있다.

만약 인간의 본성이 선하다는 전제가 맞는다면 우리 사회는 법도 필요 없고 법이 존재하더라도 사람들은 범죄 없는 행복한 삶을 살아갈 것이다. 하지만 우리 사회를 보라. 아니 세계 전체의 사회를 보라. 국회의원들의 비리, 살인 및 성폭행 사건들로 도배되어 있는 뉴스와 신문을 보라. 우리 사회는 법이 필요하고 있어도 범죄들이 난무하고 있다. 따라서 인간의 본성은 전혀 선하지 않다. 오히려 인간의 본성은 악하다고 보는 것이 바람직하다.

가. 전제와 결론을 찾아 논리 구조를 파악해 보자.

_____

_____

_____

나. 어떤 유형의 연역 논법이 사용되었는지 판단해 보자.

_____

_____

_____

다. 논법의 논리성을 검토해 보자.

    1. 전제가 수용 가능한가?
    2. 전제가 충분한가?
    3. 전제와 결론이 관련 있는가?
    4. 결론이 수용 가능한가?

_____

_____

_____

라. 필자의 주장에 대해 어떻게 생각하는가? 다른 근거를 들어서 필자의 주장을 옹
   호 또는 비판해 보자.

_____

_____

_____

📖 쓰기

1. 아래의 예처럼, 임의의 삼단논법[정언/가언 삼단논법] 구조를 만들고, 그 삼단 논법의 전제를 증명하면서 연역 논법으로 전개되는 글을 써 보자.

> 모든[/어떤] b는 c다[/가 아니다].
> (그리고) 모든[/어떤] a는 b다[/가 아니다].
> 그러므로 모든[/어떤] a는 c다[/가 아니다].
>
> 만약 p라면 q다.
> (그리고) p이다. /q가 아니다.
> 따라서 q다. /p가 아니다.

나아가기

▶ 연역에 초점을 두고 아랫글을 읽어 보자.

대한민국은 민주공화국이다?[12]

김윤철(경희대 후마니타스칼리지 교수)

"대한민국은 민주공화국이다." 헌법 제1장 1조에 그리 써 있다. 헌법을 읽어보지 않았다하더라도 이 조항만큼은 모두 잘 알고 있다. 새삼 왜 헌법 타령이냐고? 한국전쟁이 발발한 지 63년이 되고, 6월 민주항쟁이 있은 지 26년이 되는 2013년 6월, 현재의 한국 정치와 사회를 목도하면서 물음을 던지지 않을 수 없기에 그러하다. 바로 '민주공화국이란 대체 무엇인가'이다. 그리고 그에 비춰볼 때, '과연 대한민국은 민주공화국인가'이다.

민주공화국이란 말은 민주주의와 공화국의 '합성어'이다. 한 나라의 정체를 합성어로 규정하고 있는 이유는 뭘까? 비록 상반된 것은 아닐지라도 민주주의와 공화주의라는 개념이 각기 다른 내용을 담고 있기 때문이다. 그리고 민주주의와 공화주의의 '장점'을 취해 민주공화국이라는 하나의 그릇에 담아 섞음으로써, 각각의 약점을 보완하려는 것이기 때문이다.

민주주의의 장점은 무엇보다도 국가의 주권이 국민에게 있다는 것과 모든 권력이 국민으로부터 나온다는 것에 있다. 또 모든 국민은 자유롭고 평등한 개인으로서 존엄과 가치를 지니고 있고, 국가는 그것이 기본적인 인권임을 확인하고 보호해야 한다는 것에 있다. 대한민국의 역대 독재정권 하에서 매번 생명까지 잃으면서도, 적지 않은 사람들이 4·19혁명, 부마항쟁, 5·18광주항쟁 그리고 1987년 6월항쟁, 91년 5월투쟁 등 반독재 민주화 운동에 나섰던 것은 그러한 민주주의의 장점을 거대한 '이상'으로 받아들이고 실현할 수 있다는 믿음 때문이었다.

하지만 민주주의는 단점도 있다. 민주주의가 '진공 상태'가 아닌 부와 권력의 격차가 엄연히 존재하는 가운데, 실제로는 다수 국민이 자유롭고 평등

---

12 경향신문(2013. 6. 24).
   http://news.khan.co.kr/kh_news/khan_art_view.html?artid=201306242124465&code=990303

치 못한 현실, 즉 부와 권력을 보유한 소수 국민만 실제 자유와 평등을 누리는 현실에서 시행될 수밖에 없어 생겨난 문제이다. 크게 두 가지가 있다. 하나는 '개인주의와 자유주의적 왜곡'이다. 즉 모든 개인이 자유롭고 평등할 저마다의 권리만 내세우다 국가와 사회의 권위와 결속력이 약화되면서, 결국 기존의 부와 권력의 격차가 유지되거나 더 커질 공산이 있다는 것이다. 다른 하나는 '사회주의와 혁명주의적 훼손'이다. 소수 특권층에게서 부와 권력을 '되돌려 받기' 위해선 어쩔 수 없다는 이유로 '다수의 폭력 -혹은 프롤레타리아 독재-에 기댐으로써, 결국 민주주의를 스스로 부정할 위험성이 있다는 것이다.

공화주의는 민주주의의 그러한 단점을 보완하고자 꺼내 든 카드이다. 개인의 권리보다 정치공동체의 유지와 발전을 위한 시민적 참여와 책임을 중시하고, 부와 권력을 국가의 법과 제도에 기대어 균등하게 나눠 가짐으로써, 서로를 견제하되 지배하지 않는 조화로운 관계를 구현하려는 사상이기 때문이다. 물론 공화주의 역시 단점이 있다. 개인의 권리를 등한시하고 시민의 자격을 엄격히 제한할 위험성이 있다는 것이다. 민주주의와의 결합이 필요한 이유이다.

지난 주말 국정원의 대선 개입 '의혹'과 관련해 대학생들이 거리로 나와 집회와 시위를 벌였다. 매우 소수이지만 벌써 18대 대선 무효와 대통령의 퇴진 주장까지 나오고 있다. 이를 규탄하는 보수단체와 대학생들의 '맞불집회'도 동시에 열렸다. 민주당을 비롯한 야당들은 국정조사를 요구하며 '장외투쟁'을 선언하고 나섰다. 새누리당은 국정원을 내세워 노무현 전 대통령의 NLL 포기 발언 '의혹' 문제를 또다시 들고 나왔다. 그 와중에 6월 임시국회는 을을 위한 정치와 경제민주화를 위한 민생국회가 될 것이라던 예상은 빗나가고 있다.

대한민국이 어디로 가고 있는지가 보이지 않는다. 현재와 미래를 위해 필요한지 아닌지에 대한 검토도 없이 과거의 의혹을 둘러싼 숨가쁜 정쟁과 서로를 섬멸코자 하는 발설과 행동만 가득하다. 그런 중에 민주공화국에 필요한 정치적 권위의 형성과 부와 권력의 균점은 또다시 지체되고 있다. 1919년 대한민국 임시헌장 제정을 통해 최초로 민주공화국임을 선포한 지 94년, 아직도 대한민국은 민주공화국이 아니다.

1. 전제와 결론을 찾아 이 글의 논리 구조를 정리해 보자.

2. 연역 논법이 어떻게 사용되었는가?

제 10 장
귀납

들어가며

한과영 학생들에게 강제 자율학습은 필요하지 않다

박영선(11학번)

저녁 7시가 되면 한국과학영재학교 학생들은 하던 일을 멈추고 일사불란하게 독서실로 향한다. 바로 강제 자율학습 시간이기 때문이다. 학생들은 원하든, 원치 않든 간에 9시 반까지 독서실에 앉아서 개인 공부를 하게 된다. 처음 시작은 학생들에게 올바른 공부 습관을 길러주겠다는 의도였지만, 정작 학생들의 대부분은 그렇게 생각하지 않는다.

1학년의 김 모 군은 7시만 되면 골치가 아프다. 450명의 학생들이 7시부터 공부를 해야 하는데 공부할 장소는 턱없이 모자라기 때문이다. 가장 많은 학생들을 수용할 수 있는 창조관 8층 독서실은 2학년과 3학년만이 사용 가능하고, 도서관과 형설관은 여러 학생들이 칸막이 없이 공부하기 때문에 시끄러운 한 명이 물 흐리기 일쑤이다. 공부를 하고 싶어도 집중해서 할 만한 장소가 없는 아이러니한 상황이다. 게다가 이 시간에는 모두가 공부 중이기 때문에 한 문제에 대해 다 함께 토론하며 공부하는 모습은 꿈도 꿀 수 없다. 이렇게 제한적이고 억압적인 공부환경 때문에 김 모 군은 두 시간의 자습 시간을 효율적으로 공부하지 못하는 경우가 태반이다.

2학년의 정 모 양은 7시마다 잠이 쏟아져서 탈이다. 강제 자율학습이 없었던 1학년 시절, 정 모 양은 저녁을 먹고 잠시 잠을 잔 뒤 새벽에 공부하는 공부 습관을 들였다. 그러나 2학년이 된 후, 예고도 없이 갑작스럽게 강제 자율학습이 시작되면서 공부 습관이 헝클어졌다. 게다가 1학년 때의 공부 습관이 몸에 익어버려 자율학습 시간이 되면 졸음이 쏟아진다. 잠시 엎드려 자려고 해도 자세도 불편하고, 감독 선생님께서 깨우셔서 선잠을 자기 일쑤이다. 그렇게 제대로 공부를 하지 못한 채 자습 시간을 보내버리고는 새벽까지 열심히 공부하기 때문에 피로가 점점 쌓여 수업 시간마저 지장을 받는다. 정 모 양에게는 강제 자율학습이 자신만의 학교생활 패턴을 망가뜨린 주범이라고 할 수 있다.

　3학년의 이 모 군은 7시가 되어 독서실로 향할 때마다 불만이 쌓인다. 2년 동안 미적분학, 일반물리학, 정치경제학 등 열심히 학교 공부를 해왔기 때문에 3학년 때는 졸업 연구, 서클 활동, 악기연주 등 공부 외의 다양한 활동을 즐기려 했다. 그러나 강제 자율학습이 시작되자, 이 모 군의 계획은 물거품이 되었다. 학년에 관계없이 모두 독서실에 가야 하기 때문이다. 독서실에 가면 대부분의 3학년 학생들이 하릴없이 게임을 즐기고 있어 이 모 군은 이들과 함께 자습 시간을 게임으로 보내곤 한다. 이처럼 이 모 군은 강제 자습 시간으로 인해 자신이 달성하고자 했던 학업 외 목표들을 이루지 못하고 있다.

　물론 강제 자율학습으로 인해 선생님들이 원하는 이상적인 공부 습관을 들일 수는 있다. 하지만 제약이 많은 공부환경에서 기존의 공부 습관까지 헝클어뜨려 가면서, 그리고 학생들의 스트레스를 풀어주는 학업 외 활동들까지 무시한 채 강제 자율학습을 계속해서 진행해야 할까? 학생들의 스트레스의 근원인 강제 자율학습, 이제는 없어져야 한다.

1. 전제와 결론을 찾아 논리 구조를 파악해 보자.

_____

_____

_____

2. 귀납이 어떻게 사용되었는지 찾아보자.

_____

_____

_____

3. 이 글에 사용된 귀납의 논리성을 판단해 보자.

   1. 전제가 수용 가능한가?

   2. 전제가 충분한가?

   3. 전제와 결론이 관련 있는가?

   4. 결론이 수용 가능한가?

_____

_____

_____

4. 좋은 귀납 논증을 위해 필요한 것은 무엇일까?

_____

_____

_____

📋 학습 개요

   귀납은 넓은 뜻으로는 연역을 제외한 모든 논증을 가리키고, 좁은 뜻으로는 유추, 가추를 제외한 비연역 논증을 가리킨다. 이 책에서는 이 말을 좁은 뜻으로 사용하여 귀납적 일반화, 통계 논법 등을 귀납으로 다루고 유추, 가추는 따로 세워 다룬다.

 귀납(좁은 뜻)이란 개체의 속성을 그 개체가 속한 부류 전체에 일반화하는 논증
이다. 귀납의 전제는 사례, 표본, 통계 자료, 사건, 전문가 의견 등 여러 가지가 될
수 있다. 연역과는 달리, 각 전제는 개별적으로 결론을 뒷받침한다. 전제가 하나
줄어도 논리성은 약화되겠지만 논증 자체는 성립한다. 귀납의 결론은 전제의 일
반화여서 전제가 모두 참이라 하더라도 결론의 참을 확증적으로 보장하지 못하고
참일 개연성만 부여한다. 귀납은 전제를 뛰어넘는 새로운 판단을 내리기 때문에
지식을 확장할 수 있다. 또 귀납의 논리성은 참과 거짓이라는 이치적 논리로 판단
하지 않고 강도에 따른 다치적 논리로 따진다.

 이 장의 탐구과제는 다음과 같다.

- 귀납 논법의 유형
  귀납적 일반화, 통계 논법, 권위에 의한 귀납
- 귀납의 논리성
- 귀납 관련 오류
- 귀납 읽기

탐구하기

1. 아랫글을 읽고 물음에 답하면서 귀납에 관해 탐구해 보자.

> 1. 한국과학영재학교 학생들을 대상으로 야간 자율학습에 대해 설문조사를
>   실시했다. 그 결과, 1학년 학생의 73%, 2학년 학생의 65%, 3학년 학생의
>   58% 학생들이 이 제도가 학습에 효과가 크지 않다고 답했다. 그러므로
>   이 제도는 당초 취지와는 달리, 실효성이 크지 않다.
> 2. 저명한 영재교육 전문가 김갑주 박사는 강제성은 창의성의 가장 큰 적이

라고 말했다. 한국과학영재학교의 야간 자율학습 제도는 매우 강제적인 성격이 강하여 영재교육을 추구하는 학교의 방향과 맞지 않는다. 이 제도는 폐지되어야 한다.

3. 한국과학영재학교 학생들을 대상으로 실시한, 야간 자율학습에 관한 설문조사에서 1학년 학생 73%가 이 제도의 폐지에 찬성했다. 을주는 현재 한국과학영재학교 1학년에 재학 중이다. 을주는 이 제도의 폐지에 찬성할 것이다.

가. 윗글에도 귀납 논법이 사용되었다고 볼 수 있는가? 왜 그런가?

_____

_____

나. 윗글 1~2의 결론을 다음과 같이 바꿀 때, 논법의 논리성은 어떻게 될까?

1. 그러므로 이 제도는 당초 취지와는 달리, 실효성이 크지 않다. → 그러므로 이 제도는 당초 취지와 달리, 실효성이 전혀 없다.
2. 이 제도는 폐지되어야 한다. → 이 제도는 보완되어야 한다.

_____

_____

다. 아래 자료를 추가로 얻었다면 한국과학영재학교의 야간 자율학습 제도에 대한 논의의 결론은 어떻게 될까?

1. 야간 자율학습에 관한 다른 조사를 보면 1학년 학생의 58%, 2학년 학생들의 55%, 3학년 학생들의 62%가 직전 학기에 비해 평점 평균이 상승한 것으로 나타났다. 이 현상은 상승 비율과 상승 폭의 측면에서 중위권(상하위 각 20%를 제외) 학생들에게 더 두드러졌다.

2. 영재학교에서 5년간 학생들을 지도한 경험이 있는 A 대학 교육학과 이을주 교수는 잠재력이 아무리 뛰어난 학생이라도 학업에 집중하는 시간이 어느 정도 확보되지 않는다면 잠재력을 제대로 발휘할 수 없다고 주장했다.

라. 위의 활동을 바탕으로 일반적인 논리성 검토 기준이 귀납 논법에서는 어떻게 해석되어야 하는지 정리해 보자.

1. 전제가 수용 가능한가?

2. 전제가 충분한가?

3. 전제와 결론이 관련 있는가?

4. 결론이 수용 가능한가?

---

2. 귀납은 속성상 그 논리성이 연역만큼 강하지 않다. 아랫글을 자료로 귀납의 논리성에 관해 익혀 보자.

1. 불교는 인도, 유교는 중국을 발상지로 하고 있다. 이슬람교 역시 중동을 발상지로 하는 동양 종교다. 기독교는 흔히 서양 종교로 알고 있지만, 그 발상지인 이스라엘이 분명 아시아 지역이므로 동양 종교다. 우리가 기독교를 서양 종교로 생각하는 것은 우리나라에 기독교를 전래한 사람들이 주로 서양 사람들이기 때문이다. 그러므로 세계의 대종교는 모두 대등한 가치를 지닌다.

2. 문법적 기능이 같은 두 가지 조사 중에서 자음으로 시작되는 것은 끝음

절이 모음으로 끝나는 말에 붙고, 모음으로 시작되는 것은 자음으로 끝나는 말에 붙는다. '바위'에는 주격조사 '가'가 붙고 '구름'에는 '이'가 붙는다. 목적격 조사 '를/을', 보조사 '는/은', 부사격 조사 '로/으로' 등도 마찬가지다.[13]

3. 한국은행은 얼마 전 제2분기(4~6월) GDP(국내총생산) 통계를 발표하면서 "민간소비가 전년 같은 기간 대비 2.7% 증가했다."며 "내수(內需) 쪽 증가세가 예상보다 활발히 확대되고 있다."고 밝혔다. 통계상 민간소비가 지난해 같은 기간에 비해 2.7%나 증가했으니 작년 마이너스로 곤두박질쳤던 내수 경기가 큰 폭으로 회복되었다는 것이다. (*참고: 민간소비 금액은 국내소비 금액과 해외소비 금액의 합이다.)[14]

4. 중학교에 다니는 A군과 B군의 장래성을 측정하는 테스트에서 각각 80점과 60점을 받았는데, 이것은 장차 A군이 B군보다 성공할 가능성이 크다는 것을 의미한다. 그들이 받은 테스트는 부모, 교사, 선배 등의 지도를 얼마나 잘 따르는가(20점), 학교 공부를 얼마나 열심히 잘하는가(20점), 자신에게 맡겨진 책임을 얼마나 성실히 수행하는가(20점), 규율을 얼마나 잘 지키고 정직한가(20점), 목표한 일을 반드시 이루고 말겠다는 의지력이나 성취동기(20점)의 5개 항목으로 구성되었다.[15]

1. 전제가 수용 가능한가?
2. 전제가 충분한가?
3. 전제와 결론이 관련 있는가?
4. 결론이 수용 가능한가?

---

13 이대규(1995:220)의 것을 일부 손질하여 인용함.
14 김보현(2015:82)에서 인용함.
15 김보현(2015:89)에서 인용함.

3. 각 논법의 오류를 지적하고 비슷한 유형의 오류를 들어 보자.

가. 하루 10,000보 걷기는 만병통치약과 같다. 2010년 요추 디스크 시술 이후, 나는 꾸준히 하루 평균 만 보 걷기를 해왔는데 그 이후로 감기 한 번 걸린 적이 없다.

_____

_____

나. 우리 학교 선생님들의 90%가 박사학위를 가지고 있다. 우리 담임 선생님도 박사학위를 가진 것이 분명하다.

_____

_____

다. 게임이 학생들의 학업에 악영향을 끼친다고 할 수 없다. 일부 학생들을 보면 그런 것 같기도 하지만 아직 결정적인 증거는 없다.

_____

_____

라. 세계적인 물리학자 스티븐 호킹 박사는 2015년에 "인간보다 똑똑한 인공지능의 개발은 인류의 멸망을 초래할 수도 있다."라고 경고했다. 인류는 지금 당장 인공지능 개발을 멈추어야 한다.

_____

_____

마. 정병주는 학생회장 감이다. 3학년 선배들 2/3가 그를 지지하는 데는 다 이유가 있지 않을까?

_____

_____

4. 아랫글을 읽고 귀납에 대해 더 탐구해 보자.

포지션의 중요성

김송현(10학번)

친구들끼리 축구를 하다 보면 언제나 서로 공격수를 하겠다고 싸우는 일이 비일비재하게 일어난다. 친구들끼리 하는 농구에서는 딱히 포지션을 정해두지 않으며, 야구에서는 가위바위보로 수비 위치와 타순을 정하기도 한다. 하지만 조금만 스포츠를 해 본 사람이라면 안다. 개인 스포츠가 아닌 이상 중요하지 않은 포지션은 없다는 것을.

야구에서는 골든글러브 시상식이라고 해서 각 포지션별 최고의 선수를 뽑는 시상식이 있고, 모든 선수들은 골든글러브를 끼는 것을 목표로 운동을 한다. 물론, 포지션 변경이 잦기는 하지만 결코 쉽지는 않다. 각 포지션별로 수비영역이 정해져 있으며 수비하는 방법도, 연습 방법도 다른 까닭이다. 넓은 수비 범위와 강인한 어깨가 필요한 중견수, 빠른 발과 호쾌한 타격이 필요한 좌익수와 우익수, 몸을 아끼지 않는 그림 같은 수비로 실점을 막아야 하는 2루수와 빠른 송구가 필요한 내야의 꽃 유격수, 빠르게 다가오는 공을 순간적으로 잡아내는 능력과 함께 20홈런 이상 칠 수 있는 손목 힘이 필요한 1루수와 3루수, 그리고 수비를 지배하고 투수를 이끄는 포수까지 무엇하나 중요하지 않은 포지션이 없으며, 각각의 포지션별 최고 선수들의 연봉과 감독이 느끼는 중요도도 비슷하다.

축구에서도 "올해의 베스트 일레븐"이라는 시상을 통하여 일반인들에게 소외받는 수비수와 골키퍼를 대우해 준다. 화려하지는 않고 눈에 남는 기록도 별로 없지만, 감독으로 하여금 경기를 안정적으로 지켜볼 수 있게 만드는 수비수의 능력이 프로들 사이에서는 제대로 평가받고 있는 것이다. 물론 직접적인 공격과 골을 만들어 내는 공격수와, 수비수와 공격수를 이어주는 허리 역할의 미드필더 역시 과소평가되지 않는다.

특히 농구는 프로수준이 아니면 포지션의 존재조차 모를 수도 있는데 알고 보면 농구만큼 복잡한 포지션을 가진 스포츠도 없다. 골대 근처에서 슛을 차단하고 리바운드를 하여 공격을 막거나 전개해 나가는 장신의 센터, 수비를 혼란시키고 스코어를 올리는 단단한 몸의 포워드, 그리고 빠른 발을 바탕으로 볼 운반, 작전 전개, 미들슛 등을 담당하는 가드가 있으며 득점에 치중되어 있느냐 전개 역할에 집중하느냐에 따라서 파워포워드와 포인트가드, 그리고 스몰포워드와 슈팅가드로 나누어지며 이 다섯 포지션 중 하나가 필요 없는 전술이 없을 정도로 각각의 포지션이 중요한 스포츠이다.

　물론 각 종목별로 더 주목받고 더 화려한 포지션이 있을 수 있다. 공격을 진두지휘한다든가, 눈을 휘둥그레하게 하는 플레이가 필요하다든가 하는 포지션들 말이다. 하지만 그 어떤 스포츠도 덜 중요한 포지션이 존재하지는 않는다. 슈퍼스타 메시는 수비가 아닌 공격에 특화되어 있을 뿐이고, 이대호도 유격수 위치에서는 수비의 구멍일 뿐이며, 하승진도 가드 위치에선 공격 전개를 하지 못하는 느린 선수일 뿐이다. 각각의 포지션을 똑같이 흥미롭게 바라보는 시선과 태도가 스포츠를 즐기는 데 반드시 필요할 것이다.

가. 전제와 결론을 찾아 이 글의 논리 구조를 파악해 보자.

_____

_____

_____

나. 다음 기준에 따라 이 글의 논리성을 판단해 보자.

　1. 전제가 수용 가능한가?

　2. 전제가 충분한가?

　3. 전제와 결론이 관련 있는가?

　4. 결론이 수용 가능한가?

_____

_____

_____

다. 필자의 주장에 대해 어떻게 생각하는가? 다른 근거를 들어서 필자의 주장을 옹호 또는 비판해 보자.

📖 쓰기

1. 다음 진술을 결론 삼아, 수용 가능하고 충분한 전제를 들어 귀납 논법으로 전개하는 글을 작성해 보자.

> 가. 동서고금을 막론하고 어느 사회든 상류층은 존재하기 마련이다. 사회 통합의 장애가 되는 것은 상류층이 존재한다는 그 자체보다는 위치에 걸맞은 윤리 의식과 책임감이 결여된 상류층이 늘어난다는 사실이다.
> 나. 위대한 문화유산을 가졌다는 사실도 중요하지만, 그보다 더 중요한 것은 그것을 잘 계승하고 발전시켜서 계속하여 위대한 문화 창조를 이루어 가는 것이다.
> 다. 임의의 명제

---

2. 다음 논제에 대해 '연역'과 '귀납'을 사용하여 논증하는 글을 써 보자.

> 가. 모든 것은 변한다.
> 나. 임의의 논제

_____

_____

_____

_____

_____

_____

_____

 나아가기

▶ 귀납에 초점을 두고 아랫글을 읽어 보자.

'인지적 구두쇠'의 선택[16]

곽금주(서울대 심리학과 교수)

　인생은 크고 작은 선택의 연속이다. 점심으로 무얼 먹을 건지, 어떤 선물을 고를지와 같은 일상의 작은 선택에서, 이 회사에 입사할 것인지, 이 사람과 결혼할 것인지와 같은 중요한 결정에 이르기까지 우리는 헤아릴 수 없이 많은 선택의 순간에 맞닥뜨린다. 2007년 대선이 다가오면서 우리는 또 하나의 중대한 선택의 기로에 서 있다. 후회로 가득했던 선택의 경험은 누구나 가지고 있다. 이번에는 후회 없는 선택을 해야겠다고 다짐하지만, 정확한

16　한겨레신문(2007.11.15.) http://hani.co.kr/arti/SERIES/56/250345.html

판단을 하는 것은 여전히 어렵다. 이성적으로 판단한다는 것이 그다지 쉽지 않기 때문이다.

사람들의 선거행동은 이성적이라기보다 정서적 차원에서 이루어진다. 웨스턴이라는 연구자는 미국의 공화당 지지자와 민주당 지지자들을 대상으로 정치적 판단을 내릴 때 사람들에게 어떤 대뇌 활동이 일어나는지를 연구하였다. 2004년 미국 대선에서 공화당 후보였던 조지 부시와 민주당 후보였던 존 케리, 그리고 어느 당에도 속하지 않는 배우 톰 행크스의 모순된 발언 사례들을 들려주었다. 예를 들어 1996년에는 은퇴연령을 높이겠다는 연설을 했는데, 2004년에는 이것과 상반되는 연설을 하는 것을 들려주고 이때 사람들의 뇌 기능을 측정하였다. 그 결과 민주당 지지자든 공화당 지지자든 간에, 자신이 지지하는 후보의 모순된 연설을 들을 때는 정서 담당 부위, 특히 관용과 용서를 관장하는 부위가 활성화된 반면, 자신이 지지하지 않는 후보나 중립적인 대상의 모순된 연설에 대해서는 이성 담당 부위가 활성화되었다. 자신이 지지하는 후보의 모순된 언행에 대해서는 이성보다는 관용의 정서가 작용하여 너그럽게 판단하는 반면, 반대하는 후보에 대해서는 더 논리적이고 꼼꼼하게 그 언행을 분석하여 모순점에 대해 비판하는 것이다.

또 사람들은 후보를 이성적으로 판단하기보다는 이미지로 판단하기도 한다. 미 프린스턴대학의 심리학자인 토도로프는 최근 연구에서 프린스턴 대학생들에게 사전 정보 없이 2000년부터 2004년 미 상하원 선거에서 라이벌로 출마했던 후보들의 사진을 나란히 1초간 보여준 뒤 누가 더 유능하게 보이는지를 선택하도록 했다. 그리고 대학생들의 선택과 실제 선거에서 누가 승리했는지를 비교하였더니, 그 결과 70% 정도의 일치율을 보였다. 이때 대학생들은 둥근 얼굴과 큰 눈이 특징인 동안의 후보보다는 나이가 들어 보이는 전문성 있는 얼굴의 후보를 선택하였다. 물론 대학생들의 이러한 선택은 이성이 개입되지 않은 단순한 인상에 근거한 판단이었다. 그러나 대학생들의 선택과 실제 선거 결과가 상당히 일치한다는 것은 실제 유권자들도 그저 그 후보가 주는 단편적인 인상이나 느낌에 좌우될 확률이 높음을 의미한다.

왜 이러한 현상이 나타나는 것일까? 사람들은 주어진 자료를 합리적으로 종합하여 논리적으로 판단하는 이성적 동물이 아니라, 가능한 심적 노력을 덜 들이고 절약해서 신속하게 판단하고자 하는 '인지적 구두쇠'이기 때문이다. 선거에서도 인상이나 느낌, 그리고 자신의 편견 등에 의존한다거나, 일단 지지하는 후보에 대해서는 무조건적으로 허용하는 태도를 가지면서 다른 상대에겐 필요 이상의 비판을 가하는 것도 바로 이런 이유이다. 물론 이런 과정은 자동적으로 일어나므로 의식적으로 통제하기 어렵다. 그렇지만 인간이 이렇게 비합리적임을 스스로 인정하고, 나의 판단이 합리적이고 이성적인가 하는 것을 끊임없이 자각하면서, 의식적인 노력을 기울여야 할 것이다. 왜냐하면 이번만큼은 후회 없는 선택을 했으면 하는 것이 모든 사람들의 바람이기 때문이다.

1. 전제와 결론을 찾아 이 글의 논리 구조를 정리해 보자.

2. 귀납 논법이 어떻게 사용되었는가?

제 11 장
유추

들어가며

청춘이여, 좋은 에스프레소가 되어라

변현종(13학번)

먼저 원하는 정도로 알맞게 로스팅된 커피콩을 곱게 분쇄한다. 이 가루를 홀더에 평평하게 다져 넣는다. 강한 압력으로 뜨거운 물을 통과시킨다. 뜨거운 물이 노즐을 따라 홀더에 투사되면 커피 가루가 그 증기, 그 물을 반겨 준다. 물이 홀더를 통과함에 따라 커피의 맛과 향이 열정적인 물을 만나 고스란히 녹아 나온다. 짙은 갈색의 액체가 노즐을 따라 쪼르륵 컵으로 떨어진다. 마침내 한 잔의 에스프레소가 이 세상에 태어났다. 하지만 여기에서 끝이 아니다. 이제 에스프레소는 다른 재료들을 만난다. 우유, 크림, 시럽 등이 차례로 추가됨에 따라 에스프레소는 다양한 커피로 거듭난다. 커피 원액이라고도 불리는 에스프레소는, 커피의 출발선이라 할 수 있다.

에스프레소의 힘은 마치 인생의 출발선에 선 청년들과 같은 그 무궁무진한 가능성에 있다. 에스프레소가 따뜻한 물을 만나면 향긋한 아메리카노가 된다. 증기를 쬔 우유가 더해지면 부드러운 카페라테가 만들어진다. 약간의 시럽과 함께 크림과 우유를 합하면 천국의 단맛을 품고 있는 캐러멜 마키아토가 태어난다. 이렇게 탄생하는 커피의 맛은 다른 많은 요소들이 있겠지만, 어떤 커피가 되더라도 베이스가 되는 에스프레소가 뛰어나야 좋은 커피가 탄생한다는 것이다.

에스프레소는 짙어야 한다. 어떤 맛으로 재탄생되더라도 커피 고유의 맛을 잃지 않기 위해서는 커피 가루의 맛과 향을 십분 추출해 내야 한다. 커피 홀더를 통과하는 중인 당신의 에스프레소가 완성될 수 있도록 배움에 매진하여라. 당신이 지금 배우는 모든 것들이 앞으로 당신이 한 잔의 커피로 완성되었을 때 퍼져나가는 아라비카 원두의 향기처럼 빛을 발할 것이다.

어떤 커피의 베이스가 되더라도 에스프레소는 활기차야 한다. 당신을 마시는 사람들이 잠에서 깨어나 다시 바쁜 하루를 시작할 수 있는, 풍부한 카페인을 품은 커피처럼 다른 사람에게 활기를 불어넣어 줄 수 있는 사람이 되어야 한다. 아침에 카페에 나가 마시는 따뜻한 모닝커피와도 같이 피곤에 찌든 도시인들에게 한 모금 위안이 되는 풍경 같은 사람이 되어라. 당신 주위의 사람들이 휴식을 취하고, 하루를 시작할 활기를 얻게 될 것이다.

에스프레소는 뜨거워야 한다. 앞으로 세상을 만나 다양한 재료들이 추가되더라도 여전히 추운 겨울을 덥혀줄 따뜻한 커피이기 위해서는 펄펄 끓을 정도로 뜨거운 에스프레소가 되어야 한다. 화끈하게, 정열적으로, 열의에 불타오르는 에스프레소가 된다면 앞으로 어떤 커피로 완성되더라도 점점 추워져만 가는 사회 속에서 보들보들 떠는 사람들을 따뜻하게 덥혀주는 커피가 될 수 있을 것이다.

당신이 앞으로 어떤 삶을 살아가게 될 것인지는 아무도 모르는 것이다. 당신은 이제 막 홀더에 들어 있는 부드러운 커피 가루들과 만나 추출되고 있는 따끈따끈한 에스프레소인 것이다. 앞으로 우유, 시럽, 크림과 만나 당신이 만들어나갈 커피를 맛있게 만드는 가장 첫걸음은 좋은 에스프레소가 되는 것이다. 사람들이 당신을 맛있게 음미할 수 있도록, 진하게 우러나 활기를 채워주는 뜨거운 에스프레소가 되어라.

1. 윗글의 논제는 무엇인가?

_____

_____

2. 필자는 자기 주장을 정당화하기 위해 논제를 어떻게 다루고 있는가?

_____

_____

3. 전제와 결론을 찾아 이 글의 논리 구조를 파악해 보자.

_____

_____

4. 이 글은 유추로 전개되었다. 유추는 어떤 논법인가?

_____

_____

5. 윗글에 사용된 유추의 논리성을 판단해 보자.

　1. 전제가 수용 가능한가?

　2. 전제가 충분한가?

　3. 전제와 결론이 관련 있는가?

　4. 결론이 수용 가능한가?

_____

_____

6. 좋은 유추 논증을 위해 필요한 것은 무엇일까?

_____

_____

유추[유비 추리]란 논증하고자 하는 대상을, 유사점이 있는 다른 대상에 빗대어 추론하는 논법이다. 어떤 두 대상이 여러 속성을 공유하고, 어떤 속성이 한 대상에서만 확인될 때, 다른 대상도 그와 같은 속성을 가지리라고 추론하는 것은 논리적이다. 유추는 전제가 참이더라도 결론의 참을 확증적으로 뒷받침하지 못하는 논증이므로 귀납 논증(넓은 뜻)의 한 종류이다.

유추에서는 논제로 다루는 대상과 빗댄 대상의 공통된 속성에 대한 진술과 빗댄 대상에서만 확인되는 속성에 대한 진술을 전제로 삼는다. 결론은 빗댄 대상에서만 확인된 속성을 논제에 적용하는 진술이다. 따라서 전제가 결론을 개연적으로 뒷받침한다.

유추는 낯설거나 어려운 정보나 지식을 낯익거나 쉬운 것에 빗대어 설명하는 데도 쓰인다. 논증에 쓰이는 유추를 귀납적 유추라 하고 설명에 쓰이는 유추를 설명적 유추라 한다.

이 장의 탐구과제는 다음과 같다.

- 유추 논법의 구성과 특성
- 유추의 논리성
- 설명적 유추
- 유추 읽기

1. 아랫글을 읽고 물음에 답하면서 유추에 관해 탐구해 보자.

---

1. 내 친구 미정이가 시추 강아지 수컷을 키우고 있는데 그 강아지는 건강하다. 그 강아지는 처음 왔을 때 건강 검진을 받았으며 깨끗한 물과 사료를 공급받고 매일 적당한 운동을 한다. 나도 병에 잘 걸리지 않는 건강한 강아지를 원해서 시추 강아지 수컷을 샀다. 내 강아지도 미정이 강아지처럼 처음 왔을 때 건강 검진을 받았으며 깨끗한 물과 사료를 공급받고 매일 적당한 운동을 한다. 내 강아지는 아마 건강하게 잘 지낼 것이다.[17]

2. 품세는 무술의 기본이다. 품세를 튼튼하게 익히지 않고 무술의 대가가 될 수는 없다. 말과 생각도 그렇다. 논리의 기본틀을 소홀히 한 채로 합리적 사고와 설득력을 키우기는 어렵다.

   물론 품세를 몰라도 막싸움 경험을 통해 꽤 괜찮은 '파이터'가 될 수는 있다. 마찬가지로 논리를 익히지 않아도 끝없는 논쟁과 논술 연습으로 대단한 '말빨'을 갖출 수도 있다. 그러나 기본기가 뒷받침되지 않은 잔재주는 허점이 많아 무너지기 쉽다. 더구나 거리의 싸움꾼은 결코 무술인으로 대접받지 못한다. 제대로 된 무술 수련이 빚어내는 올곧은 정신을 그네들은 결코 갖추지 못하기 때문이다.

   논리학은 논리법칙에 따라 가장 효율적이고 오류 없이 올바른 결론에 이르는 방법을 일러주는 '생각의 품세'다. 나아가 논리학의 지식과 기술을 통해 얻어진 결론은 도덕적이기까지 하다. 궤변가들은 자기에게 유리하게 논리를 왜곡하지만, 논리학자는 누가 보더라도 옳고 정당한 길로 생각을 이끌기 때문이다.[18]

가. 유추 논법에서 논증하고자 하는 대상을 '유추 대상'이라 하고, 빗대기 위해 가져온 것을 '빗댄 대상'이라고 하자. 윗글에서 '유추 대상'과 '빗댄 대상'을 찾아보자.

---

17 김희정·박은진(2020:443)에서 인용함.

18 안광복의 '추천의 글', "'논리맹들'을 위한 논리 특효약"에서 일부를 발췌하여 인용함. 사와다 노부시게, 고재운 옮김(2017:4)을 참조함.

나. 유추 논법의 전제와 결론은 다음과 같다. 윗글에서 전제와 결론을 찾아 정리해 보자.

> ▶ 전제:
> 1. 유추 대상과 빗댄 대상의 공유 속성
> 2. 빗댄 대상에서만 확인된 속성
>
> ▶ 결론:
> 빗댄 대상에서만 확인된 속성을 유추 대상에 가정함

_____

_____

다. 유추 논법의 논리 구조를 형식화해 보자.

_____

_____

라. 윗글을 비교 논법이라 볼 수 있는가? 왜 그런가?

_____

_____

마. 윗글을 귀납 논법(좁은 뜻)이라 볼 수 있는가? 왜 그런가?

_____

_____

2. 유추 논법의 논리성을 탐구해 보자.

가. 다음은 논법의 논리성을 검토하는 일반적인 기준이다. 유추 논법에서 이 기준들

이 어떻게 해석되어야 하는지 정리해 보자.

1. 전제가 수용 가능한가?
2. 전제가 충분한가?
3. 전제와 결론이 관련 있는가?
4. 결론이 수용 가능한가?

_____

_____

나. 위에서 살핀 유추 논법의 논리성 기준으로, '1'에서 다룬 두 글[강아지, 품세]의
논리성을 판단해 보자.

_____

_____

3. 다음 유추 논법에서 유추 대상과 빗댄 대상을 찾아보고 그 논리성을 따져 보자.

가. 사람들은 자기 차에 대해서는 아무 불평 없이 몇 달마다 한 번씩 정기적으로
서비스와 점검을 받는다. 그런데 왜 자기 몸은 이와 유사하게 돌보지 않는가?[19]

_____

_____

나. 인호, 수현, 경수, 철환이는 모두 왼손잡이이고 정보과학을 잘한다. 수현, 철
환, 경수는 모두 부산 출신이다. 따라서 인호도 부산 출신일 것이다.

_____

_____

---

19 앤서니 웨스턴 저, 이보경 옮김(2009:58)에서 재인용함.

다. 사람에게서 머리를 자르면 그는 죽는다. 마찬가지로 국가에서 왕을 없애버리면 그 나라는 망한다.[20]

라. 벌은 자신의 집을 지키기 위해 목숨을 버리기까지 한다. 그래야만 자신의 여왕과 자신의 사회를 지킬 수 있기 때문이다. 사람도 마찬가지로 자신의 사회와 군주를 위해 목숨을 버릴 줄 알아야 한다.[21]

마. 정글에서 사자와 같은 포식자가 임팔라와 같은 피식자를 죽이는 것은 당연하다. 따라서 인간 사회에서 강한 자가 약한 자를 희생시키는 것을 비난해서는 안 된다.

---

4. 아랫글을 읽고 물음에 답하면서 다른 유형의 유추를 살펴보자.

1. 수소 원자의 지름을 축구장의 크기라고 한다면 원자핵의 지름은 축구장 한복판의 벼룩 한 마리의 크기에 비유된다. 원자와 탁구공의 크기를 비교하면 그 비율은 탁구공과 지구의 크기의 비율과 같은 정도이다.[22]

---

20 김용규(2011:243-244)에서 인용함.
21 김보현(2015:158)에서 인용함.
22 김광수 외(2001:167-168)에서 인용함.

2. 수소 원자의 크기는 10-10m 정도이고 그 중심부에 10-15m 정도의 크기를 가지는 원자핵이 존재하고 있으며 원자의 질량은 거의 모두 원자핵에 집중되어 있다.

가. 1과 2를 비교해 보고 그 장단점을 말해 보자.

_____

_____

나. '들어가며'에서 다룬 글과 1의 공통점과 차이점은 무엇인가?

_____

_____

5. 아랫글을 읽고 유추에 대해 더 탐구해 보자.

성장의 비료

이선웅(18학번)

농부들 혹은 농부는 아니더라도 작물을 키우는 사람들은, 작물을 빨리 자라게 하고 더 훌륭한 수확물을 얻기 위해 비료를 사용한다. 비료는 토양의 생산력을 유지 또는 증진시키고, 작물을 잘 생장시키기 위해서 투입한다. 비료를 제대로 쓰기 위해서는 먼저 기본을 점검해야 한다. 비료를 뿌리기 전에 이 땅에서 이 작물들이 자랄 수 있는지, 물은 충분한지, 햇빛도 충분한지, 온도 등 여러 기본적인 조건을 먼저 살펴보아야 한다. 이것들이 갖추어져 있으면 적절한 비료의 사용은 그렇지 않을 때보다 작물의 생장 속도를 훨씬 빠르게 하고 소출도 늘어나게 한다.

학생은 작물과도 비슷하다. 사람은 청소년 시기에 정신적으로, 신체적으로, 또 지적으로 크게 성장을 하게 된다. 이렇게 성장을 하는 과정은 앞으로의 인생을 결정하기도 한다. 그 과정에서 작물에 비료가 꼭 필요한 것은 아니듯이 사교육을 꼭 해야 하는 것은 아니다. 하지만 상당수의 학생은 사교육을 받으며 공부의 속도와 효율을 높이려고 애를 쓴다.

비료는 너무 과도하게 사용하면 안 된다. 비료를 너무 과도하게 쓴다면, 또는 뿌리에 직접 닿게 뿌린다면 삼투압 현상으로 오히려 작물에서 물이 빠져나가게 되어서 말라 죽을 수 있다. 이와 비슷하게 학생에게도 과도한 사교육은 좋지 못하다. 사교육은 어디까지나 성장을 도와주는 것이어야지 성장을 주도하게 되면 안 된다. 그러면 기본이 되는 물, 즉 공교육 또는 공부하고자 하는 의지가 빠져나갈 수 있고, 또 스트레스를 과도하게 받아서 오히려 효율이 떨어질 수 있다. 과유불급이라는 사자성어가 있듯이 과도한 사교육은 안 하느니만 못하다.

비료는 종류별로 맞게 써야 한다. 비료에는 질소비료, 인산비료, 가리비료, 석회질비료 등 여러 종류가 있다. 그리고 이 비료들은 각자 특성이 있고, 맞는 땅, 맞는 작물이 있다. 사교육도 이처럼 자습 형태, 숙제가 많은 형태, 강의 위주로 가는 형태, 1:1 과외 등 여러 종류가 있다. 그리고 학생마다 각자 맞는 형태가 있다. 그렇기 때문에 자신에게 잘 맞을 만한 형태를 잘 파악하고 그에 맞는 사교육을 받는 것이 좋다.

비료는 때에 맞추어서 주어야 한다. 작물에 비료를 줄 때는 옳고 그른 시기를 잘 살펴야 한다. 나무들은 매년 성장주기를 시작하는데 먹이를 가장 많이 먹기 시작하는 봉오리가 막 터지기 직전이 비료 주기에 가장 좋은 시기다. 하지만 늦여름이나 가을에 비료를 주면 나무의 과도한 생장으로 서리에 의한 손상을 입을 수 있기 때문에 좋지 못하다. 사교육도 그러하다. 힘이 날 때는 괜찮지만 힘들고 공부에 지칠 때는 사교육의 수를 줄이든가 잠시 쉬는 것이 장기적으로 보면 더 좋다.

청소년 시기는 인생에서 가장 중요 부분 중 하나이다. 가치관을 형성하고, 지식을 쌓고, 무궁무진한 잠재력을 뽐낼 수 있는 시기이며 이때가 평생을 좌지우지 할 수도 있다. 그리고 지식을 쌓는 데에는 교육이 필요하다. 하지만 무분별한 사교육은 오히려 부작용을 일으킬 수 있다. 사교육을 비료와 같이 사용하자. 그렇다면 학생들의 성장에 큰 동력을 불어넣어 줄 것이며 큰 도움이 될 것이다.

참고문헌

비료, "두산백과"

비료의 종류와 사용법 :

https://m.blog.naver.com/PostView.nhn?blogId=siho84&logNo=220088368499&

proxyReferer=https%3A%2F%2Fwww.google.com%2F

과일나무 비료 주는 방법 및 시기:

https://hishin61.blog.me/221366483098

가. 유추 대상과 빗댄 대상을 찾아보자.

_____

_____

나. 전제와 결론을 찾아 정리하고 논리 구조를 파악해 보자.

_____

_____

다. 다음 기준으로 윗글을 검토해 보자.

1. 전제가 수용 가능한가?

2. 전제가 충분한가?

3. 전제와 결론이 관련 있는가?

4. 결론이 수용 가능한가?

_____

_____

라. 필자의 주장에 대해 어떻게 생각하는가? 다른 근거를 들어서 필자의 주장을 옹호 또는 비판해 보자.

_____

_____

6. 유추는 논증이 아닌 글에도 자주 쓰인다. 아랫글을 읽고 비논증적 유추[설명적 유추]에 대해 살펴보자.

"로미오와 줄리엣"을 통해 화학적 세계를 깨닫다

황지민(10학번)

천재 작가로 칭송받는 윌리엄 셰익스피어의 대표작 "로미오와 줄리엣"이 사랑을 주제로 한 비극이라는 것에는 아무도 이의를 제기하지 않을 것이다. 그 대작을 화학도의 관점에서 보면 "로미오와 줄리엣"에서 금속과 비금속 사이의 이온결합 형성에 관한 주옥같은 원리들을 발견할 수 있다.

우선 이온결합 과정을 살펴보자. 본디 몬태규와 캐퓰렛 가는 원수지간으로서, 서로간의 친밀한 교류가 전혀 없었다. 그처럼 금속과 비금속의 원소 상태는 서로 안정해서, 접촉을 한다고 해도 결합을 하지 않는다. 몬태규 가와 캐퓰렛 가의 부모의 반대는, 금속과 비금속이 불꽃같은 반응을 하기까지 극복해야 하는 활성화 에너지라고도 볼 수 있다. 어느 날 밤의 가면무도회에서 로미오와 줄리엣이 가면 사이로 눈을 맞추어 첫눈에 반하는 순간, 이 둘은 주체할 수 없이 끌리기 시작한다. 둘 사이에서 교환된 눈빛은 바로 전자이다. 마치 줄리엣이 로미오에게 유혹의 눈길을 던지듯이 금속 원자는 갖고 있는 전자를 비금속 원자에 내리꽂는다. 이렇게 금속 원자는 금속 양이온이, 비금속 원자는 비금속 음이온이 된다. 소위 '작살 메커니즘'이라고도 부르는 이 과정은 '사랑의 작살'과 일맥상통한다. 그 다음, 서로에게 가까이 가는 과정은 필연적이다. 로미오와 줄리엣이 상대방에게 접근하고 결국 결혼하는 과정에서 서로를 원하는 강렬한 욕구가 충족되는 것처럼, 금속 양이온과 비금속 음이온도 가까이 접근하고 이온결정을 이루면서 에너지적으로 더욱 안정화된다.

　이온결정의 특성에서도 "로미오와 줄리엣"을 찾을 수 있다. 외부의 개입이 없었더라면 평생 함께 살았을 로미오와 줄리엣과 같이 이온결정도 외력이 없다면 오랜 시간 동안 그 상태를 유지할 것이다. 하지만 유리에 종종 비유되는 사랑과 결혼의 행복처럼, 이온결정도 쉽게 깨지고 부서진다. 부모님과 시민들의 성화는 로미오와 줄리엣을 떼어놓으려 시도했다. 이온결정의 경우도 용해나 외부의 충격 등으로 양이온과 음이온을 서로 분리하려는 외부 자극이 존재한다. 로미오와 줄리엣은 어떤 개입에도 불구하고 서로에 대한 절개를 충실하게 지키다 결국에는 저승에서 함께하였다. 줄리엣이 자결한 장면을 본 로미오가 독약을 먹고 따라 죽지 않았는가. 금속 양이온과 비금속 음이온도 마찬가지다. 만물은 전기적 중성을 유지하려는 성질이 있으므로, 양이온을 떼어낸다면 필연적으로 음이온도 같이 떨어져 나올 수밖에 없다.

　이처럼 "로미오와 줄리엣"이 처음 만나서 사랑에 빠지고, 서로에게 접근하여 사랑하고, 외부의 방해에도 불구하고 결국에는 저승에서 다시 만났던 열렬한 사랑의 과정은 금속 원자와 비금속 원자가 이온 결정을 이루는 과정에 완벽하게 대응한다. 고전을 줄거리 그대로 읽어 보는 접근도 가치가 있지만, 그곳에서 다른 분야의 진리를 찾아 연결해 본다면 얼마나 많은 일들과 관련지을 수 있을까. 아마 깜짝 놀라게 될 것이다.

가. 유추 대상과 빗댄 대상을 찾아보자.

나. 유추 대상과 빗댄 대상의 유사성을 정리해 보자.

다. 다음 기준으로 윗글을 검토해 보자.

> 1. 유추 대상과 빗댄 대상이 공유하고 있는 유사성이 각각에 대해 관련이
>   있고 본질적인가?
> 2. 대응되는 속성의 유사성이 높은가?

📖 쓰기

1. 다음 논제에 관해 유추 논법으로 전개하는 글을 작성해 보자.

> 가. "물처럼 사는 것이 최상의 삶이다."
> 나. 임의의 논제

나아가기

▶ 유추에 초점을 두고 아랫글을 읽어 보자.

중소기업도 성장기회 누려야 공정사회[23]

정운찬(전 동반성장위원장)

　　우리나라 사람들은 소나무를 좋아한다. 소나무 향과 솔잎을 스치는 바람 소리는 우리의 마음을 사로잡는다. 그런데 소나무 숲 속의 모습은 매우 특이하다. 다른 숲에는 온갖 잔풀과 크고 작은 나무들이 함께 어울려 자라지만 소나무 아래엔 풀이 자라지 않는다. 솔잎이 카펫처럼 깔려 있을 뿐이다. 바늘 같은 솔잎이 촘촘하게 땅을 뒤덮어, 공기와 햇빛이 통하지 못하게 한다. 그런 곳에서는 잔풀이 자랄 수 없고 어떤 나무도 새싹을 틔울 수 없다. 경쟁자의 등장을 원천적으로 가로막는 소나무의 용의주도함에는 약육강식(弱肉强食)의 잔인함마저 느껴진다.

　　동반성장위원회를 맡고부터는 이런 소나무의 모습이 우리 대기업과 중소기업 생태계의 모습으로 각인되어 내 머릿속을 떠나지 않고 있다. 물론 대기업들은 우리 경제의 기둥이요 자부심이다. 경제 위기도 가뿐하게 넘기고, 명실상부한 글로벌 기업으로서 세계시장을 주름잡고 있다. 국민도 해외 여행 길에 우리 대기업의 광고판을 만날 때마다 자랑스러워한다. 하지만 대기업과 중소기업의 생태계는 소나무 숲 속과 너무도 닮았다. 협력사들이 고사(枯死) 직전까지 내몰리더라도 대기업들은 기술을 가로채거나 납품단가를 후려치면서까지 자기 이익을 올리는 데에 거리낌이 없다. 대지가 공급하는 영양소와 햇빛과 공기를 다른 나무들과 나누지 않고 모조리 독차지하는 소나무의 생존 방식과 다르지 않다.

　　경제학에서는 누구든지 자기이익을 극대화하면 보이지 않는 손에 의해 사회 전체의 후생(厚生)이 극대화된다고 했다. 대기업들은 '하도급 기업에 너무하는 것 아니냐'는 비판에 이런 경제학 원리를 원용해 "우리는 단지 이윤

23　조선일보(2011. 3. 15)
　　http://news.chosun.com/site/data/html_dir/2011/03/15/2011031502677.html

극대화라는 시장경제의 원리를 따를 뿐인데 뭐가 잘못되었느냐"는 식으로 대응한다. 하지만 그런 사고방식을 갖고 있다면 경제학을 잘못 배웠다. 경제학은 결코 자기 몫만 악착같이 챙기는 게 선(善)이라고 가르치지 않는다.

다른 나무가 싹을 틔우지 못하도록 바늘 같은 솔잎을 촘촘히 떨어뜨리는 것은 '공정(公正)'이란 사회정의에도 맞지 않다. 그것은 기회를 독차지하려는 것일 뿐이다. 우리 헌법 전문에는 "각인(各人)의 기회를 균등히 해야 한다"고 했다. 성장의 기회를 원천적으로 가로막는 요인이 있다면 하나하나 없애나가야 한다. 그런데도 여전히 대기업으로부터 억울한 일을 당했다는 중소기업인들이 우리 주변에는 많이 있고, 그들의 목소리엔 울분이 가득 차 있다.

동반성장의 목표는 이런 중소기업에도 성장의 기회를 고르게 나누어 주자는 것이다. 초과이익공유제는 이 목표를 달성하기 위한 방법에 불과하다. 하도급기업의 생산성 향상과 고용안정을 위해 대기업의 자율적인 투자(기부)를 유도하고, 여기에 호응하는 대기업에는 혜택이 돌아가도록 해보겠다는 것이다. 기업들이 수익의 일부를 좋은 일에 기부하면 세제상 혜택을 주는 것과 비슷하다.

시장이란 원래 불완전하다. 초과이익공유제는 불완전한 시장의 실패를 사회공동체 유지를 위해 보완해보자는 것이다. 대기업의 이익을 강제로 빼앗겠다는 얘기가 아니다. 사정이 이런데도 초과이익공유제의 내용에 들어 있지도 않은 강제성을 거론하며 반대하는 건 동반성장의 취지를 오해한 것이다. 성공의 기회를 제대로 주지 않은 상태에서의 경쟁은 공정한 경쟁이 될 수 없다. 공정하지 못한 경쟁의 결과에는 아무도 승복하지 않는다. 그런 사회는 불만으로 가득 찬 사회가 될 뿐이다. 소나무만 자라는 곳에는 소나무 껍질 말고는 먹을 게 없다. 우리는 열매도 딸 수 있고 버섯과 약초도 얻을 수 있는 다양한 숲을 원한다.

1. 전제와 결론을 찾아 이 글의 논리 구조를 정리해 보자.

_____

_____

_____

_____

_____

_____

_____

_____

_____

2. 유추 논법이 어떻게 사용되었는가?

_____

_____

_____

_____

_____

_____

_____

_____

_____

제 12 장
가추

들어가며

> ### 수학을 못하는 여자
>
> 박수빈(15학번)
>
> 비록 한국과학영재학교에 들어와 쟁쟁한 친구들과 경쟁하며 희미해진 기억이지만, 이 학교에 들어오기 전까지 내가 교내 수학 경시대회에서 1등을 차지하는 것은 너무나도 당연한 일이었다. 얼굴조차 모르는 같은 학교 학부모들 입에 나는 수학을 잘하는 아이로 오르내렸고, 새로운 학원에 갈 때마다 소문을 들은 학원 원장선생님들은 나를 반겼다. 그럼에도 불구하고 내가 주위 사람들에게 귀에 박히도록 들은 말이 있다. 여자는 수학에 약하기 때문에, 학년이 올라갈수록 나는 남자아이들에게 밀릴 것이란 거였다. 공교롭게도, 수학에 있어서는 두려움이 없었던 나는 학년이 올라갈수록 수학을 두려워하게 되었고, 고등학생인 지금은 내 수학 실력에 매일 좌절을 느끼곤 한다. 대부분은 수학에 소홀했던 나에게 탓을 돌리지만, 가끔 의심스러울 때가 있다. 과연 내가 수학을 못하는 게 온전히 나만의 잘못일까? 사회가 은연중에 내 수학 실력에 한계치를 설정해 버린 것은 아닐까?
>
> 남녀불평등이 심한 나라는 각 성별에 대해 강한 사회적 제약을 가지고 있다. 우리가 자라면서 흔히 듣는 '남자는 부엌에 들어가서는 안 된다' 혹은 '여자는 기가 세서는 안 된다'가 그러한 사회적 제약이다. 이러한 사회적 제약은 개개인이 자라는 동안 은연중에 그들의 사고방식에 스며들고, 고정관념

으로 자리 잡아 자신의 능력을 제한하도록 만든다. 그리고 사회적 제약으로부터 발생하는 이러한 피해는 남성에 비해 여성이 더욱 크게 받고 있는데, 남녀불평등이 심한 대부분의 나라에서 여성을 남성에 비해 열등한 존재로 여기고 더욱 많은 제약을 걸기 때문이다. 그리고 수·과학을 전공하기로 한 여학생이라면 특히 듣고 좌절하게 되는 '여자는 수학을 못한다'라는 낭설 역시 그러한 사회적인 제약 중 하나다.

그러나 국제 학업 성취도 평가 PISA의 결과와 성불평등지수 GII를 연결시켜 보게 되면 놀라운 사실을 발견할 수 있다. 바로 성불평등지수가 낮은 나라일수록 국제 학업 성취도 평가에서 여학생과 남학생의 수학 점수 격차가 적다는 사실이다. 특히 남녀평등에 있어서 최고로 꼽히는 노르웨이, 스웨덴은 남녀 학생 간 점수 차가 거의 없었고, 아이슬란드는 심지어는 여학생이 오히려 수학 점수가 높았다. 또한 꾸준히 여권 신장에 힘을 쓰고 있는 대한민국 역시 2015년도 국제 학업 성취도 평가의 수학 항목에서 여학생이 남학생을 앞질렀고, 수능에서 역시 여학생의 수학 과목 평균이 남학생보다 높았다.[1] 이는 여성이 남성에 비해 결코 수학적 능력이 부족하지 않다는 것을 보여준다.

위스콘신대의 한 심리학 교수는 학생들을 대상으로 여성이 수학에 약하다는 강의를 진행하고, 그룹을 반으로 나누어 절반의 학생은 본명으로, 나머지 절반은 가명으로 수학 문제를 풀게 했다. 그러자 남학생은 두 그룹의 점수 차가 없었지만, 여학생의 경우 가명을 사용한 그룹의 점수가 더 높았다. 절대적인 능력이 개개인의 수학 점수를 결정한 것이 아닌, 사회에 의해 주입된 고정 관념이 개개인의 수학 점수를 결정한 것이다.[2]

많은 사람들이 들어본 이야기겠지만, 서커스단에서는 코끼리를 통제하기 위해 어렸을 때 쇠사슬에 묶어 놓는다고 한다. 그러면 쇠사슬에 묶인 어린 코끼리는 여러 번 쇠사슬을 끊기를 시도하다 실패하고 체념하게 되고, 결국 그 코끼리는 커서 얇은 줄로 묶어 놓아도 절대 탈출을 시도하지 않는다. 여학생도 마찬가지다. 오랜 시간 여자는 수학을 못한다는 소리를 들어온 여학생들은 자신의 능력을 스스로 묶어두고, 자신이 결코 그를 벗어날 수 있을 것이라 생각하지 않는다. 어쩌면, 아무런 근거도 없는 '여자는 수학을 못한다'는 사회적 통념이 여학생의 수학 능력을 퇴보시키고 있는 것은 아닐까?

주석:

1) 여자가 수학을 못하는 이유? 알고보니, 노컷뉴스.
   http://www.nocutnews.co.kr/news/950026
2) 여성은 가명 쓰면 수학 점수가 오른다?,
   나우뉴스http://nownews.seoul.co.kr/news/newsView.
   php?id=20130710601015

참고문헌:

1) 여성은 가명 쓰면 수학 점수가 오른다?, 나우뉴스
   http://nownews.seoul.co.kr/news/newsView.php?id=20130710601015
2) 여자가 수학을 못하는 이유? 알고보니,
   노컷뉴스. http://www.nocutnews.co.kr/news/950026

1. 필자가 규명하고자 한 문제 현상은 무엇인가?

_____

_____

2. 필자는 문제 현상을 설명하기 위해 어떤 가설을 세웠는가?

_____

_____

3. 필자는 가설을 어떻게 증명했는가?

_____

_____

4. 전제와 결론을 찾아 이 글의 논리 구조를 파악해 보자.

_____

_____

5. 윗글은 가추로 전개되었다. 가추란 어떤 논법일까?

_____

_____

6. 윗글에 사용된 가추 논법의 논리성을 판단해 보자.

  1. 전제가 수용 가능한가?

  2. 전제가 충분한가?

  3. 전제와 결론이 관련 있는가?

  4. 결론이 수용 가능한가?

_____

_____

7. 좋은 가추 논증을 위해 필요한 것은 무엇일까?

_____

_____

　　가추[가설 추리]란 관찰된 현상이나 문제 상황을 설명하는 가설을 세우고 그것을 검증하는 추론이다. 그런데 가설을 검증할 때는 가설에서 연역된 예측을 검토해야 하므로 가설 연역도 포함한다고 볼 수 있다.[24] 논리학 자체보다는 글쓰기에 중점을 두는 이 책에서는 이것들을 묶어서 가추로 다루고자 한다.

　　가추는 비연역 논증의 하나로 귀납(넓은 뜻)으로 볼 수 있다. 가추에서는 가설의 개연성이 높다는 증거들을 전제로 제시한다. 결론은 문제 현상에 대한 설명 가설이다. 전제는 결론을 개연적으로 뒷받침하므로 전제가 참이라 하더라도 결론의 참을 확증할 수는 없다.

　　이 장의 탐구과제는 다음과 같다.

- 가추 논법의 특성과 구성
- 가추의 논리성
- 가추 관련 오류
- 가추 읽기

⚙️ **탐구하기**

1. 아래 항목을 읽고 물음에 답하면서 가추에 관해 탐구해 보자.

　　1. 이 주머니에서 나온 콩들은 모두 하얗다. 콩 a가 이 주머니에서 나왔다. 콩 a는 하얗다.

24　김희정 · 박은진(2020:464-467)에서는 '최선의 설명에 의한 논증'을, 같은 책 469-483에서는 '인과논증'을, 같은 책 493-506에서는 '가설 연역'을 구분하여 소개하고 있다. 김용규(2011:152-157)에서도 가추와 가설연역을 구분하여 소개하고 있는데, 가설 연역은 가추에 검증의 절차를 덧붙인 것이라 했다.

2. 콩 a, b, c가 이 주머니에서 나왔다. 이 콩들은 하얗다. 이 주머니에서 나온 콩들은 모두 하얗다.

3. 이 주머니에서 나온 콩들은 모두 하얗다. 콩 a가 하얗다. 콩 a는 이 주머니에서 나왔(을 것이)다.[25]

가. 위에서 가추를 찾아보고, 가추 논법의 특성을 말해 보자.

_____

_____

_____

나. 가추의 논리 구조를 형식화해 보자.

_____

_____

_____

2. 아랫글을 읽고 가추 논법의 논리성에 관해 탐구해 보자.

홈스는 왓슨 박사가 그날 아침에 한 우체국에 다녀왔으며, 거기서 전보를 보냈다고 불쑥 말했다. "맞네!" 왓슨 박사는 놀라며 대답했다. "둘 다 맞네! 그런데 자네가 그런 결론에 어떻게 도달했는지 나는 전혀 알지 못하겠네." 홈스는 다음과 같이 말한다.

홈스: 그것은 아주 간단하네. 나는 자네 신발 등에 불그스름한 흙이 약간 묻어있는 것을 관찰할 수 있었네. 위그모어 거리에 있는 우체국 맞은편의 포장도로가 파헤쳐져서 흙이 덮여있었는데, 그 흙을 밟지 않고 우체국에 들어가기란 매우 곤란하지. 그 흙은 내가 아는 한 이 주변에서

---

25 김용규(2011:145)에 나온 퍼스의 사례를 일부 수정하여 인용함.

는 찾아보기 힘든 독특한 불그스름한 색조를 띠고 있지. 내가 관찰한 것은 이것이 전부이고 나머지는 연역해 낸 거야.

왓슨: 그러면 전보를 보냈다는 것은 어떻게 연역해 냈는가?

홈스: 그거야 뻔하지. 나는 아침 내내 자네의 맞은편에 앉아있었기 때문에 자네가 편지를 쓰지 않았다는 것을 알고 있었네. 또 나는 열려있는 자네의 책상 서랍에서 많은 우표와 두꺼운 엽서 뭉치를 보았지. 그렇다면 전보를 보내는 일 말고 자네가 무슨 일로 우체국에 갔겠는가? 다른 요인들을 모두 제거해 보게. 그러면 남아있는 것이 틀림없이 진리라네.[26]

가. 홈스가 관찰한 것과 추리한 것을 정리해 보자.

나. 홈스와 왓슨은 '연역'이라는 말을 사용했는데 연역과 가추는 어떤 관련성이 있을까?

다. 다음 물음에 답하면서 좋은 가추가 갖추어야 할 조건은 무엇인지 살펴보자.

관찰된 현상이 '6'이고 이 현상을 설명할 수 있는 가설이 '3+3'이라고 가정하자. 경쟁 가설에는 어떤 것이 있을까? 경쟁 가설을 물리치고 저 가설이 참으로 인정받으려면 어떤 조건들이 필요할까?

---

26 A. Conan Doyle, The Sign of Four(Garden City, N. Y.: Doubleday & Co. 1974), pp. 17-18. [앤서니 웨스턴 (Anthony Weston), 이보경 역(2009:123-127), 필맥.]에서 재인용함.

라. 다음은 논법의 논리성을 검토하는 일반적인 기준이다. 지금까지의 탐구를 바탕으로 가추 논법에서 이 기준들이 어떻게 해석되어야 하는지 정리해 보자.

1. 전제가 수용 가능한가?
2. 전제가 충분한가?
3. 전제와 결론이 관련 있는가?
4. 결론이 수용 가능한가?

―――――――――――――――――――――――――――――――――――

―――――――――――――――――――――――――――――――――――

3. 다음은 가추 관련 오류 논법의 예다. 어떤 점에서 오류인지 따져 보자. 그리고 비슷한 오류의 예를 들어 보자.

가. 오늘 미적분학 시험을 망친 것은 아침에 바나나를 먹었기 때문이다. 중학교 2학년 때인가부터 중간고사나 기말고사 치는 날, 바나나를 먹으면 그날 시험을 망친 적이 잦았다.

―――――――――――――――――――――――――――――――――――

―――――――――――――――――――――――――――――――――――

나. 선배들 말로는 수학 고수들만 암호학 과목을 수강한다고 한다. 수학 고수가 되기 위해 나도 다음 학기에 암호학을 수강해야겠다.

―――――――――――――――――――――――――――――――――――

―――――――――――――――――――――――――――――――――――

다. 김 박사의 이 논문이 대단하다고들 하는데 연구 윤리를 위반했을 가능성이 있다. 김 박사가 석사 과정에 재학하며 발표했던 한 논문이 데이터 조작 시비에 휘말린 적이 있기 때문이다.

―――――――――――――――――――――――――――――――――――

―――――――――――――――――――――――――――――――――――

라. 금요일 야간 자율학습을 폐지해 달라는 학생들의 요구를 수용해서는 안 된다. 그것을 들어주면 금요일 야간 외출을 허용해 달라고 요구할 것이다. 또 그것을 들어주면 기숙사 아침 점호도 폐지해 달라고 요구할 것이고, 주간에 상시 기숙사 출입도 허용해 달라고 요구할 것이다. 마침내 학생들의 생활 지도를 할 수 없는 지경에 이를 것이다.

마. 열 번 찍어 안 넘어가는 나무가 없다고 했다. 그녀는 나의 데이터 신청을 아홉 번이나 거절했다. 이번이 열 번째이니 이번에는 들어줄 것이다.

바. 갑주와 함께 수강한 '문학'과 '세계사의 이해' 과목은 성적이 잘 나왔다. 그런데 을주와 함께 수강한 '논리와 글쓰기'와 '정치와 경제' 과목은 성적이 별로다. 3학년 때는 갑주와 함께 수강하는 과목을 늘리고 을주와는 어떤 과목도 함께 수강하지 말아야겠다.

---

4. 아랫글을 읽고 가추에 대해 더 탐구해 보자.

외모지상주의, 학습되는 게 아니라 본능이다

김채현(18학번)

외모지상주의는 현대 사회를 관통하는 중요하면서도 부정적인 키워드 중 하나이다. 외모지상주의의 사전적인 의미는 '사람을 외모에 의해 판단하는 것[1]'으로, 사람의 내면이 아닌 외면을 판단 기준으로 삼아 차별하는 일들이 사회적으로 많은 문제가 되고 있다. 현재 많은 학자들은 외모지상주의가 발생하는 원인으로 대중 매체와 연예인들의 영향, 그리고 외모에 대한 차별 대우 등을 뽑고 있으며, 이에 입각하여 문제를 해결하기 위해 방통위나 기업 내에서 각종 제재들이 이루어지고 있다. 하지만 나는 외모지상주의의 근본적인 원인은 사실 인간의 유전자에 각인되어 있는 본능이라고 생각한다. 즉 사람들이 외모지상주의에 빠지게 되는 것은 경험에 의해서라기보다는, 태어날 때부터 그들의 유전자에 각인되어 있던 정보 때문이라는 것이다.

잠깐 인류의 진화에 관한 이야기를 해 보자. 농업이 발달하기 이전인 구석기 시대의 인간은 식생활이 보장되지 못해 오랜 기간 굶어야 하는 일이 잦았다. 그들은 불규칙적인 영양 공급에 적응하기 위하여 섭취한 영양소를 지방으로 변환해 세포에 저장하는 쪽으로 진화했고, 현대인과는 다르게 세포의 대부분이 지방 조직으로 이루어져 있었다고 한다.[2] 게다가 이 지방 조직은 안정적인 보금자리가 없던 그들에게 추위를 막을 수 있는 생존 수단이기도 했다. 이처럼 구석기인들에게 살이 쪘다는 것은 곧 더 오래 생존할 수 있다는 것을 의미했다.

재미있는 점은 구석기 시대에서 현대 시대로 넘어오는 동안 미의 기준 역시 유사한 변화를 겪었다는 점이다. '빌렌도르프의 비너스상'은 구석기 시대에 제작된 여성 조각상으로, 현대의 이상적인 여성과 동떨어진 뚱뚱한 몸매와 유방이 특징이다. 이 석상은 생식과 출산을 장려하기 위한 것으로 추정되기에[3] 당시 사람들이 추구한 여성상은 상당히 풍만했다는 사실을 알 수 있다. 즉 구석기 시대에는 생존성 면에서나, 외모 면에서나 뚱뚱한 사람이 마른 사람보다 유리했다.

반대로 현대에는 굶주림과 추위에 견딜 필요가 없어졌기에 체지방률이 떨어졌고, 오히려 건강을 위해 살을 빼는 사람들이 많아졌다. 미의 기준 역시 많은 사람들이 뚱뚱한 것보다는 마른 몸매를 선호한다. 즉 인간의 진화 과정에서 변화한 신체 구조와 지향한 외모 사이에는 밀접한 연관성이 존재하고, 이를 바탕으로 특정 외모에 대한 선호 역시 유전자에 각인된, 본능에 의한 것이라고 추측할 수 있으며 이렇게 인간이 특정 외모를 본능적으로 선호한다면 다른 기준들이 부족한 상태에서 사람을 외모로 판단하는 외모지상주의가 발생할 수 있음은 자명하다.

이제 다른 가설들을 살펴보자. 혹자는 예쁘고 잘생긴 사람들만 나오는 드라마들이 외모가 우월해야 연애를 할 수 있다는 생각을, 못생긴 사람이 악역으로 나오면 실제로도 그럴 것이라는 잘못된 인식을 심어준다고 말한다. 그러나 뛰어난 외모를 가진 배우들이 등장하는 드라마를 본다고 해서 자신의 부족한 외모를 한탄하는 사람이 얼마나 될까? 또 주변의 실제 인물에게 악역을 투영하여 보는 사람이 얼마나 될까? 대부분의 사람들은 드라마를 비판적으로 받아들여 그러한 1차원적인 생각을 하지 않는다. 따라서 대중 매체가 외모지상주의의 원인이라는 가설은 현실과 동떨어져 있고 설명력이 부족하다고 할 수 있다.

　또한 외모에 의한 차별 대우는 원인이라기보다 외모지상주의에서 완전히 벗어나지 못한 사람들이 사회를 이룬 결과 중의 하나이다. 외모를 이유로 차별을 받는 것은 안타까운 현상이지만, 이것을 보고 부족한 외모를 열등하다고 생각하게 되는 사람은 없듯이 외모지상주의를 조장하는 원인이 되지는 않는다는 것이다. 게다가 2013년 하버드에서 진행한 연구에 따르면, 4~5세 아동 32명을 대상으로 모르는 사물에 대하여 미녀와 추녀 중 누구에게 질문할 것인지 물어본 결과 아이들 대부분이 미녀를 골랐다고 한다.[4] 매체를 접하고 사회화를 거치기 이전의 아이들도 외모에 의해 사람을 판단한다는 사실은 외모지상주의의 원인이 대중 매체나 차별 대우가 아닌 본능임을 반증한다.

　외모지상주의의 가장 큰 원인은 사람으로서 가지고 태어나는 본능이라고 할 수 있다. 물론 그렇다고 외모지상주의가 올바른 현상이라는 것은 아니다. 본능이 어떠하냐를 떠나 사람을 외모에 의해 판단하는 것은 도덕적으로 잘못되었기 때문이다. 하지만 그 원인을 대중 매체나 연예인, 차별대우에서 찾는다면 문제의 해결은 더욱 멀어질 뿐이다. 인간은 누구나 미를 선호하는 감정을 가지고 태어나는데 매체에 굳이 추녀, 추남을 등장시켜 흥미를 떨어뜨리고, 기계가 아닌 사람에게 외모를 완벽히 배제하고 판단할 것을 요구하는 것은 합리적이지 않다. 우리가 해야 할 일은 외모에 대한 본능적인 선호의 감정을 인정하되, 능력, 성격 등 다른 척도들로 사람을 판단하는 습관을 기르고 사람들이 점차 외모지상주의에서 벗어날 수 있도록 이끌어주는 것이라고 생각한다.

주석:
1) 위키백과, 외모지상주의(Lookism)
2) Scientific American, 1959. 12. pp. 70-77 'Body fat'
3) 김태수. 《성기숭배 민족과 예술의 현장》, p. 16
4) 미국 하버드 대학 이고르 바스칸지이프 연구팀 발표, 2013. 10. 26.

참고문헌:
위키백과, 외모지상주의(Lookism) 문서
Scientific American, 1959. 12. pp. 70~77 'Body Fat'
김태수. 《성기숭배 민족과 예술의 현장》, p. 16
미국 하버드 대학 이고르 바스칸지이프 연구팀 발표, 2013. 10. 26.

가. 필자가 규명하고자 한 문제 현상은 무엇인가?

_____

나. 필자는 문제 현상을 규명하기 위해 어떤 가설을 세웠는가?

_____

_____

다. 필자는 가설을 어떻게 증명했는가?

_____

_____

라. 전제와 결론을 정리하여 이 글의 논리 구조를 파악해 보자.

_____

_____

마. 윗글에 사용된 가추 논법의 논리성을 판단해 보자.

1. 전제가 수용 가능한가?

2. 전제가 충분한가?

3. 전제와 결론이 관련 있는가?

4. 결론이 수용 가능한가?

_____

_____

바. 필자의 주장에 대해 어떻게 생각하는가? 다른 근거를 들어서 필자의 주장을 옹호 또는 비판해 보자.

_____

_____

📖✍ 쓰기

1. 다음 물음에 답하면서 가추를 주된 논법으로 삼아 글을 써 보자.

가. 한국의 사교육 열풍은 대단하다. 한국에서 사교육이 극성을 부리게 된 현상을 어떻게 설명할 수 있을까?

_____

_____

나. 요즘 사회적으로 가장 쟁점이 되고 있는 현상에 대해 가설을 세우고 설명해 보자.

_____

_____

2. 다음 논제에 대해 '유추'와 '가추'를 사용하여 논증하는 글을 써 보자.

가. '가짜 뉴스 또는 거짓 정보' 유통이 큰 문제가 되고 있다. 어떻게 하면 이 문제를 해결할 수 있을까?

_____

_____

나. 임의의 논제

_____

_____

 나아가기

▶ 가추에 초점을 두고 아랫글을 읽어 보자.

'기생충'이 미국 주류사회에 먹힌 진짜 진짜 이유[27]

이승재(영화 칼럼니스트·동아이지에듀 상무)

※이 글엔 '기생충'에 관한 스포일러가 있습니다.

수년 전 최고경영자들을 대상으로 영화 강의를 하러 갔을 때예요. 30분쯤 빨리 갔는데, 앞 시간엔 이름이 꽤 알려진 경영학 교수가 '두바이가 몰락한 원인'을 주제로 강의하고 있었어요. 아! 저는 쇼크 먹었어요. 이 교수님이 불과 그 1년 전 또 다른 강의장에서 '두바이의 성공 요인'을 강의하던 모습을 제 두 눈으로 똑똑히 목격한 바 있으니까요. '도대체 두바이의 1년 뒤도 예측하지 못하면서 잘되면 잘되는 이유를, 못되면 또 못되는 이유를 그럴 듯하게 분석만 해대는 이 사람은 진짜 전문가일까' 하는 의심이 들더군요.

---

27 동아일보(2020. 2. 14.) http://www.donga.com/news/Main/article/all/20200214/99684408/1

그때 깨달았어요. 영화의 성공과 실패 원인을 분석하는 영화전문가들도 다르지 않다는 사실을요. 요즘 '기생충'이 미국 아카데미상 작품상까지 받은 이유를 두고 이런저런 분석들이 넘쳐나지만, 만약 하나도 상을 받지 못했다면 아마도 '기생충이 백인 주류사회의 벽을 넘지 못한 원인'을 분석하는 기사들이 이구아수 폭포처럼 쏟아졌겠죠?

기생충이 빈부격차라는 이슈를 소재로 하기에 자본주의 심장인 미국사회의 공감을 얻었다는 분석이 올바르다면, 자나깨나 계급격차와 노동계급의 박탈감을 영화로 웅변하면서 칸 영화제에서 '단골'로 수상하는 켄 로치(영국)와 다르덴 형제(벨기에) 같은 유럽 거장들은 왜 아카데미에선 싸늘하게 외면받았을까요? 부자는 위에 살고 빈자는 아래에 사는 모습을 통해 계급격차를 상징적으로 형상화한 아이디어가 흥미를 끌었다고요? 무식한 소리 마세요. 부자는 지상에, 빈자는 지하에 사는 모습은 프리츠 랑의 '메트로폴리스'에 이미 등장한, 결코 새롭지 않은 설정이라니까요? 이 작품이 1927년 작이니, 우리로 치면 일제강점기에 만들어졌다고요.

백인이 다수인 미국 영화예술과학아카데미 회원들이 기생충을 최고로 꼽았다는 건 미국 주류사회가 충분히 납득하고 공감할 만한 무언가가 있단 얘기잖아요? 저는 그것이 빈부격차란 소재 자체가 아니라, 빈부격차를 바라보는 봉준호의 관점(viewpoint)과 태도(attitude)라고 봐요. 오잉? 그게 무슨 말이냐고요? 잘 들어보세요. 제가 분석하고도 너무 놀라워 스스로 깜짝 놀랐으니까요.

우선 기생충엔 나쁜 놈도 좋은 놈도 없단 사실이에요. 아니, 모두가 나쁜 놈이자 좋은 놈이란 표현이 맞겠지요. 처음엔 가난한 송강호 가족을 '개무시'하는 부자(이선균)가 정말 나쁜 놈처럼 느껴져요. 가난한 사람한텐 무슨 냄새가 난다면서 조롱하잖아요? 그런데 영화를 보다 보면 가해자가 피해자로 보이는 마술 같은 뒤바뀜이 일어나요. 돈만 많지 순진하기 짝이 없는 부자 가족이 영악한 빈자 가족에게 빨대를 꽂혀 쪽쪽 빨아 먹히는 모습을 보노라면 불쌍함을 넘어 동정심까지 샘솟지요.

인디언 놀이를 하다 획 돌아버리면서 이선균을 찌르는 송강호의 모습에선 부자를 바라보는 빈자의 시선이 대번에 느껴져요. 백인에게 자기 터전을 빼앗긴 아메리카 인디언처럼, 빈자는 제 것이었던 기회를 부자들에게 박탈당해 사회적 소수로 전락했다는 뜻 아니겠어요? 그런데 그런 빈자가 성정(性情)은 부자보다 더 약아빠지고 독살스럽게 그려지는 전개가 또 절묘해요. '부자=나쁜 놈=가해자' '빈자=착한 놈=피해자'란 등식이 깨지죠? "부자인데도 착해" "부자들이 순진하고 꼬임이 없어"라는 송강호 가족의 명대사를 보세요. 누구의 편에도 서지 않은 채 능청스러운 유머를 구사하며, 구호를 외치기보단 질문을 던지려는 봉준호의 태도가 미국인들에게 얼마나 세련되고 현실적으로 다가갈지, 이젠 상상이 되시죠?

더욱 놀라운 기생충의 힘은 클라이맥스에 있어요. 높은 곳에 사는 부자와 반지하에 사는 빈자의 갈등에서 끝났다면 미국인들의 기대를 뛰어넘진 못했을 거예요. 그런데 클라이맥스에 이르면 기절초풍할 또 다른 존재가 등장하면서 영화는 돌연 장르의 옷을 블랙코미디에서 스릴러로 갈아입잖아요? 바로 반지하보다 더 지하에 사는 '극빈자'(박명훈)의 등장이죠.

기생충에서 햇빛은 희망을 상징해요. 부자는 햇빛이 내리쬐는 언덕 위 궁궐 같은 집에 살지만, 빈자는 햇빛이 겨우 드는 반지하에 살며 실낱같은 희망만을 허락받을 뿐이에요. 그러니 햇빛이라곤 한 줄기도 들지 않는 진짜 지하에 사는 극빈자에게 희망이란 도통 없어 보이죠. 그런데 기가 막히고 코가 막힐 일이 벌어져요. 반지하에 사는 빈자는 부자를 미워하고 시기하지만, 진짜 지하에 사는 극빈자는 "부자 덕에 떡고물이 떨어져 내가 먹고사는 것"이라는 투로 외려 부자를 옹호하지요. 더더욱 놀라운 것은 극빈자를 괴롭히고 그들에게 폭력을 퍼붓는 건 부자가 아니라 빈자라는 설정이에요. 빈자가 빈자로서의 기득권(?)을 극빈자에게 빼앗길까 봐 전전긍긍하는 전대미문의 모습이 연출되지요.

세상을 어떻게 부자와 빈자로 일도양단하겠어요? 부자와 더 부자, 더 더 부자, 더 더 더 부자가 있듯, 빈자도 더 빈자, 더 더 빈자가 있겠지요. 이 작디작은 계층의 간극에서도 무시와 반목과 갈등이 잉태되는 사회를 만들고 살아가는 우리 인간은 근원적으로 '계층본능'을 가진 동물적 존재가 아닐까 하는 훨씬 더 현실적이고 서슬 퍼런 이야기를 기생충은 들려줘요.

세상을 흑과 백으로 나눠 보는 일은 제일 쉬운 일이에요. 약자의 편에 서는 건 정말 어렵고 힘든 일이지만, 약자의 부조리를 짚어내는 건 그에 못지않은 용기와 지혜가 필요하죠. 고정관념을 고스란히 가져와 고정관념을 홀

쩍 뛰어넘어버리는 기생충이 진짜로 멋진 영화인 이유예요.

1. 필자가 주목한 현상은 무엇인가?

_____

_____

_____

_____

2. 경쟁 가설과 필자의 설명 가설을 찾아보자.

_____

_____

_____

_____

제 13 장
복합 논법

들어가며

인간 또한 자연의 법칙을 따른다

오민석(13학번)

　세상은 자연의 법칙을 따르며 움직인다. 모든 물체에 동일한 물리 법칙이 적용되고 심지어 생명을 갖고 있는 생명체에도 동일한 물리 법칙이 적용되어 (생명체들은) 이러한 물리 법칙을 살아가기 유리한 방향으로 이용하며 살아간다. 하지만 일부의 사람들은 인간은 대자연의 법칙을 거스르려고 한다는 입장을 갖고 있다. 인간이 만물의 영장이라고 자처하며 다른 생명체의 존엄성을 무시하며 식용 식물, 동물들을 기르고, 죽는 것은 당연한 일인데 그것을 두려워하여 의료 기술을 발달시켜 원래의 삶보다 더 오래 살려고 하고, 인간의 이익을 위해서라면 자연을 파괴하는 것도 쉽게 하기 때문이다. 그러나 나는 인간의 이러한 행동 또한 자연스러운 것, 자연의 법칙을 따른 것이라고 생각한다.

　먼저 인간은 하나의 생명체이기 때문에 생명체에게 공통으로 적용되는 일반적인 법칙이 무엇인가 생각해봐야 한다. 먼저 생명체들은 자기 자신의 생명을 지키려고 한다. 모든 생명체들이 이러한 원칙을 지키는데, 이는 모든 생명체들이 죽음에 대한 두려움을 갖고 있기 때문이다. 하지만 이러한 원칙만 가지고는 부모가 자신의 생명을 버리면서 자신의 새끼들을 보호하려는 행동을 설명할 수 없다. 이러한 행동은 모든 생명체가 종족을 보존하려는 성질을 갖고 있기 때문이라고 설명할 수 있다. 생명체는 개체 보존과 종족 보존 이 두 가지 원칙을 지키려고 한다. 하지만 위의 예처럼 어떠한 행동이 이 두 가지 원칙 중 한 가지를 반드시 위배할 수밖에 없을 때는 해밀턴 법칙을 따르게 된다. 해밀턴 법칙은, 동물들이 $rB > C$(r은 유전적 연관도, B는 이득, C는 행동의 비용) 이 된다면 이타적인 행동을 한다는 법칙이다. 즉, 동물들은 $rB > C$를 만족시킬 때 종족 보존을 위하여 이타적인 행동을 하게 되고 이 외에는 개체 보존을 위한 선택을 한다. 이 법칙이 생명체에 적용되는 자연의 법칙이다.

그렇다면 인간은 해밀턴 법칙을 따를까? 먼저 인간이 자연을 거스른다고 주장하는 이유 중에 의학의 발달과 자연 재해를 막으려고 하는 시도들을 생각해보자. 이러한 행동은 개체 보존을 위한 행동이므로 해밀턴 법칙을 따른다고 볼 수 있다. 희귀병을 앓고 있는 아이를 온 정성을 다해 보살피는 엄마도 종족 보존을 위한 행동(을 하고 있는 것)이다. 또한 직계 자손이므로 유전적 연관도도 매우 높아서 $rB > C$를 만족시키므로 이타적인 행동을 한다고 볼 수 있다. 그렇다면 안중근 의사 어머니 조 마리아 여사의 경우는 어떨까? 이 경우에는 안중근 의사가 죽는 것은 조 마리아 여사에게 분명 큰 슬픔이지만 조선인 전체를 위해 비겁하게 삶을 구걸하지 말라고 한다. 비록 안중근 의사와의 유전적 연관도가 크고 조선인들과는 유전적 연관도가 작지만 그 수가 많기 때문에 그러한 행동이 해밀턴 법칙을 만족시킨다고 생각할 수 있다.

위에서 여러 가지 경우를 살펴본 결과 다른 동물들과 달라 보이는 인간의 행동들도 결국 해밀턴 법칙을 따르는 행동이었고 해밀턴 법칙은 모든 동물에게 적용되는 자연의 법칙이다. 따라서 인간이 비록 다른 동물들과는 다른 행동을 하기도 하지만 자연의 법칙을 따른다고 말할 수 있다.

1. 전제와 결론을 찾아 논리 구조를 정리해 보자.

_____

_____

2. 윗글에는 어떤 논법이 복합되어 있는가?

_____

_____

3. 윗글에 사용된 각 논법의 논리성을 판단해 보자.

　1. 전제가 수용 가능한가?

　2. 전제가 충분한가?

　3. 전제와 결론이 관련 있는가?

　4. 결론이 수용 가능한가?

_____

_____

📋 **학습 개요**

　우리가 한 편의 글을 논법 하나로만 작성할 수는 없다. 실제 소통에 사용되는 글은 단일 논법으로 작성된 것은 드물고 대개 둘 이상의 논법이 함께 사용된다. 설득력이 높은 글은 각 논법의 전제를 증명하는 절차를 거치고 증명된 전제가 결론을 뒷받침하는 논리 구조를 띠기 때문이다.

　이 장에서는 복합 논법을 다룬다. 복합 논법이란 별개의 논법이 아니라, 앞에서 우리가 다룬 여러 가지 논법을 함께 사용하는 것을 말한다.

　이 장의 탐구과제는 다음과 같다.

　• 대증식

　• 연쇄 삼단논법

　• 귀류법

- 딜레마 논법
- 복합 논법 읽기

 탐구하기

1. '들어가며'에서 다룬 글에 사용된 복합 논법을 대증식이라 한다.

가. 대증식 논법의 논리 구조는 어떠한가?

나. 대증식 논법이 사용된 다른 글을 이 책에서 찾아보자.

2. 아랫글에는 연쇄 삼단논법이 사용되었다. 물음에 답하면서 연쇄 삼단논법에 대해 알아보자.

> 우리나라 헌법은 모든 국민의 천부인권을 인정하고 있다. 천부인권이란 모든 사람이 태어나면서 가지는, 인간으로서의 존엄과 가치, 행복을 추구할 권리 등을 말한다. 대한민국 국민은 누구나 인간으로서의 존엄과 가치를 지니며 행복을 추구할 권리를 가진다. 국가는 모든 국민이 천부인권을 누릴 수 있도록 보장해야 한다. 장애인도 국가에 주민등록이 되어 있는 엄연한 대한민국 국민이다. 따라서 국가는 장애인이 인간으로서의 존엄과 가치, 행복추구권을 누릴 수 있도록 적절한 정책을 시행해야 한다.

가. 윗글의 논리 구조를 정리해 보자. 어떤 논법이 복합되어 있는가?

_____

_____

나. 연쇄 삼단논법이란 어떤 것이며, 그 논리 구조는 어떠한가?

_____

_____

나. 연쇄 삼단논법을 사용하여 짧은 글을 작성해 보자.

_____

_____

3. 아랫글에는 귀류법이 사용되었다. 물음에 답하면서 귀류법에 대해 알아보자.

> 코로나 19 긴급재난지원금과 관련하여 소득 수준에 상관없이 전 가구에 다 지급하자는 의견과 일부 가구를 선별해서 지급하자는 의견이 맞서고 있다. 선별 지원이 합리적이긴 하지만 이게 쉽지 않다. 만약 선별 지급을 한다면, 그 선별 기준이 모호하여 형평성 문제가 발생하는 것은 명약관화다. 어떤 것을 기준으로 하든 코로나 19로 인한 경제적 타격을 정확하게 기준에 반영할 수는 없다. 또 선별 작업에 시간과 비용이 많이 들고, 따라서 지원금 지급이 늦어질 수 있다. 이렇게 되면 긴급이라는 효과가 없어진다. 따라서 보편 지급이 현실적으로 적절하다.

가. 윗글의 논리 구조를 정리해 보자. 어떤 논법이 복합되어 있는가?

_____

_____

나. 귀류법의 논리 구조를 기호를 사용하여 형식화해 보고, 어떤 논법이 복합되어 있는지 파악해 보자.

_____

_____

다. 다음 관점에서 윗글의 논리성을 검토해 보자.

   1. 전제의 두 선언지가 모순 관계인가?

   2. 가언 삼단논법의 전제는 수용 가능하며 충분한가?

   3. 가언 삼단논법의 결론은 수용 가능한가?

_____

_____

라. 아랫글의 논리성을 따져 보자.

> 만약 지구가 움직인다고 생각해 보자. 그러면 지구의 무게는 다른 물체보다 엄청나게 무겁기 때문에 지상의 어느 물체보다도 빨리 낙하할 것이다. 동물이나 집같이 상대적으로 가벼운 물체들은 공중에 떠서 뒤에 남게 되고 지구 자체는 굉장한 속도로 낙하해서 우주 밖으로 날아가 버릴 것이다. 그러니 어떻게 지구가 움직이겠는가? 당치도 않은 이야기이다.[28]

_____

_____

마. 귀류법을 사용하여 짧은 글을 작성해 보자.

_____

_____

---

28 프롤레마이오스, 《알마게스트》, 김영정 외 15인(2006d:100)에서 재인용함.

4. 아랫글에는 양도 논법[딜레마 논법]이 사용되었다. 물음에 답하면서 양도 논법
   에 대해 알아보자.

> 졸업 요건에 맞추려면 '문학과 사회'나 '소통과 화법' 중 한 과목은 수강해
> 야 한다. '문학과 사회'는 내 적성에 맞아 재미가 있지만 좋은 성적을 받기가
> 어렵다. 공부 잘하는 친구들이 주로 수강하기 때문이다. '소통과 화법'은 성
> 적을 괜찮게 받을 수 있지만, 내 적성에는 썩 맞지 않고 재미도 없을 것 같
> 다. 이번 학기 성적이 대학 입시에 반영되므로 성적을 좋게 받아야 하지만,
> 적성에 맞지 않고 흥미를 느끼지 못하는 과목을 성적 때문에 꼭 수강해야
> 할까? 이래저래 고민이다.

가. 윗글의 논리 구조를 정리해 보자. 어떤 논법이 복합되어 있는가?

_____

_____

나. 양도 논법의 논리 구조를 기호를 사용하여 형식화해 보고, 어떤 논법이 복합되
   어 있는지 파악해 보자.

_____

_____

다. 다음 관점에서 이 양도 논법의 논리성을 검토해 보자.

1. 가언명제로 된 전제들은 수용 가능한가?

2. 선언명제로 된 전제는 수용 가능한가?

3. 선언 삼단논법의 전제와 결론이 관련이 있는가? (타당한 형식인가?)

_____

_____

라. 양도 논법에는 다음과 같은 유형도 있다. 이들 논법의 논리 구조를 형식화해 보자.

1. 북한이 핵무기를 고수하면 국제적인 제재로 결국 붕괴할 것이고, 핵무기를 포기하면 안전 보장책이 사라져 정권이 유지될 수가 없을 것이다. 북한은 핵무기를 고수하거나 포기해야 한다. 그러므로 북한의 붕괴는 시간 문제다.
2. 봄철에 비가 오지 않으면 농사짓는 큰아들은 힘들 것이다. 그리고 산불이 빈번하게 발생하여 산림청에 근무하는 작은아들도 출동이 잦아질 것이다. 큰아들과 작은아들 둘 다 잘 지냈으면 좋겠다. 그러므로 봄철에는 비가 자주 와야 한다.
3. 우리나라가 미국과 관계가 소원해지면 외교·안보 측면에서 큰 타격을 입을 것이고, 중국과 관계가 소원해지면 경제적으로 큰 타격을 입을 것이다. 선진국에 갓 진입한 우리나라는 외교·안보나 경제 어느 한쪽에서 타격을 입어서는 안 된다. 따라서 우리나라는 미국과 중국 사이의 갈등 상황에서 양국과 소원해지지 않도록 슬기롭게 대처해야 한다.

마. 아랫글의 논리성을 따져 보자.

만일 철수가 우수한 학생이라면 교사의 지도가 필요 없을 것이고, 철수가 열등한 학생이라면 교사의 지도는 소용이 없을 것이다. 그런데 철수는 우수한 학생이거나 아니면 열등한 학생이다. 그러므로 철수는 교사의 지도가 필요 없거나 교사의 지도가 소용이 없을 것이다.[29]

바. 양도 논법 유형 가운데 하나를 사용하여 짧은 글을 작성해 보자.

---

29 이용걸(1982:178)에서 일부 표현을 손질하여 인용함. (우수아 〉 우수한 학생, 열등아 〉 열등한 학생)

5. 아랫글을 읽고 복합 논법에 대해 더 탐구해 보자.

#1.

여성전용제도는 남성의 인권을 침해한다

김수호(16학번)

최근 들어 '여성전용'이라는 팻말이 붙은 장소가 늘어나고 있다. 대부분의 대형할인점이나 아파트 주차장에는 분홍색으로 경계가 그어진 여성전용 주차공간이 마련되어 있고, 일부 도시에서는 지하철에서 여성전용객차를 운용하고 있다. 믿기지 않겠지만 여성전용아파트와 여성전용도서관 역시 존재한다. 많은 여성단체들에서는 이러한 여성전용제도의 필요성에 공감하며 적극적인 도입을 환영하고 있지만, 여성전용제도는 명백히 남성의 인권을 침해하는 성차별적인 제도이며 따라서 시급히 개선되거나 사라져야 한다.

여성전용제도를 옹호하는 측에서는 다양한 근거를 들며 여성전용제도의 필요성을 주장한다. 그러나 그 수많은 주장들은 결국 '사회적 약자인 여성에게 편의를 제공하고 남성으로부터 보호하기 위해서'라는 한 문장으로 정리할 수 있다. 과연 여성을 사회적 약자로 볼 수 있는지, 여성을 사회적 약자로 보는 시선 자체가 성차별적인 인식이 아닌지에 대한 논란은 일단 접어두기로 하자. 그런데 '여성을 남성으로부터 보호하기 위해 분리해야 한다'는 주장, 어디서 많이 본 것 같다. 이 문장에서 여성을 백인으로, 남성을 흑인으로 바꾸면 '백인을 흑인으로부터 보호하기 위해 분리해야 한다'는 문장이 완성된다. 바로 1950년대까지 미국에서 흑백분리정책 지지자들이 목이 터져라 부르짖던 논리이다. 심지어 남성의 범죄율이 더 높기 때문에, 흑인의 범죄율이 더 높기 때문에 이러한 논리가 타당하다고 주장하는 것까지 똑 닮아있다. 결국 여성전용제도 옹호자들의 주장이 타당하다고 말하는 것은 흑백분리정책 지지자들의 주장이 타당하다고 말하는 것과 같다.

그렇다면 흑백분리정책 지지자들의 논리를 조금 더 자세히 살펴볼 필요가 있다. 그들의 논리를 집대성했다고 볼 수 있는 법이 유명한 '짐 크로 법'이다. '짐 크로'는 백인이 흑인으로 분장해 가난한 흑인을 희화화한 내용의 연극에 등장하는 등장인물의 이름이다. 이 연극은 주로 미국 남부지역에서 크게 흥행했고, '짐 크로'는 흑인을 부르는 경멸적인 표현으로 굳어졌다. 합법적으로 백인과 흑인을 분리할 수 있게 하고, 흑인에게 '분리되어 있지만 평등하다'라는 사회적 지위를 부여한 법안에 짐 크로의 이름이 붙은 것은 당연한 일이다. 이 짐 크로 법을 기반으로 미국에서는 수많은 분리정책들이 시행되었다. 당연하게도 모든 공공기관에서 흑인들은 백인들로부터 분리되었으며, 이러한 분리는 화장실, 식당, 심지어 식수대에서까지 계속되었다. 또한 남아프리카공화국에서는 이 논리를 그대로 베껴와 '백인과 흑인을 격리하는 것과 차별하는 것은 별개의 문제이다'라고 당당히 주장하며 아파르트헤이트라는 끔찍한 정책을 시행했다. 현대 사회에서 이러한 정책들이 인종차별이 아니라고 주장하면 정신 나간 사람 취급을 당할 것이다. 그만큼 흑백분리정책 지지자들의 생각은 잘못되었고, '차별 없는 격리'란 말도 안 되는 소리라는 것은 명백하다.

그런데 현재 우리나라 사회는 어떤가? 백인이 여성으로, 흑인이 남성으로 바뀌었을 뿐 인종차별주의자들의 논리와 전혀 다를 바 없는 '여성을 남성으로부터 보호하기 위해 분리해야 한다'는 주장을 아무렇지 않게 하고, 더 나아가 이러한 주장이 실제로 정책에 반영되어 시행되고 있다. 이것이 바로 남성차별정책이 아니면 무엇인가. 남성의 인권을 심각히 침해하는 여성전용제도는 시급히 폐지되어야 한다.

가. 전제와 결론을 찾아 논리 구조를 파악해 보자.

_____

_____

나. 윗글에 사용된 논법을 파악해 보자.

_____

_____

다. 윗글의 논리성을 판단해 보자.

    1. 전제가 수용 가능한가?

    2. 진제가 충분한가?

    3. 전제와 결론이 관련 있는가?

    4. 결론이 수용 가능한가?

_____

_____

라. 필자의 주장에 대해 어떻게 생각하는가? 다른 근거를 들어서 필자의 주장을 옹호 또는 비판해 보자.

_____

_____

#2.

도널드 트럼프는 극우파가 아니다, 포퓰리스트일 뿐

김태기(14학번)

    오늘 어느 경제신문에서는 올 하반기에는 트럼프 리스크가 있으니 투자를 유의하라고 주의했다. 이런 말이 나올 정도로 도널드 트럼프는 전세계로부터 극도의 경계를 받고 있다. 최근 영국의 브렉시트 탈퇴도 마찬가지로, 이를 주도한 영국독립당(UKIP)은 세계 증시 폭락의 주범으로 비판받고 있다. 많은 사람은 이들을 극우 정치인이라고 말한다. 하지만 과연 진정으로 그럴까? 나는 도널드 트럼프와 현재 유럽의 소위 '극우' 정당들은 우파가 아니며, 포퓰리스트 정당으로 불려야 마땅하다고 주장한다. 그 이유를 블런델-고스초크 모델로 보이겠다.

    블런델-고스초크 모델은, 정치 성향을 사회문화적 분야에서 개인 자유-국가 관여, 그리고 경제적 측면에서 시장 자유-국가 관여의 2가지씩으로 나뤄 총 4가지의 정치 성향을 구분한다. 이 분류법에 따르면 고전적 우파들은 크게 보수주의 우파(국가 관여-시장 자유)와 자유주의 우파(개인 자유-시장 자유)로 나뉘게 된다. 트럼프와 그의 유럽 동지들이 극우라면, 이들은 보수주의 우파 또는 자유주의 우파, 둘 중 하나의 극단적인 부류에 속할 것으로, 그들의 특성을 더욱 뚜렷이 나타낼 것이다. 실제로 그러한가?

보수주의 우파를 상징하는 단어는 '도덕, 전통'이다. 이들은 자유주의 우파에 비해서 시장 자유에는 큰 관심이 없다. 이들이 시장 자유를 지지하는 이유는 시장 경제 체제는 놀고먹는 무위도식자들을 걸러내고 건전한 도덕 관념을 심어주기 때문이지, 자유나 효율성에는 큰 관심이 없다. 이들의 주요 지지층은 종교인, 군인, 귀족이나 상류층, 노인 등을 포함하고 있다. 보수주의 우파들은 대부분 현 체제를 지지하며, 급격한 변화나 선동에 큰 거부감을 느낀다. 많은 경우 품격을 중시하는 경우가 많으며, 충성과 권위에 대한 존경도 중요한 가치이다. 직접민주주의나 민중주의보다는 헌법을 기조로 한 간접민주주의와 엘리트주의적 성향이 강하다. 종교적으로는 원리주의자인 경우가 많다. 그러면 트럼프 세력은 과연 보수주의 우파인가? 아니라는 것을 알 수 있다. 물론 후술할 자유주의 우파보다는 이 쪽이 더 가깝지만, 트럼프 지지층은 도덕적이나 문화적 가치에 대해 큰 관심이 없으며, 민중주의적이다. 종교적으로 보수적인 모습을 보여주지는 않고 있고, 품위나 예의, 전통과 충성에 대한 가치도 존재하지 않는다. 결정적으로, 현 체제를 뒤엎는, 보수주의자라면 학을 뗄 만한 일을 최우선 목표로 삼는다.

그렇다면 자유주의 우파인가? 자유주의 우파를 상징하는 단어는 '효율, 자유'이다. 이들은 보수주의 우파와는 사회적으로 반대 성향을 띠고, 전통에 대해 무관심한 모습을 보인다. 격식이나 도덕에 대해서는 비합리적인 것으로 치부하는 성향도 보인다. 이들의 주 지지층은 자본가, 경제학자, 젊은이들 등이다. 자유주의 우파는 시장 질서를 절대적으로 지지한다. 비효율적이라는 이유로 복지를 개혁하고 규제를 폐지하려 하며, 종교를 중요시하지 않는 유물론적인 성향을 보인다. 개개인의 자유는 어떠한 이유로도 침해될 수 없다고 믿으며, 정부를 불신하는 경향이 있다. 적자생존을 신봉하는 경우도 제법 볼 수 있다. 트럼프와 그 지지자들은 자유주의 우파인가? 아니다. 지지자들은 대부분 저소득층 블루칼라 계층으로, 월가와 대기업가들을 혐오하는 모습을 보여주고 있다. 시장 자유를 방해하는 무역장벽에 매우 적극적으로 찬성하고 있고, 효율성보다 더 중요한 가치가 있다고 주장하고 있다. 그리고 개개인과 기업의 자유를 제약하는 반세계화가 제1 가치이기 때문에, 오히려 자유주의 우파는 이들에게 있어 가장 격렬한 반대 세력 중 하나이다.

이렇듯, 트럼프를 비롯한 고립주의 정당들은 우파의 양대 축 중 어느 쪽에도 속하지 못한다. 이를 증명하듯, 미국의 foreign affairs는 그리스의 황금새벽당, 영국의 영국독립당, 프랑스의 국민전선 등을 '극우'에서 '대중영합주의', 즉 포퓰리즘으로 재분류한 적이 있다. 이들은 좌파도 우파도 아닌 3의 길이라고 볼 수 있다. 권위주의와 자유주의 프레임으로도 이들은 잘 설명되지 않는다. 이들과 그나마 가장 유사했던 세력은 바로 나치당이다.

나치당의 후예라고 볼 수 있는 이들을 설명하는 가치는 바로 '반엘리트주의'이다. 이들은 우파의 경제적 엘리트주의와 좌파의 지적 엘리트주의를 모두 혐오한다. 품위 따위는 내던져버리라고 외치면서 정치적 올바름 같은 것을 헛소리로 취급한다. 자본가를 심판하고 혼자만의 상아탑에 갇혀 노는 학자들을 몰아내 민중의 국가, 더 이상 손해 보지 않는 자국민만의 국가를 만들고 싶다는 것이 이들의 열망이다. 트럼프와 그 추종자들이야말로 나치가 더 발전되고 진화해서 나타난, 진정한 네오 나치이며, 이를 막을 임무는 현재 보수주의 우파와 자유주의 우파, 구좌파(권위주의 좌파)와 신좌파(자유주의 좌파), 이 네 세력 모두에게 주어졌다.

참고 문헌:

https://m.blog.naver.com/PostView.nhn?blogId=fluiday&logNo=10137812340&proxyReferer=https:%2F%2Fwww.google.com%2F
https://en.wikipedia.org/wiki/The_Political_Compass

가. 전제와 결론을 찾아 논리 구조를 파악해 보자.

나. 윗글에 사용된 논법들을 파악해 보자.

_____

_____

_____

_____

_____

다. 윗글의 논리성을 논법별로 판단해 보자.

_____

_____

_____

_____

_____

라. 필자의 주장에 대해 어떻게 생각하는가? 다른 근거를 들어서 필자의 주장을 옹호 또는 비판해 보자.

_____

_____

_____

_____

_____

📖 쓰기

1. 아래 조건에 맞게 논리적인 글을 작성해 보자.

가. 논증을 복합적으로 사용하여 글쓰기

- 임의의 논제 선택
- 글 전체는 삼단논법(전제 2개, 결론)으로 구성
- '전제 1', '전제 2'를 각각 연역이나 귀납이나 유추나 가추 등으로 증명함

_____

_____

_____

_____

_____

_____

나. 임의의 논제를 잡아 귀류법이나 양도 논법으로 설득하는 글을 써 보자.

_____

_____

_____

_____

_____

_____

2

해설

1. 논리적인 글

1. 필자의 의도

가. 여러 가지 필자의 의도

의식하든 않든 우리가 말을 하거나 글을 쓸 때는 어떤 의도가 있기 마련이다. 특히 공적인 상황에서는 더욱 그러하다.

이대규(1995:14-20)에서는 필자의 의도에 따라, 글을 '설명문', '논증문', '설득문', '묘사문', '서사문'으로 구분하여 제시한다. 국가 교육과정의 《국어과 교육과정》〈화법과 작문〉 과목에서는 글의 유형을, '정보를 전달하는 글', '소개하는 글', '보고하는 글', '설득하는 글', '비평하는 글', '건의하는 글', '친교 표현의 글', '정서 표현의 글', '성찰하는 글' 들로 제시하고 있다.[01]

이런 논의를 참조하여 필자의 의도는 다음처럼 구분할 수 있다.

- 정보나 지식을 전달함
- 이유를 들어 어떤 의견을 주장함
- 근거를 들어 어떤 사실이 옳음을 증명함
- 정서를 표현하여 전달함
- 사회적 상호 작용을 꾀함
- 자기 성찰을 꾀함

---

01 교육부 고시 제2015-74호 [별책 5], 77면. 이 자료는
    http://ncic.re.kr/mobile.dwn.ogf.inventoryList.do#에서 확인하였음.

1에 제시된 각 글에 나타난 필자의 의도를 살펴보면, 1은 '정서를 표현하여 전달함', 2는 '정보나 지식을 전달함', 3은 '이유를 들어 어떤 의견을 주장함', 4는 '근거를 들어 어떤 사실이 옳음을 증명함'이 될 것이다.

나. 논리성의 차이

위 네 편의 글 가운데 가장 논리적인 글은 3이나 4가 될 것이다. 논리성이 중요한 요소가 아닌 글은 1이 될 것이다. 2는 이 둘 사이에 위치할 것이다.

2. 논리적인 글이란

논리적인 글이란 어떤 글인가? 넓게 보면 '어떤 내용이든 체계적으로 전개한 글'이라 할 수 있고, 좁게 보면 '근거를 들어 사실을 증명하거나 의견을 주장하는 글'이라 할 수 있다. 이 책에서 다룰 논리적인 글은 다음과 같이 정리한다.

- (무엇을) 어떤 대상에 대한 자신의 의견 또는 깨달은 사실[주관적인 것]을
- (어떻게) 적절한 근거[객관적인 것]를 들어, 의견[또는 사실]이 옳음을 체계적으로 증명하여
- (왜) 독자를 설득하고자 하는 글

논리적인 글을 이렇게 규정한다면 1에서 다룬 글 3~4가 여기에 해당한다.

그런데 글 2와 같이 '정보나 지식을 전달하는 글'을 논리적이 아니라고 말할 수는 없을 것이다. 어떤 사실을 체계적으로 다루고 있기 때문이다. 그러나 이미 검증된 객관적인 사실을 다루고 있으므로, 필자의 의도 측면에서 이런 유의 글을 '논리적인 글'의 본류라고 할 수는 없을 것이다.

3. 논리적인 글 읽기: 인간 문명은 자연의 법칙을 거스르는가

이 글은 다섯 개의 문단으로 구성되어 있다. 각 문단의 중심 내용을 정리하면 다음과 같다.

1. 인간 문명의 발달(1), 출현(5)은 자연의 법칙을 거스르는 것이 아니다.
2. 자연적 발생 사건은 자연의 법칙을 거스르는 것이 아니다.
3. 현재 인간의 문명은 확률적으로 발생한 것이다.
4. 문명의 확률적 발생은 문명이 자연 발생적임을 의미한다.
5. 현대 인간 문명의 출현은 자연의 법칙을 거스르는 것이 아니다.

▶ 주장하는 바:

인간 문명의 출현(5), 발달(1)은 자연의 법칙을 거스르는 것이 아니다. (1, 5)

▶ 근거:

1. 자연적 발생 사건은 자연의 법칙을 거스르는 것이 아니다. (2)
   증거: 자연의 법칙을 거스르는 것이 자연적으로 발생했다는 것은 모순이다.
2. 현대 인간 문명은 자연적으로 발생했다.
   증거: 현재 인간의 문명은 확률적으로 발생한 것이다. (3)
   증거: 문명의 확률적 발생은 문명이 자연 발생적임을 의미한다. (4)

이 글을 쓴 필자는 상대 의견을 비판하면서 자신이 생각한 바가 옳음을, 적절한 근거를 들어서 체계적으로 증명하고자 했다. 따라서 이 글에 대한 지지나 비판과 상관없이, 이 글은 앞에서 우리가 다룬 '논리적인 글'의 특성에 잘 부합하기 때문에 논리적인 글이라 할 수 있다.

2. 논리의 구성과 논법

1. 개념

가. 내포와 외연[02]

논리적인 글에서는 단어의 개념을 정확하게 다루고 사용할 수 있어야 한다. 개념이란 단어의 뜻을 가리킨다. (한 단어 이상으로 된 용어도 개념을 지니므로 용어라고 하는 것이 좋지만 단어라고 부르자.) 어떤 단어의 개념을 안다는 것은 그 내포(內包, connotation)와 외연(外延, denotation)을 안다는 것이다. 내포란 단어가 가리키는 부류[집합]의 구성원들이 공통으로 지니고 있는 하나 이상의 속성을 말한다. 외연이란 단어의 내포가 적용되는 범위를 말한다. '물'의 내포는 '무색 · 무취 · 무미, 산소와 수소의 결합물, 액체'가 될 것이고, 외연은 '강물, 바닷물, 지하수, 호숫물, …' 등이다.

> 1. 한국이 '물' 부족 국가라는 데에는 논란이 여지가 있다.
> 2. '물'은 최소한 식후 30분 뒤에 마시는 것이 좋다.

위 문장의 '물'은 같은 단어인 듯하나 사실 그 뜻이 다르다. 1의 '물'은 위에서 확인한 내포와 외연을 지닌 일반적인 '물'이다. 그러나 2의 '물'은 '음용'이라는 속성이 추가되어 그 내포가 늘어났고, '식수'를 가리키면서 외연은 좁아졌다. 상하 관계에

---

02 자세한 것은 이용걸(1982:44-49), 김희정 · 박은진(2020:138-140)을 참조할 수 있다.

있는 단어 떼에서 높은 쪽으로 갈수록 내포가 줄어들고 외연이 넓어지는 반면, 낮은 쪽으로 갈수록 내포가 늘어나고 외연은 좁아진다. '과일'은 '열매'에 비해 내포가 많고 외연은 좁지만, '사과'에 비해서는 내포가 적고 외연은 넓다. 내포가 적고 외연이 넓은 개념을 상위 개념 또는 유개념이라 하고 내포가 많고 외연이 좁은 개념을 하위 개념 또는 종개념이라 한다.

나. 함축적 의미[03]

단어는 기본적 의미를 지니면서 어떤 의미를 연상하게도 하고 느낌을 동반하기도 한다. 단어에서 연상되는 의미나 느낌을 함축적 의미라 한다. 어떤 단어는 함축적 의미가 고정되어 있지만, 어떤 단어는 맥락에 따라 그 함축적 의미가 달라지기도 한다.

> 1. 김유신은 삼국 통일의 '야심'이 컸다. 그는 신라 왕족인 김춘추와 자기 여동생을 이용하여 자기 '야망'의 길을 텄다.
> 2. 김유신은 삼국 통일의 '희망'을 지니고 있었다. 그는 김춘추와 자기 여동생을 결혼시켜 자기의 '이상'을 이루었다.[04]

위에 쓰인 '야심, 야망, 소망, 이상'은 공통적인 내포를 지닌 유의어다. 그러나 '야심, 야망'은 부정적 함축을, '소망, 이상'은 긍정적 함축을 띤다.

> 1. 선생님께서 갑주에게 A+를 주시다니,
> [의혹이 생긴다/의아하다/(뭔가) 의심스럽다/의문이 들었다/궁금하다].

---

03 자세한 것은 이대규(1995:64-67)를 참조할 수 있다.
04 이대규(1995:66-67)에서 인용함.

위의 유의어도 왼쪽으로 갈수록 부정적 함축이, 오른쪽으로 갈수록 긍정적 함축이 짙어진다.

위에서 다룬 것은 단어 자체가 문맥과 상관없이 어떤 함축적 의미를 지니는 예다. 그러나 다음은 문맥에 따라 동일한 단어가 다른 함축적 의미를 띠는 예다. 첫 문장에서 중립적으로 쓰인 '물'이 둘째 문장에서는 긍정적 함축을, 셋째 문장에서는 부정적 함축을 띤다.

2. 이 가루는 '물'에 잘 녹는다.
'물'처럼 사는 것이 지혜로운 삶이다.
저들은 나를 '물'로 보고 있다.

함축적 의미의 차이에 따라 필자의 태도가 드러나기 마련이다. 따라서 적절한 단어를 선택하여 사용함으로써 자신의 태도를 나타내는 것은 논리적인 글쓰기에서 중요하다.

다. 일상적 의미와 전문적 의미

어떤 의미를 표현할 때 일상적으로 쓰는 단어와 전문적으로 쓰는 단어가 구분될 때가 있다. '길'이나 '돌'은 일상적으로 자주 쓰지만, '도로'나 '암석'은 전문적으로 쓰는 경우가 많다.

또 어떤 단어는 같은 단어인데도 일상적 의미와 전문적 의미가 조금 다르다. 논리적인 글에서는 이들 의미를 잘 구별하여 사용해야 한다. 표준국어대사전에 따르면 '고발'이라는 말은 일상적으로는 '세상에 잘 알려지지 않은 잘못이나 비리 따위를 드러내어 알림'의 의미가 있으나, 법률적으로는 '피해자나 고소권자가 아닌 제삼자가 수사 기관에 범죄 사실을 신고하여 수사 및 범인의 기소를 요구하는 일'이라는 의미로 쓰인다.

한편, 어떤 단어는 전문 분야에 따라 의미가 달라질 수도 있다. '보상(補償)'이라는 말은, 심리학에서는 '신체적으로나 정신적으로 열등함을 의식할 때, 다른 측면의 일을 잘 해냄으로써 그것을 보충하려는 마음의 작용'이라는 의미로 쓰이는데, 법률적으로는 '국가 또는 단체가 적법한 행위에 의하여 국민이나 주민에게 가한 재산상의 손실을 갚아 주기 위하여 제공하는 것'이라는 의미로 쓰인다.

따라서 우리가 글을 쓸 때 맥락을 고려하고 일관된 문체를 유지하도록 단어를 잘 선택해야 한다.

라. 애매와 모호[05]

우리가 쓰는 단어들 가운데는 동음이의어나 다의어가 있다. 이들 단어의 의미는 언어 사용의 문맥에 따라 어느 하나로 결정되는데 문맥이 충분하지 않아 의미 해석이 어려울 때 애매하다고 한다.

> 쟤 삼촌은 별이 셋이래.

위 문장의 '별'은 '군인 계급장의 한 종류'를 뜻하는 별로도 해석할 수 있고, '형벌 전력의 회수'를 뜻하는 별로도 해석할 수 있다. 이럴 때는 '곧 대장이 된대.'라든가, '교도소 생활에 적응했겠어.' 따위의 문맥 정보를 보강하면 애매함이 해소된다.

한편 다음과 같은 문장도 애매하다.

> 1. 갑주는 박사이고 재력가인 부모와 함께 산다.
> 2. 을주는 부산에 살며 한국과학영재학교에서 공부하지 않는다.

이들 문장의 애매함은 단어로 말미암은 것이 아니라 문장의 구조 때문에 생겨났

---

05 자세한 것은 이용걸(1982:26-31), 최훈(2018:100-108) 참조할 수 있다.

다. 이런 유의 애매함을 없애려면 문장 부호를 보강하거나 문장을 다시 진술하거나 하여 명료하게 만들어야 한다.

    1'. 갑주는 박사이고, 재력가인 부모와 함께 산다.
    1". 갑주는, 박사이고 재력가인 부모와 함께 산다.
    2. 을주는, 부산에 살며 한국과학영재학교에서 공부하지 않는다.
    2". 부산에 사는 을주는 한국과학영재학교에서 공부하지 않는다.

또 어떤 단어가 기준이 분명하지 않아서 의미 해석이 어려울 때 모호하다고 한다.

> 1등성이란 우리 눈에 가장 밝게 보이는 별을 말한다.

위 문장에서는 '가장 밝게'가 기준이 분명하지 않아서 모호하다. 모호성을 제거하려면 아래처럼 기준을 제시하면 된다.

> 1등성이란 가장 어둡게 보이는 6등성보다 100배 밝은 별을 말한다.

애매하면서 동시에 모호한 언어 사용이 있을 수 있다. '서민 대통령'이란 말은 '서민 출신'이라는 뜻인지, '서민을 위한다'는 뜻인지, 아니면 둘 다인지 애매하다. 어느 하나로 정해지더라도 '서민'이라는 말 자체가 '지위나 신분 상에서 특별할 것이 없는 사람'이라는 뜻도 있지만, 경제적으로 '중산층 이하의 사람'을 가리키기도 하여 애매하다. 또 어느 부류의 사람이 '서민'인지 기준이 모호하다. '특별'이나 '중산층'의 기준이 모호하기 때문이다.

논리적인 글을 쓸 때는 단어를 애매하거나 모호하게 사용해서는 안 된다.

마. 개념 관계

1은 상하 관계, 또는 일반-특수 관계다. 이 개념 관계는 상대적이다. 왼쪽이 상위 개념 또는 일반 개념이고 오른쪽이 하위 개념 또는 특수 개념이다.

2는 전체-요소 관계다. 상하 관계로 오해하면 안 된다. 상하 관계는 분류와 관련이 있고 전체-요소 관계는 분석과 관계가 있다.

3에서 '책방-서점'은 동의 관계고, 나머지는 유의 관계다. 동의어는 내포와 외연이 완전히 일치하는 단어들이고, 유의어는 내포는 비슷하나 외연은 다른 단어들이다. 동의어는 어떤 문맥에서든 서로 교체해서 사용할 수 있지만, 유의어는 그렇지 못하다. (책방[/서점]에 들렀다. 하늘에는 비행기가 다니는 길[/*도로]이 있다.) 우리말에는 고유어, 한자어, 외래어 들 사이에 유의 관계를 형성하는 단어 떼가 많다. 이들 유의어는 어감이 달라서 적절하게 선택해서 쓰면 효과적으로 글을 쓸 수 있다.

4에서 '기쁨-슬픔'은 반대 관계이고, '삶-죽음'은 모순 관계이다. 반대 관계는 동시에 참일 수 없는 관계로 중간 상태를 허용한다. 모순 관계는 동시에 참, 그리고 동시에 거짓이 될 수 없는 관계로 중간 상태를 허용하지 않는다.

논리적인 글을 쓸 때는 단어들의 개념 관계를 잘 알아야 정확하고 풍부한 글을 쓸 수 있다.

2. 명제

명제란 개념과 개념의 관계에 대한 판단을 언어로 표현한 문장을 가리킨다. 명제란 문장을 의미 측면에서 일컫는 말이기도 하다. 명제는 주어 개념과 술어 개념으로 구성된다. '김갑주는 사람이다.'라는 명제는 '김갑주'라는 주어 개념과 '사람'이라는 술어 개념으로 구성되어 있다.

가. '이다'의 의미[06]

> 1. 인간은 동물이다.
> 2. 인간은 이성적이다.
> 3. 인간은 이성적 동물이다.

명제의 주어 개념과 술어 개념은 '-이다'로 그 관계를 표현한다. '사람은 죽는다.'라는 명제는 '사람은 죽는 존재이다.'로 표현할 수 있다. 따라서 '-이다'의 의미를 정확히 아는 것이 중요하다. 1에서는 '포함'의 의미다. 주어 '인간'은 종개념이고 술어 '동물'은 유개념이다. 2에서는 '속성'의 의미를 띤다. 3에서는 '외연 일치'(인간=이성적 동물)라는 의미를 띤다. 정의를 내릴 때 이런 진술 방식을 사용한다. '서점은 책방이다.'나, '2+3은 5이다.'의 '이다'도 '포함'이 아닌, '일치'의 의미로 쓰인 것이다.

나. 여러 가지 명제

> 1. 사과는 과일이다.
> 2. 사과는 채소가 아니다.
> 3. 사과는 과일이고 배추는 채소다.
> 4. 토마토는 과일이거나 채소다.
> 5. 포도가 과일이라면 포도는 열매다.
> 6. 사과는 과일이고 배추는 채소지만, 토마토는 과일이거나 채소다.

---

06 첫째와 셋째 용법은 사와다 노부시게 지음, 고재운 옮김(2017:50-52)을 참조함.

1은 '사과'와 '과일'의 개념 관계에 대한 판단(사과는 과일에 포함된다)을 나타낸 명제이다. 2는 '사과는 채소이다.'를 부정한 명제다. 3~5는 두 개의 명제가 각각 연언, 선언, 가언(조건) 관계로 연결된 명제이다. 명제 연결에 사용된 접속 기능을 하는 말들, 이를테면 '-고, -거나, -으면' 등을 논리 연결사라고 한다. 논리학에서는 부정의 의미를 더하는 '안'(아니다<안+이다)도 논리 연결사로 본다. 1처럼 더 이상 쪼갤 수 없는 명제를 단순명제라 하고, 3~5처럼 단순명제 둘 이상이 논리 연결사로 결합한 명제를 복합명제라 한다.[07] 3은 연언명제, 4는 선언명제, 5는 가언(조건)명제라 부른다. 6처럼 복합명제가 연결되어 복합명제가 될 수 있다. 이럴 때는 최종 연결 관계가 중요한데, 맨 나중에 '-지만'으로 연결되었으므로 연언명제이다.

논리를 엄밀히 따지는 자리에서는 참과 거짓을 판별할 수 있는 진술만 명제라 하고, 가치 판단이나 당위를 표현한 것을 명제에서 배제한다. 그러나 논리를 활용하여 작문을 알차게 하는 것이 목적인 우리로서는 이른바 '~해야 한다' 유의 문장도 명제로 간주할 것이다. 명제는 추론(논증)의 기본 재료가 된다.

다. 정언명제

정언명제란 어떤 부류가 다른 부류에 포함되는 것을 긍정하거나 부정하는 진술이다. 아리스토텔레스는 다음과 같이 네 가지로 구분했다. 표준형으로 나타내면 다음과 같다.

- 모든 S는 P이다.   (전칭 긍정 명제)
- 모든 S는 P가 아니다.   (전칭 부정 명제)
- 어떤 S는 P이다.   (특칭 긍정 명제)
- 어떤 S는 P가 아니다.   (특칭 부정 명제)
 *S는 주어[주개념], P는 술어[빈개념]

---

07 논리학에서는 2(부정명제)도 복합명제로 간주한다. 또 여기에 제시되지 않지만 쌍조건명제도 복합명제다. 자세한 것은 김희정 · 박은진 2020:221)를 참조할 수 있다.

1. 동시에 참이거나 동시에 거짓이 될 수 없는 관계[모순 관계]:
   전칭 긍정과 특칭 부정, 전칭 부정과 특칭 긍정.
2. 동시에 참일 수 없는 관계[반대 관계]:
   전칭 긍정과 전칭 부정
3. 동시에 거짓일 수 없는 관계[반대 관계]:
   특칭 긍정과 특칭 부정
4. 하나가 참이면 다른 것도 저절로 참이 되는 관계[함축 관계]:
   전칭 긍정>특칭 긍정, 전칭 부정>특칭 부정
5. 하나가 거짓이면 다른 것도 저절로 거짓이 되는 관계[함축 관계]:
   특칭 긍정>전칭 긍정, 특칭 부정>전칭 부정[08]

라. 연언명제[09]

> 1. 갑주는 수학을 좋아하고 을주는 문학을 좋아한다.
> 2. 갑주가 교실을 나가고 을주가 교실로 들어왔다.

둘 다 'p이고 q다.' 형식의 연언명제다. 연언명제에 복합되어 있는 단순명제(p, q)를 연언지라 한다. 그런데 1과 2는 그 의미 해석이 다르다. 1은 연언지의 순서를 바꾸어도(을주는 문학을 좋아하고 갑주는 수학을 좋아한다.) 그 의미가 같다. 하지만 2는 두 연언지의 순서를 바꾸면(을주가 교실로 들어오고 갑주가 교실을 나갔다.) 다른 명제가 되고, 2가 참이라면 순서를 바꾼 이 명제는 거짓이 된다. 2의 '그리고'에는 시간의 경과라는 의미가 함축되어 있다. 연언명제를 다룰 때는 이 점을 잘 살펴야 한다. 두 연언지 p와 q가 모두 참일 때에만 전체 연언명제가 참이다.

---

08 여기서 제시한 것은 전통적 관점이다. 현대적 관점에서는 모순 관계만 인정한다. 정언명제 사이의 관계에 대해서 자세한 것은 김희정·박은진(2020:317-322)를 참조할 수 있다.

09 자세한 것은 김희정·박은진(2020:231)을 참조할 수 있다.

마. 선언명제[10]

> 1. 정주는 한국과학영재학교를 졸업했거나 서울과학고등학교를 졸업했다.
> 2. 정주는 한국과학영재학교에 합격했거나 서울과학고등학교에 합격했다.

둘 다 'p이거나 (또는) q다.' 형식의 선언명제다. 선언명제에 복합되어 있는 단순명제(p, q)를 선언지라 한다. 그런데 1과 2는 의미 해석이 다르다. 1은 배제적이라서 두 선언지 모두 참이 될 수는 없다. 2는 포괄적이라서 둘 다 참일 수 있다.

선언명제의 진릿값은 이에 따라 달라진다. 배제적 선언명제는 선언지가 모두 참이거나 거짓일 때 거짓이 된다. 포괄적 선언명제는 선언지 둘 다 거짓일 때만 거짓이 된다.

바. 가언명제[11]

> 1. 갑주가 이번 선거에서 투표를 했다면 갑주는 만 18세 이상이다.
> 2. 모든 한국인이 머리털이 검고 갑주가 한국인이라면 갑주는 머리털이 검다.
> 3. 만약 끓는 물에 손가락을 집어넣으면 화상을 입는다.
> 4. 대학에 합격하면 새 스마트폰을 사주겠다.
> 5. 네가 논리와 글쓰기 과목에서 A+를 받는다면 나는 이번 학기 평점 평균이 4.3이다.

모두 'p이면 q다.' 형식의 가언명제다. 조건이 붙은 단순명제(p)를 전건, 뒤에 있는 단순명제(q)를 후건이라 한다. 1은 선거권의 법률적 정의에 의해 전건이 후건을 함축하고 있다. 2는 논리적 관계에 의해 전건이 후건을 함축한다. 3은 경험에 따른 인과관계에 의해 전건이 후건을 함축한다. 이 셋은 전건이 모두 후건을 함축하고

---

10 자세한 것은 김희정 · 박은진(2020:231-233)을 참조할 수 있다.
11 자세한 것은 김희정 · 박은진(2020:233-235)을 참조할 수 있다.

있다. 4는 단순히 약속을 표명한 것이다. 이 명제는 '대학에 합격하지 않으면 새 스마트폰을 사주지 않겠다.'라는 약속도 암시적으로 포함한다. 5는 전건이 불가능함을 강조하는 문장이다. 4-5는 전건이 후건을 함축하지 않는다.

이들 가언명제는 모두 전건이 참인데 후건이 거짓인 경우에만 진릿값이 거짓이 된다. '2+3이면 5다.'라는 가언명제는 '2+3'에 대해서만 판단한 것이어서 '2+3인데 5가 아니다.'만 거짓이 된다.

사. 같은 명제, 다른 문장

1. 모든 교사가 박사 학위를 받지 않았다.

교사는 모두 박사 학위를 받지 않았다.

교사는 누구도 박사 학위를 받지 않았다.

박사 학위를 받은 교사는 한 사람도 없다.

어떤 교사도 박사 학위를 받지 않았다. 등.

모든 교사가 박사 학위를 받은 것은 아니다. (X)

2. 그는 교사 자격증 갖고 있고 박사 학위를 받았다.

그는 교사 자격증과 박사 학위 둘 다를 가지고 있다.

그는 교사 자격증만 있는 게 아니라 박사 학위도 받았다.

박사 학위와 교사 자격증, 그는 모두 가지고 있다.

그는 교사 자격증은 물론 박사 학위까지 가지고 있다. 등.

그는 교사 자격증이나 박사 학위가 있다. (X)

3. 그는 교사 자격증을 갖고 있거나 박사 학위를 받았다.

그는 교사 자격증이나 박사 학위를 받았다.

그는 교사 자격증과 박사 학위 둘 다를 가진 것은 아니다.

그는 박사 학위가 있거나 교사 자격증이 있다. 등.

그는 교사 자격증이나 박사 학위 둘 중의 하나를 가졌다. (X)

4. 그가 교사라면 그는 교사 자격증을 갖고 있다.

   만약(만일) 그가 교사라면, 교사 자격증을 갖고 있다.

   그가 교사일 때(경우), 교사 자격증이 있다.

   그가 교사가 되기 위해서는 교사 자격증을 가져야 한다.

   만약 그가 교사 자격증이 없다면, 그는 교사가 아니다.

   오직 교사 자격증이 있을 때에만 그는 교사다.

   모든 교사는 교사 자격증을 갖고 있다. (전건과 후건의 주어가 같은 경우) 등.

   교사인데도 교사 자격증이 없다. (X),

   교사가 아닌데도 교사 자격증은 있다. (논리적으로 무관함, 판단 불가)

5. 그가 교사 자격증과 박사 학위 둘 다 가진 것은 아니다.

   그는 교사 자격증이 없거나 박사 학위가 없다.

   그는 교사 자격증이나 박사 학위 둘 중의 하나만 가졌다. 등.

   그는 교사 자격증과 박사 학위를 가지지 않았다. (X)

6. 그가 교사 자격증을 갖고 있거나 박사 학위를 받은 것은 아니다.

   그는 교사 자격증을 갖고 있지 않고 박사 학위도 없다.

   그는 교사 자격증이나 박사 학위를 가지고 있지 않다.

   그는 교사 자격증과 박사 학위 둘 다가 없다. 등.

   그는 교사 자격증과 박사 학위 둘 다 있는 것은 아니다. (X)

3. 논증

1. 갑주는 을주의 아버지다. 그러므로 을주는 갑주의 아들이다.
2. 갑주는 을주의 어머니다. 을주는 병주의 어머니다. 그러므로 갑주는 병주의 할머니다.
3. 수학을 좋아하는 정주는 문학을 싫어한다. 수학을 좋아하는 무주는 문학

을 싫어한다. 기주도 수학을 좋아하는데 문학을 싫어한다. 그러므로 수학을 좋아하는 사람은 대체로 문학을 싫어한다.

가. 논증의 구성

명제는 추론(논증)의 기본 재료다. 논증은 전제 명제를 근거로 삼아 결론[12] 명제를 도출하는 사고다. '존은 서울 시민이다.'라는 명제를 근거로 '존은 한국인이다.'라는 명제를 추론할 수 있다. '모든 사람은 죽는다.'라는 명제와 '소크라테스는 사람이다.'라는 명제 둘을 근거로 '소크라테스는 죽는다.'라는 명제를 추론할 수 있다.

1~3 모두 '그러므로' 뒤의 명제가 결론이고 그 앞의 명제가 전제다. 1은 전제가 하나고, 2는 전제가 둘이고, 3은 전제가 셋이다.

논증 지시어, 곧 '왜냐하면, 그 근거는, 그 이유는, ~이기 때문이다, …' 등의 전제 지시어나, '그러므로, 따라서, 결론적으로, 결국, 그러한 이유로, …' 등의 결론 지시어가 없어도 추론은 성립한다. 추론을 언어로 표현한 논증에서는 이런 지시어를 사용하면 명제들의 추론 관계가 명료해진다.

나. 논증에서 전제와 결론의 관계

논증에서 전제가 결론을 뒷받침하는 방식과 정도는 똑같지 않다. 2는 두 전제가 함께 결론을 뒷받침하지만 3은 세 전제가 각각 개별적으로 결론을 뒷받침한다. 2에서 전제 하나가 없으면 논증이 이상해진다. 그러나 3에서 전제 하나가 없어도 논증은 성립한다.

또 전제와 결론의 관계는 논증 방식에 따라 달라진다. 1과 2에서는 전제가 참이라면 결론이 무조건 참이 되는 밀접한 관계이지만 3에서는 전제가 참이라고 해도 결론의 참을 보장하지 못하는 느슨한 관계이다.

---

12 이 때의 '결론'은 '서론-본론-결론'의 '결론'이 아니다.

4. 논법[13]

> 1. 섬에서 자란 사람들은 모두 생활력이 강하다. 갑주는 섬에서 자랐다. 따라서 갑주는 생활력이 강하다.
> 2. 갑주, 을주, 병주는 모두 생활력이 강하다. 저 셋은 모두 섬에서 자랐다. 그러므로 섬에서 자란 사람들은 모두 생활력이 강하다.
> 3. 갑주, 을주, 병주는 모두 생활력이 강하다. 그런데 저 셋은 모두 섬에서 자라났다. 정주도 섬에서 자랐기 때문에 생활력이 강하다.
> 4. 정주는 생활력이 강하다. 섬에서 자란 사람들은 대체로 생활력이 강하다. 정주는 섬에서 자란 것이 분명하다.

가. 전제와 결론

1~4의 맨 마지막 문장이 결론이고 나머지는 모두 전제다.

나. 전형적 논법: 논증

1. 전제가 올바르다고 가정하면 결론이 반드시 올바르다고 볼 수 있는 논증: 1
2. 전제가 올바르다고 가정하더라도 결론이 반드시 올바르다고 볼 수 없는 논증: 2, 3, 4
3. 개체의 속성을 그 개체가 속한 부류 전체에 적용하는 논증: 2
4. 공통 속성을 공유하는 대상들이 다른 속성도 공유할 것이라고 추론하는 논증: 3
5. 관찰된 현상(의 원인)을 설명하는 논증: 4
6. 전제에 함축되어 있는 판단을 끄집어내어 명료화하는 논증: 1
7. 전제를 바탕으로 새로운 판단을 내리는 논증: 2, 3, 4
8. 참과 거짓의 두 가지 기준만으로 판단을 내리는 논증: 1

---

13 이 말은 "말이나 생각을 논리적으로 전개해 나가는 방법"(표준국어대사전)의 의미로 쓰되 전형적인 논증 전략 외에 정의, 비교 등도 포괄하는 것으로 사용할 것이다.
  https://stdict.korean.go.kr/search/searchView.do

9. 세 가지 이상의 기준으로 판단을 내리는 논증[14]: 2, 3, 4

예시 1은 연역, 2는 귀납(좁은 뜻), 3은 유추(유비 추리), 4는 가추(가설 추리)이다. 귀납을 넓은 뜻으로 쓰면 여러 가지 비연역 논증을 모두 가리킨다. 따라서 넓은 뜻으로 2~4 모두는 귀납이다. 위에서 2~4가 비슷한 성격의 논법이라는 것을 잘 알 수 있다.

다. 풀이 생략

라. 정의와 비교

> 1. 섬에서 자란 사람들은 생활력이 강하다고 할 때, '섬에는 자란 사람'이란 말의 의미가 모호하다. 섬에서 태어난 사람을 모두 가리키는지, 육지에서 태어났지만 어린 시절을 섬에서 보낸 사람도 포함되는지, 섬에서 태어나 초등학교 입학 무렵 섬을 떠난 사람은 포함되는지 등, 대체 얼마 동안 섬에서 생활한 사람인지가 문제다. 딱 잘라 말할 수는 없지만 '생활력'을 고려할 때, 최소한 10대 시절을 섬에서 생활한 사람이라 할 수 있다.
> 2. 섬에서 자란 사람들은 육지에서 자란 사람들보다 대체로 생활력이 강하다. 갑주는 섬에서 자랐고, 을주는 육지에서 자랐다. 따라서 갑주는 을주보다 생활력이 강하다.

1은 '섬에서 자란 사람'의 개념을 규정하고 있다. 정의는 논증이 아니지만, 논리적인 사고와 글쓰기에 매우 중요하다. 이 책에서는 논법의 개념을 느슨하게 잡고

---

14 마지막 둘은 사와다 노부시게, 고재운 옮김(2017:73-74)을 참조함. 거기서는 참과 거짓의 두 가지 기준만으로 우리의 지식을 분류해 가는 방식을 '연역논리'라고 하고 세 가지 이상의 기준으로 사물을 판단할 때의 논리를 '확률논리' 또는 '귀납논리'라고 했다.

정의를 논법의 하나로 간주하여 익힌다.

2는 전제가 비교 진술이고, 결론도 비교 진술로 되어 있다. 2는 전제가 참이더라도 결론의 참을 보장하지 못한다는 점에서 귀납(넓은 의미)의 일종이다. 하지만 어떤 비교는 연역 논법의 일종이다.

1. 갑주는 을주보다 생활력이 강하다. 을주는 병주보다 생활력이 강하다. 그러므로 갑주는 병주보다 생활력이 강하다.

2. (만약 갑주가 을주보다 더 자립적이고 역경을 극복하는 힘을 더 갖추었다면, 갑주는 을주보다 생활력이 강하다.) 갑주는 을주보다 더 자립적이고 역경을 극복하는 힘을 더 갖추었다. 따라서 갑주는 을주보다 생활력이 강하다.

위의 1, 2는 연역 논법으로 보인다. 비교는 이런 특성이 있어서 따로 세워 다룬다.

5. 전제와 결론 파악하기

가. 전제와 결론 가려내기

1. 학업성적에 영향을 미치는 요인들은 매우 많기 때문에 학업성적을 지능만을 갖고서 예측할 수는 없다. 그리고 지능만을 갖고서는 학업성적을 정확하게 예측할 수 없다는 것은 널리 알려진 사실이다.

2. 대입 시험에서 삼수생을 감점한다는 것은 가혹한 처사이다. 그리한 감점은 일류대학 지원 경향을 억제하지 못할 것이다. 따라서 감점제는 폐지되어야 한다.

3. 독사나 식인어를 애완용으로 기르는 것은 현명하지 못한 일이다. 그것은 위험하다. 위험한 동물을 애완용으로 기르는 것은 결코 현명하지 못한 일이다. -스티븐 바커, 《논리학의 기초》

일상에서 유통되는 글 가운데 전제와 결론이 가지런히 정리되어 있는 글은 드물다. 또 글에는 전제와 결론 진술만 있는 것이 아니라 보조적 진술도 있다. 어떤 글은 전제와 결론을 구분하기가 매우 힘들다.

1에서 결론은 '학업성적을 지능만을 갖고서 예측할 수는 없다.'이다. 나머지 진술은 전제다. 2에서 결론은 마지막 문장이다. 둘째 문장이 전제다. 첫째 문장은 논증을 이해하는 데 보조 정보를 제공하는 역할을 한다. 3에서 첫 문장이 결론일 수도 있고 마지막 문장이 결론일 수도 있다. 첫 문장이 결론이라면 연역 논법, 마지막 문장이 결론이라면 귀납 논법이 될 것이다.

나. 생략된 전제 또는 결론 파악하기

1. 이 영화는 미성년자 관람 불가야. 너는 볼 수 없어.
2. 초청장이 없는 사람은 파티에 입장할 수 없는데 당신은 초청장이 없다.
3. 드래곤스 팀이 우승하면 내가 네 아들이다.

논증적 말이나 글에서 때로는 전제나 결론이 생략되기도 한다. 생략됨으로써 더 강력한 전달력을 가질 수 있기 때문이다. 1에는 '너는 미성년자다.'라는 전제가 생략되어 있다. 2에는 '당신은 파티에 입장할 수 없다.'라는 결론이 생략되어 있다. 3에는 전제 하나만 나와 있고, 다른 전제와 결론이 생략되어 있다. 곧 전제, '나는 네 아들이 아니다.'와 결론, '드래곤스 팀은 우승하지 못한다.'가 생략되어 있다.

3. 좋은 논법

1. 논리성의 조건

논리성[15]이란 논법의 확실성 또는 논법이 옳은 것으로 여겨지는 정도를 말한다. 건전한 연역 논법이나 결론의 개연성이 높은 비연역 논법은 논리성이 강하다고 할 수 있다. 논리성이 강한 논법은 논리적 설득력이 높다. 논법은 전제와 결론으로 이루어지므로 논리성은 전제, 결론, 전제와 결론의 관계에 따라 강도가 달라진다.

논리학에서는 논법마다 논리성의 조건을 따로 제시하고 있는데 모든 논법에 두루 적용할 수 있는 일반적인 조건에 대해 살펴보자.[16]

가. 전제의 조건

논법의 전제로 사용할 수 있는 것은 여러 가지다. 사실, 통계 자료, 경험, 검증된 지식, 선험적 지식, 다른 사람의 증언, 전문가의 의견 등을 전제로 사용할 수 있다.[17] 그렇다면 전제가 어떤 조건을 갖추어야 논법의 논리성이 강하게 될까? 논리학자들의 선행 논의를 참고하여 전제의 조건을 다음처럼 말할 수 있다.

---

15 이 말을 '생각이나 추론이 옳은 것으로 여겨지는 정도'라는 의미로 사용할 것이다. 《고려대 한국어대사전》 참조함. 연역 논법을 판단하는 타당성이나 건전성은 비연역 논법에서는 적용하기 어렵다. 따라서 논리성이라는 개념으로 모든 논법을 판단하는 것이 적절하다고 본다.

16 탁석산(2010:36-79, 2011:39-74, 서정혁(2015:25-31), 최훈(2018:188-345)의 논의를 참조함.

17 최훈(2018:202-215)에서는 '우리 자신의 경험', '선험적으로 참인 진술', '상식', '증언', '전문가의 의견' 등 다섯 가지를 수용할 만한 전제의 조건으로 제시하고 있고, 김용규(2011:96-97)에서는 '역사적 사실, 객관적 사실', '정설로 인정된 학설', '통계 자료' 등을 설득력이 높은 논거들로 제시하고 있다.

1. 수용 가능한 전제(전제가 수용 가능한가?)
2. 충분한 전제(전제가 결론을 뒷받침하기에 충분한가?)

전제를 수용할 수 있으려면, 전제가 참이거나(연역 논법), 참일 개연성이 높아야한다.(비연역 논법) 기준 2는 특히 비연역 논법에서 중요하다. 전형적인 전제를 제시하고, 사례의 균질성이 낮을 때는 다양한 사례를 충분히 제시하고, 또 결론의 논리성을 약화시키는 반대 전제를 검토해야 한다. 연역 논법에서도 전제를 생략할 수는 있지만 독자가 쉽게 복원하기 어려운 전제를 생략해서는 안 된다.

나. 결론의 조건

연역의 결론은 전제에 함축되어 있는 판단을 끄집어 내어 명료화한 진술이다. 따라서 연역의 결론은 전제와, 전제와 결론의 관련성에 의해 그 진릿값이 좌우된다. 연역의 결론은 논리성이 매우 강하거나(참), 전혀 논리성이 없는(거짓) 진술 가운데 하나가 될 것이다.

비연역 논법의 결론은 전제에서 확인되는 속성을 일반화하여 부류 전체에 적용한 진술이거나(귀납), 어느 대상이 다른 것들과 몇 가지의 속성을 공유하므로 확인되지 아니한 다른 속성도 공유하리라고 가정한 진술이거나(유추), 관찰된 현상(의원인)을 설명하는 진술이다.(가추) 이들 결론은 전제가 참이고 전제와 결론의 관계가 적절하면 논리성이 강할 따름이지 연역의 결론처럼 참이라고 할 수는 없다.

결론의 조건을 다음처럼 말할 수 있다.

• 수용 가능한 결론(결론이 수용 가능한가?)

이 기준은 귀납, 유추, 가추 등의 비연역 논법에 중요한 조건이다. 비연역 논법의 결론은 사실과 대응하거나 기존의 지식 체계에 정합적이거나 실제적 유용성이 있거나, 또는 개연성이 높아야 한다. 또 결론이 논리적 강도에 맞게 적절하게 표현되어야 한다. 연역에서 결론은 전제가 참이고, 전제와 결론의 관련성만 적절하면 수용 가능한 결론이 나온다. 만약 연역의 결론이 수용하기 곤란하다면 전제를 검토하거나 전제와 결론의 관계를 검토해야 할 것이다.

다. 전제와 결론의 관계 조건

논리성이 강한 논법이 되려면 전제와 결론의 관계가 적절해야 한다. 전제와 결론의 관계 조건을 다음처럼 말할 수 있다.

- 전제와 결론의 관련성(전제와 결론이 관련 있는가?)

전제들이 결론의 참 정도를 논리적으로 뒷받침해야 한다. 곧 연역에서 전제와 결론이 타당한 형식으로 연결되어야 하고, 귀납에서는 결론이 전제를 일반화해야 한다. 유추에서는 빗댄 대상이 논증할 대상과 결론을 약화시키는 차이가 있어서는 안 된다. 가추에서는 결론으로 제시된 가설이 설명력이 있어야 한다.(곧 가설이 참이라면 관찰된 현상을 설명하거나 예측된 결과가 반드시 나와야 한다.)

위 논의를 종합하여 다음처럼 좋은 논법의 조건을 제시할 수 있다. 하지만 이 조건이 의미하는 바는 논법에 따라 조금씩 다를 것이다. 이에 관해서는 해당 논법을 다루는 곳에서 살핀다.

1. 수용 가능한 전제(전제가 수용 가능한가?)
2. 충분한 전제(전제가 결론을 뒷받침하기에 충분한가?)
3. 전제와 결론의 관련성(전제와 결론이 관련 있는가?)
4. 수용 가능한 결론(결론이 수용 가능한가?)

2. 논리 구조 파악

가. 비슷한 논리 구조, 다른 논리성

> 1. 아테네는 마케도니아에게 멸망했다. 왜냐하면 적과 맞붙어 싸울 병사들을 갖지 못했기 때문이다.
> 2. 아테네는 마케도니아에게 멸망했다. 왜냐하면 자유 기업의 정신을 갖지 못했기 때문이다.

1에서 생략된 전제는, '적과 맞붙어 싸울 병사들이 없으면 나라가 망한다.'이다. 이 전제는 보편타당하므로 생략할 수 있다. 전제 둘이 수용 가능하고 충분하다. 결론 또한 수용 가능하다. 전제와 결론이 세 개의 개념으로 잘 연결되어 있고 그 형식 또한 타당하다. 그러므로 이 논법은 논리성이 강하다.

2의 생략된 전제는 '자유 기업의 정신을 갖지 못하면 나라가 망한다.'이다. 이 전제는 논란 가능성이 있어서 수용하기 어렵다. 수용성이 낮은 명제를 생략했으니 충분하지 않다. 이 전제를 증명하는 다른 논법이 깔려야 한다. 전제와 결론의 관계는 형식상 적절하다. 하지만 전제에 결함이 있으므로 결론은 수용하기 어렵다.

나. 논리 구조 파악 및 논리성 판단

> 1. 그 집은 바닷가의 나무가 많은 숲에 있다. 그 집 사람들은 오존을 많이 마실 것이다.
> 2. 바람이 강하게 불면 깃발이 마구 펄럭거린다. 지금 밖에 바람이 세게 부는 것이 분명하다.

1의 생략된 전제는 '바닷가의 나무가 많은 숲은 공기 속에 오존이 많다.'이다. 이게 확실하다면 생략할 수 있고 두 전제가 참이므로 수용 가능하고 충분하다. 전제와 결론의 관계도 형식적으로 적절하다. 따라서 결론도 수용 가능하며 이 논법은 논리성이 강하다.

2에서 '지금 깃발이 마구 펄럭거리고 있다.'는 전제가 생략되어 있다. 전제가 참이고 둘이어서 충분하다. 그런데 전제와 결론의 관계가 확실하지 않다. 다른 요인으로 깃발이 펄럭거릴 수가 있기 때문이다. 비슷한 논리 구조를 가진 논법인, '2에 3을 더하면 5이다. 5다. 그러므로 2에 3을 더했다.'를 보면 그 논리성이 약하다는 것을 판단할 수 있다. 따라서 결론은 수용할 수 없다. 다만, 깃발을 펄럭이게 하는 다른 요인의 가능성을 없애는 몇 가지 전제를 덧붙인다면 이 논법의 논리성을 강화할 수 있다. '그 깃발은 야외 깃대에 달려 있다.', '그 깃발은 천 소재로 되어 있다.', '아무도 깃발을 흔들지 않는다.' 등의 전제가 덧붙으면 이 논법은 논리성이 강한 논법이 될 것이다.

3. 오류 논법

오류 논법이란 꼭 잘못된 논법만을 말하는 게 아니다. 논리성이 약한 논법도 오류로 간주한다. 논리학에서는 오류 논법을 분류하기도 하고 여러 가지 이름을 붙여 놓기도 했다. 논리적인 글쓰기를 다루는 우리로서는 이름을 아는 것보다 어떤 점에서 오류인지 아는 것이 중요하다고 본다. 각 논법과 관련된 오류는 해당 논법을 다루는 곳에서 또 살필 것이다. 여기서는 어떤 점에서 오류인지, 곧 전제가 문제인지, 결론이 문제인지, 아니면 전제와 결론의 관계가 문제인지 등을 따져보면 좋겠다.

가. 미국의 CNN에서 북한 지도자 김정은이 사망했다고 보도했다. 북한 지도자 김정은이 사망한 것은 분명하다. CNN 같은 공신력 있는 언론 기관이 오보를 낼 리가 없다.
마지막에 진술된 전제가 참일 개연성은 높지만 그렇다고 전적으로 수용 가능한 것은 아니다. 어떤 언론 기관이든 오보 가능성은 항상 지니고 있다. 'CNN은 가장 공신력 있는 언론 기관이다.'라는 부적합한 권위를 전제로 사용하는 오류다.

나. 이공계 분야의 노벨상 수상자가 빨리 나와야 한다. 한국인인데도 여기에 반대한다면 그는 매국노나 마찬가지다.

　전제가 참이 아닐뿐더러 반론을 검토하기는커녕 반론의 여지를 원천 봉쇄하고 있다. 전제가 수용 가능하지도 않고 충분하지도 않다.

다. 인간은 본래 선한 존재다. 사람은 태어나면서 선하게 태어나기 때문이다.

　둘째 문장이 전제인데 표현만 다를 뿐, 사실상 결론과 의미가 같다. 전제가 하나도 제시되지 않은 셈이다.

라. 영국 식민지 지배를 받은 인도는 지금도 영어를 공용어로 쓰고 있지만, 일본의 식민지 지배를 받았던 우리나라는 일본어를 공용어로 쓰고 있지 않다. 따라서 일본의 식민지 지배가 그렇게 가혹했다고 볼 수 없다.

　전제가 불충분하다. 전형적인 근거가 아니며 결론을 뒷받침하기에는 전제의 수도 적다. 또 검토해야 할 반례도 많다.

마. 한글날을 국경일에다가 법정 공휴일로까지 지정한 것은 지나친 처사다. 자국 문자를 기념하여 법정 공휴일로 지정·운영하는 것은 세계적으로 유례가 없는 일이다.

　둘째 문장이 전제인데 참이다. 그러나 전제가 충분하지 않다. 한글의 독특성이 결론을 약화시킨다. 곧 자국 문자를 발명하여 사용하는 것도 세계적으로 유례가 없는 일이기 때문이다.

바. 일본인들은 대부분 친절하다. 따라서 일본은 아시아에서 가장 친절한 국가라고 할 수 있다.

　부분의 속성을 전체에 잘못 적용했다. 국민 개개인이 친절하더라도 국가가 친절하다는 근거는 되지 못한다. 전제가 참이더라도 결론은 수용하기 어렵다.

사. 우리나라는 IT 강국이다. 70대 김갑주 어르신도 디지털 기기 사용에 아무런 문제
　 가 없을 것이다.
　　 위와 거꾸로 전체의 속성을 부분에 잘못 적용했다. 결론의 수용 가능성이 작다.

아. 개발부 직원 83%가 카이스트 출신이다. 창의적인 아이디어, 열정, 유창한 외국어 실
　 력, 꼼꼼한 업무 처리 등으로 볼 때 기획부 김 과장도 틀림없이 카이스트 출신이다.
　　 결론의 수용 가능성이 크지만, 확정적으로 말할 수 없다. 결론의 표현 강도를 조
　 절해야 한다. (김 과장도 아마 카이스트 출신일 것이다.)

자. 우리나라는 금수강산이다. 따라서 하루빨리 남북통일을 해야 한다.
　　 첫 문장이 전제고 둘째 문장이 결론인데 이 둘 사이에 아무런 논리적인 관련이 없다.

차. 저 가수의 노래는 수준 이하라고 봐야 한다. 그는 중학교 시절 학교 폭력 가해자
　 였다고 한다.
　　 첫 문장이 결론이고 둘째 문장이 전제다. 전제와 결론 사이에 논리적 관련이 없
　 다. 인신 공격적이다.

카. A 피부과 원장 선생님은 믿을 수 없다. 자신이 대머리면서 탈모 클리닉을 운영한
　 다는 게 말이 되지 않는다.
　　 둘째 문장이 전제인데 수용하기 어렵다. 정황을 전제로 삼고 있어서 전제와 결
　 론 사이에 논리적인 관련이 없다. 원장이 자신이 대머리이기 때문에 탈모에 대
　 해 더욱 연구를 많이 하고 실력을 갖추었을 수도 있다. 저 결론을 위해서는 다른
　 전제가 더 필요하다.

타. "선생님, 미적분학1 과목 D+를 C-로 올려 주시면 안 될까요? 평균 평점이 2.0에
　 서 조금 모자라 학사 경고를 받게 생겼습니다. 이번에 학사 경고를 받으면 저는
　 제적당합니다. 재시험을 치든 추가 과제를 하든 뭐든지 하겠습니다."
　　 첫 문장이 결론이고 나머지는 전제인데 심리적으로 동정심을 유발할 뿐 전제와
　 결론 사이에 논리적인 관련은 없다.

파. "저도 나름 파워 블로거입니다. 이 상품, 환불해 주지 않으면 가만있지는 않겠습니다."

첫 문장이 전제인데 자기의 힘을 근거로 제시하고 있다. 실생활에서는 먹히는 논법일 수 있으나 논리적으로는 전제와 결론 사이에 관련이 없다.

4. 논리성의 한계[18]

설득력은 논리적인 면과 심리적인 면이 있다. 논리적 설득력을 갖추었다고 해서 설득에 항상 성공하는 것은 아니다. 논자의 인간적 매력, 논자-상대(청자, 독자)의 관계, 심리적 요인 등이 논리성 못지않게 설득에 큰 영향을 미칠 수 있기 때문이다.

사람들이 어떤 선택이나 결정을 할 때 논리적 또는 합리적으로만 하지 않는다는 사실을 이 실험은 보여 준다. 오히려 심리적 요인이 선택에 더 중요한 요인이 된다는 것이다. 따라서 논리적 설득력이 강한 글쓰기를 지향하는 우리로서는 이와 같은 인간의 한계를 염두에 두어야 할 것이다.

---

18 자세한 것은 김용규(2011:206-207)를 참조할 수 있다.

4. 구상

1. 글쓰기의 목적 결정

　사람들이 글을 쓰는 목적은 다양하다. 정서 표현 및 전달, 정보나 지식 전달, 단순한 생각의 토로, 증명, 주장, 이야기 전달, 자기 성찰 등 여러 가지가 있을 것이다.

　이 가운데 논리적인 글쓰기에서 중요한 것은 증명과 주장이다. 증명이나 주장의 궁극적 목적은 독자 설득이다. 그리고 논리적인 글의 세부 목적으로는 우호적 독자를 위한 신념 강화, 비판적 독자를 위한 설득, 무관심한 독자를 위한 관심 끌기 등으로 잡을 수도 있겠다.

2. 글쓰기의 조건 검토 및 논제 선정

　▶ (예상 또는 겨냥) 독자:

　독자의 특성(특정, 불특정; 성별; 연령 등), 독자의 수준, 논제나 필자에 대한 독자의 태도, 독자의 요구 등을 검토한다. 논리적인 글은 궁극적으로 독자를 설득하는 것이 목적이고 이런 사항들을 검토하여 논제를 선정하고 글 내용을 조절할 때 독자 설득에 더 가까이 다가갈 수 있다.

　▶ 발표 매체 및 공개 범위:

　인쇄 또는 디지털 매체 여부, 부분(일부 사람들) 공개 또는 완전(불특정 다수) 공개 여부 등을 검토해야 한다. 검토 결과를 바탕으로 분량, 비언어적 요소 사용, 표현의 수위 등을 조절해야 할 것이다.

▶ 분량 및 기한:

분량과 기한에 따라 논제의 크기를 조절해야 한다. 무거운 논제를 촉급한 일정과 적은 분량으로 작성하면 수박 겉 핥기 식의 추상적인 글이 된다.

이 외에도 참고자료 접근성도 고려해 볼 만하다. 자료 수집이 어려우면 아무리 좋은 논제라도 다루기 힘들기 때문이다.

위의 조건들을 검토하여 논제를 선정하되 논리적인 글쓰기에서는 의미 있고 흥미 있는 논제를 선정하는 것이 좋다. 또 무엇보다 중요한 것은 자기가 다룰 수 있는 논제라야 한다. 아무리 의미와 흥미가 있더라도 자기가 다룰 수 없는 것은 지양해야 한다.

3. 논제 구체화 및 주장[결론] 결정

1차 자료 조사에서는 가선정한 논제의 개념, 사례, 화제가 되었던 것들, 논제가 주목거리가 된 배경, 논제와 관련한 다양한 주장들, 각 입장의 강점과 약점들, 그리고 쟁점들 등을 조사해 보는 것이 좋다.

논리적인 글의 목적은 증명과 주장을 통한 설득이다. 그러므로 증명할 때는 '~이다/아니다' 유의 명제를 결론으로 잡는다. 주장할 때는 '~해야 한다/하지 말아야 한다' 유의 명제를 결론으로 잡는다.

결론을 잠정적으로 결정했다면 잠정 결정한 결론에 대해 비판적으로 검토해 보아야 한다. 스스로 비판해 보거나 다른 사람의 반박을 들어보는 것이 좋다. 그리고 예상되는 반론에도 결론의 정당화가 가능한지 판단해 보아야 한다.

4. 개요 작성

(논리적인) 글을 쓰려면 개요를 체계적으로 짜는 것이 중요하다. 개요는 1차 개요를 먼저 짠 다음, 개요에 따라 자료 조사를 한 후 최종 확정한다. 확정된 개요라도 글쓰기를 수행하는 과정에서 수정될 수 있다.[19]

가. 개요 재구성 및 짜임 분석

#1. 음악 수업의 가치

서론: (1)

- (배경 설명) 예체능 과목 경시 풍조
- (결론 제시) 음악 수업은 중요시되어야 한다.

본론:

1. (전제 1 증명) (2) 창의력을 증진시키는 교과는 중시되어야 한다.
2. (전제 2 증명) (3) 음악 수업은 창의력을 기르는 데 탁월하다.

결론: (4)

- (전환-주의 환기) 창의력은 21세기의 핵심 가치이다.
- (요약) 창의력을 증진시키는 교과목의 비중을 키워야 한다. 음악 수업은 창의력을 기르는 데 탁월한 효과가 있다.
- (결론) 음악 수업을 중요시해야 한다.
- (제언) 교육부, 학교, 교사는 음악 수업에 주목해야 한다.

---

19 김형규 외(2010:47-50)을 참조함. 거기서는 자료 조사 전의 1차 개요, 자료 조사 후의 2차 개요, 글을 완성한 후의 최종 개요(목차)에 관해 제시하고 있다.

서론:

- (배경설명 또는 주의 끌기) (1~2) 마음에 안 드는 사람에게도 면전에서는 싫은 태를 내지 않는다.
- (논제 제시): (3-1) 인터넷에는 왜 악플이 많이 달리는가?

본론:

1. (반대하는 주장 소개 및 비판) (3-2) 익명성이 원인이라고 보는 것은 잘못된 판단이다.
   - (근거) (4) 사람들은 실명으로도 욕을 한다.
   - (근거) (5) 익명성을 보장하는 외국에서는 문제가 덜하다.
2. (자신의 의견 제시) (6) 문제의 핵심은 포털의 익명성이다.
   - (근거) (7-1) 외국은 포털 서비스가 우리와 달라 악플 문제가 없다.
   - (근거) (7-2) 처벌 강화로 문제가 해결되지 않는다.

결론:

- (제언) (8) 인터넷 서비스의 근본 구조를 고쳐야 한다.

*( ) 안의 번호는 문단을 가리킨다.

나. 서론과 결론 개요

논리적인 글에 사용하는 서론과 결론 개요는 다음과 같다.

서론: 논제 또는 결론, 주의 끌기. 배경 설명, 방법 진술
결론: 결론(재진술), 요약, 전환(주의 환기), 논평(의의) 및 제언(전망)

위에서 각 요소는 전개 순서라기보다 중요도 순으로 제시됐다. 또 모든 글에 저 요소를 다 다룰 필요는 없고, 경우에 따라 맨 앞엣것을 포함하여 한두 가지만 다루어도 된다.

서론의 논제는 필자가 쓰고자 하는 무엇을, 결론은 그 무엇에 관한 필자의 핵심

주장을 말한다. 서론에서 가장 중요하고 꼭 필요하다. 주의 끌기란 말 그대로 독자의 주의를 끌어 독자가 글을 읽고 싶도록 만드는 장치다. 보통 서론의 맨 앞에 둔다. 배경 설명은 논제의 개념, 중요성, 논제를 다루고자 하는 배경 등에 대한 설명이다. 방법 진술은 본론에서 논의할 것을 순서대로 안내하는 것이다. 짧은 글에서는 잘 쓰지 않는다.

결론[맺음말]에는 필자의 주장[결론]을 다시 한번 제시한다. 서론에 있는 것을 표현을 달리하여 제시하는 것이 좋다. 요약은 본론에서 논의한 것을 핵심만 간추려 제시하는 것이다. 전환(주의 환기)은 본론이 마무리되고 결론이 시작함을 알리는 내용인데 보통 결론의 맨 앞에 둔다. 논평(의의)은 글에서 다룬 내용에 대해 그 의의나 가치, 또는 한계 등에 대해서 언급하는 것이고 제언(전망)은 글에서 다룬 내용을 바탕으로 실천해야 할 것, 글 내용의 시행에 따른 효과, 후속 논의에 대한 기대 등을 간단히 언급하는 것이다.

개요는 '서론-본론-결론' 순서로 배열하지만, 구상할 때는 '본론 > 서론 > 결론' 순서로 짜는 것이 좋다.

다. 개요 모형

개요를 짤 때는 논법 중심으로 짤 수도 있고, 논제 중심으로 짤 수도 있다. 앞에서 살핀 첫 번째 글의 개요 모형은 논법을 중심으로 짠 것이고, 두 번째 글의 개요 모형은 논제를 중심으로 짠 것이다.

개요 모형을 소개한다. 서론과 결론의 세부 내용은 위에서 살폈으므로 구체적으로 제시하지 않는다.

● 논법 중심 개요 모형

❖ 정의 논법 개요 모형 1
  1. 서론
  2. 본론 1: 기존 정의 분석 및 비판

3. 본론 2: 대안 제안 및 증명

4. 결론

❖ 정의 논법 개요 모형 2

  1. 서론

  2. 본론 1: 의미 준거 1

  3. 본론 2: 의미 준거 2

  4. 본론 3: 의미 준거 3

  …

  5. 결론

❖ 비교 논법 개요 모형 1[20] [기준별 비교]

  1. 서론: (+비교 기준 제시)

  2. 본론 1: 기준 1에 의한 대상 비교

  3. 본론 2: 기준 2에 의한 대상 비교

  4. 본론 3: 기준 3에 의한 대상 비교

  …

  5. 결론

❖ 비교 논법 개요 모형 2 [대상별 비교]

  1. 서론: (+비교 기준 제시)

  2. 본론 1: 대상 1의 특성

  3. 본론 2: 대상 2의 특성

  …

  4. 결론

---

20 나중에 다루겠지만 비교 논법으로 글을 쓸 때는 '기준 중심'으로 전개하거나 '대상 중심'으로 전개할 수 있다.

❖ 비교 논법 개요 모형 3

    1. 서론: (+비교 기준 제시)

    2. 본론 1: 공통점[/차이점]

    3. 본론 2: 차이점[/공통점]

    …

    4. 결론

❖ 연역 논법 개요 모형 1[21]

    1. 서론

    2. 본론 1 : 대전제(전제 1) 증명

     -증거 1

     -증거 2

     …

    3. 본론 2 : 소전제(전제 2) 증명

     -증거 1

     -증거 2

     …

    4. 결론

❖ 연역 논법 개요 모형 2

    1. 서론 (+대전제 제시)

    2. 본론(소전제)

    - 증거 1

    - 증거 2

    …

    3. 결론

---

21 이대규(1995:237-238)에 제시된 것을 일부 수정하여 인용하였다. 두 번째 것은 대전제가 충분히 증명된 것이어서 서론에 배치한 경우의 모형이다.

❖ 귀납 논법 개요 모형[22]

  1. 서론

  2. 본론 1: 귀납적 가설의 증명 1

    - 증거 1의 증거 1

    - 증거 1의 증거 2

    …

  3. 본론 2: 귀납적 가설의 증명 2

    - 증거 2의 증거 1

    - 증거 2의 증거 2

    …

  4. 본론 3 : 귀납적 가설의 증명 3

    - 증거 3의 증거 1

    - 증거 3의 증거 2

    …

  5. 결론

❖ 유추 논법 개요 모형

  1. 서론

  2. 본론 1: 논제[유추 대상]과 빗댄 대상의 공유 속성

    -속성 1

    -속성 2

    …

  3. 본론 2: 가정된 속성(빗댄 대상에서 확인)

  4. 본론 3: 가정된 속성을 유추 대상에 적용함

  5. 결론

---

22 이대규(1995:226)에 있는 것을 인용자가 일부 수정하여 인용함.

❖ 가추 논법 개요 모형 1[23]

    1. 서론 (+설명해야 한 현상 기술)

    2. 본론 1: 가설 제안 및 예측

    3. 본론 2: 예측 증명

    4. 결론

❖ 가추 논법 개요 모형 2

    1. 서론

    2. 본론 1: 관찰된 현상(+설명해야 할 현상) 기술

    3. 본론 2: 경쟁 가설 소개 및 비판

    4. 본론 3: 가설 제안 및 증명

    5. 결론

● 논제 중심 개요 모형

논제 중심의 개요 모형은 정형화가 어렵다. 사용 빈도가 높은 몇 가지만 소개한다.

❖ 찬반의 의견을 분명하게 밝히는 경우

    1. 서론 — 문제 제기

        가. 문제 확인: 의견이 갈리는 쟁점을 소개한다.

        나. 입장 제시: 상반되는 두 의견을 개괄적으로 소개한다.

    2. 본론 1 — 반대하는 의견에 대한 비판

        가. 반대하는 의견의 주장 및 논거 소개: 자기가 반대하는 쪽 의견을 소개하고
            아울러 그 의견의 핵심 논거를 소개한다.

        나. 비판: 반대하는 의견의 논거가 잘못되었음을 비판한다.

    3. 본론 2 — 지지하는 의견에 대한 옹호

        가. 옹호: 자신이 옹호하는 측 의견을 소개하고 그 근거를 소개한다.

        나. 논거 보강: 자신이 옹호하는 측 의견의 타당성을 보강할 수 있는 논거를 추

---

23 서론에 설명해야 할 현상을 기술할 때의 모형이다.

가하거나 좀 더 구체화하여 제시한다.

　4. 결론

　　가. 요약, 정리: 본론에서 다룬 내용을 간추린다.

❖ 대립되는 의견을 비판하고 새로운 의견을 제시하는 경우

　1. 서론 — 문제 제기

　　가. 문제 확인: 의견이 대립되는 쟁점 소개

　　나. 입장 제시: 대립되는 의견 소개

　2. 본론 1 — 기존 의견 비판

　　가. 견해 1 비판: 의견 1의 주장과 논거를 소개하고 그 타당성과 정당성을 비판한다.

　　나. 견해 2 비판: 의견 2의 주장과 논거를 소개하고 그 타당성과 정당성을 비판한다.

　3. 본론 2 — 새로운 의견의 제시

　　가. 두 주장을 변증법적으로 통합하거나 제3의 의견을 제시한다.

　　나. 절충 통합된 견해의 의의를 설파하거나 제3의 의견이 지니는 타당성을 논거를 들어 제시한다.

　4. 결론 — 요약, 정리

❖ 문제점을 분석하고 이에 대한 해결 방안을 제시해야 하는 경우[24][25]

　1. 서론 — 문제 제기

　　가. 문제 상황 소개: 현상과 관련하여 문제가 되고 있는 상황을 소개한다.

　　나. 고찰의 필요성 제시: 문제 상황 자체가 지니는 의미나 중요성을 언급하여 문제 상황 고찰의 필요성을 제시한다.

　2. 본론 1 — 문제 상황 분석

24　이것은 설득하는 글에서 흔하게 활용할 수 있는 가장 일반적인 조직으로 '서론(문제 제기)—문제 상황—해결 방안—결론'으로 간결하게 나타낼 수 있다.

25　이 셋은 서울특별시교육청(2005:108-109)에 제시된 것을 일부 자구를 수정하여 인용함. 서론과 결론은 이 책에서 다룬 것이 아닌, 거기서 제시한 것을 가져왔다.

가. 원인 분석: 문제가 발생한 원인을 다각도로 분석한다.

나. 결과 분석: 문제를 방치했을 때의 폐해를 간략하게 제시한다.

3. 본론 2 — 원리 제시

가. 문제 해결의 기본 방향 제시: 기본적인 원리와 원칙이 무엇인지 밝힌다.

나. 문제 해결의 방향으로 나아가기 위한 구체적인 대안 및 방법을 제시한다.

4. 결론

가. 요약, 정리

나. 제언, 전망

❖ 아리스토텔레스의 4단 배열 또는 퀸틸리아누스의 5단 배열[26]

1. 머리말(exorde) : 유혹하기

2. 진술부(narratio) : 논제 제기하기

3. 반론부(refutatio) : 반론 제기하기

4. 논증부(confirmatio) : 주제 제시하기 및 논거 대기

5. 맺음말(peroratio) : 주제 강조 및 마무리(방향 제시, 전망, 여운 등)

'반론부'에는 반론을 소개하고 그 긍정적 점도 언급한다. 이런 배열은 '반대 의견까지 고려한 객관적 주장'이라는 느낌을 주어 설득력을 높일 수 있다. 이것은 토론에서 알려진 이른바 '예-그러나'(yes-but) 논법을 논리적인 글에 사용하는 것이다. 이 논법은 반대론자의 의견을 충분히 이해하지만 그래도 필자의 의견이 옳다는 것을 보여 주기 때문에 거부감이 덜할 뿐만 아니라 민주적이고 합리적이라는 인상을 주어서 설득력을 강화한다. 물론 '반론부'와 '논증부'는 순서를 바꾸어 배열할 수 있다.

❖ 자연과학이나 공학 분야의 학술 논문[27]

1. 서론(Introduction)

- 연구 목적 및 배경 설명

---

26 반론부가 있으면 5단 배열임. 김용규(2011:97-105)의 논의를 참조함.

27 김종록·이관희(2011:102-104)에서 인용함.

- 선행연구의 소개 및 한계 지적
- 본 연구의 내용 및 방법 소개
- 서술 순서
2. 재료 및 방법(Materials and Methods)
   - 연구에 사용한 재료 명시
   - 실험 조건 명시
   - 연구에 사용한 기기 소개
   - 실험과정 설명
   - 계산 방법, 통계분석 방법 제시
3. 결과 및 토의(Results and Discussion)
   - 연구 결과 기술
   - 실험 결과에 대해 설명, 실험 결과가 갖는 과학적 의미 진술 등
4. 결론(Conclusion)
   - 요약, 제언 및 전망 등

5. 개요 익힘

제시된 논제에 대하여 '1차 개요>자료 조사 및 수집>개요 확정'의 과정을 거쳐서 개요를 작성해 보자.

참고로 1차 개요와 확정된 개요 사이의 변모 과정을 볼 수 있는 예시를 인용한다.[28] 이를 바탕으로 각자 작성해 보기 바란다.

❖ 1차 개요

주제: 드라마

주제문: 드라마는 현재 사회의 모습을 보여준다.

1. 시대의 흐름에 따른 드라마

---

28 김형규 외(2010:48)에서 인용함.

2. 드라마가 보여주는 현재 사회의 트렌드

　3. 드라마 속 등장인물들이 보여주는 현대인의 모습

　4. 드라마가 보여주는 우리 사회

❖ 2차 개요

　주제: 드라마와 한국 사회

　주제문: 드라마는 '사회적 약자'의 문제를 보여준다.

　제목: 드라마 속 시어머니는 언제쯤 그만 나오나

　1. 신데렐라로부터 시작된 드라마 주인공

　2. 드라마 주인공의 이름 '영원한 약자'

　　⑴ 가난하고 또 가난한 그녀와 화내고 또 화내는 시어머니

　　⑵ 학교라는 이름의 미로

　　⑶ 대기업과 회사 가기 싫은 주인공

　3. 현실 도피로 빠져버린 드라마

　　⑴ 드라마 속에만 존재하는 대가족

　　⑵ 신분 상승은 남편을 통해

　　⑶ 영원히 반복되는 드라마

　4. 한국 드라마가 앞으로 나아가야 할 방향

　위 개요는 논제 중심의 개요다. 위에서 나온 '주제'는 우리의 '논제', '주제문'은 우리의 '결론'에 해당한다. 거기서는 우리가 '확정된 개요'라고 부르는 것을 '2차 개요'라 하고, 글쓰기를 마친 후에 목차로 정리한 것을 최종 개요라고 했다.

5. 쓰기

1. 본론 쓰기

　개요의 한 줄 진술을 하나의 문단으로 확장할 때는 다음과 같은 여러 가지 방법을 사용할 수 있다.

　▶ **개념 확인에 의한 확장**
　　1. 의미를 풀이함[내포=속성 확인]
　　2. 사례 들기[외연 확인]

　▶ **개념 관계에 의한 확장**
　　1. 일반적 진술[상위 개념, 일반적 통념 등]을 제시함
　　2. 특수한 진술[하위 개념]을 제시함
　　3. 기준에 따라 분류함
　　4. 다른 대상과 비교하여 공통점이나 차이점을 진술함
　　5. 다른 대상에 빗대어 진술함[유추=비유]

　▶ **인과 관계에 의한 확장**
　　1. 원인 추정
　　2. 결과 예측
　　3. 거꾸로 가정하기
　　4. 의견에 이유를 덧붙임

▶ 시간 관계에 의한 확장

   1. 변화 추이

   2. 과정을 순서에 따라 제시함

   3. 서사의 상세화[29]

▶ 공간 관계에 의한 확장

   1. 전체를 부분으로 쪼개어 제시함

   2. 전체나 부분의 기능을 제시함

2. 하나의 주제 진술을 다른 방식으로 확장하기

하나의 주제 진술을 여러 가지 다른 방식으로 확장해 보면 확장 방식의 차이를 분명히 이해할 수 있다. 여기서는 '4. 인생살이는 육상으로 치면 100m 경주가 아니라 마라톤과 같은 것이다.'를 다른 방식으로 확장해 보자.

1. 인생살이는 육상으로 치면 100m 경주가 아니라 마라톤과 같은 것이다. 100m 경주는 대표적인 단거리 종목으로, 순간적으로 속도를 내는 것이 최우선시된다. 반면 마라톤은 처음에는 조금 느린 듯해도, 끝까지 포기하지 않고 마지막까지 땀 흘린 사람이 우승하는 장거리 종목이다. 태어나자마자 친부모에게 버림받고, 양부모에게 입양되어서도 사고뭉치였던 한 사람이 있다. 엎친 데 덮친 격으로 양부모의 부동산 사업이 망해서 경제적으로도 불우한 상황이었다. 이 사람은 회사를 세우고 사업을 했지만 일이 잘 풀리지 않아 자신이 세운 회사에서 쫓겨난다. 인생이 만약 100m 달리기와 같았다면 이 사람은 실패자인 셈이다. 하지만 인생은 100m 달리기가 아니다. 그는 끝까지 포기하지 않고 열정을 가지고 인생에 임했고, 그에 따라 전 세계 모든 사람에게 영향을 끼

---

29 '서사의 상세화'는 논리적인 글에서는 잘 사용하지 않는다.

치는 사람이 되었다. 이 사람은 21세기의 선구자 중 한 명으로 꼽히는 스티브 잡스이다. 비록 초반부에 많은 시련이 있었지만, 그는 끈기 있게 달린 진정한 마라토너였다.

• 사례 들기

2. 인생살이는 육상으로 치면 100m 경주가 아니라 마라톤과 같은 것이다. 먼저, 인생은 단기간 최대한의 효율을 내는 것이기보다는, 페이스를 조절하고 쉬어 가며 조금씩 나가는 것이기 때문에 그렇다. 사람의 평균 수명은 약 80세 정도 이다. 개의 평균 수명이 15년, 고양이의 평균 수명이 20년인 것을 생각하면 인간의 수명은 상당히 길다는 것을 알 수 있다. 이처럼 긴 시간 동안 빨리 힘 을 쓴 사람은 금방 지쳐 버릴 수밖에 없다. 포기하지 않고 꾸준히 노력해야 성 공할 수 있다는 점이 마라톤과 닮았다. 또한, 시작이 조금 늦었더라도 긴 시간 동안 충분히 따라잡을 수 있는 마라톤처럼, 인생에서 그 시작보다는 과정에서 의 노력이 더 중요하다. 끈기와 열정 없이는 성공적인 삶을 살기 어렵다. 그뿐 만 아니라, 사람들은 마라톤을 달리는 동안 100m 경주와 달리 다양한 장애물 을 만나고 언덕을 오르내리기도 한다. 인생살이 역시 평탄한 길을 빠르게 달 려 나가는 것이 아니라 다양한 시련을 겪으며 조금씩 앞으로 나아가는 것이 기에 마라톤과 매우 비슷하다고 할 수 있다.

• 의견에 이유 덧붙임

3. 인생살이는 육상으로 치면 100m 경주가 아니라 마라톤과 같은 것이다. 사람 의 인생과 마라톤은 세 부분으로 나누어 비교해 볼 수 있다. 사람의 일생은 유 년기, 장년기, 노년기로, 마라톤은 초반, 중반, 후반으로 나눌 수 있다. 사람의 유년기는 사람이 세상에 대하여 알아가고 적응하면서 성장하는 시기이다. 마 찬가지로 마라톤의 초반부도 천천히 달리면서 굳어 있는 몸의 근육을 조금씩 풀어가는 시기이다. 청장년기는 보통 사람의 인생에서 제일 큰 부분을 차지

할 정도라고 할 정도로 인생을 통해서 얻는 경험, 느끼는 감정이 제일 많고 풍부한 시기이다. 또한, 청장년기에는 사회생활을 하게 되면서 친구 혹은 동료와 많은 시간을 보내게 된다. 마라톤의 중반부도 제일 힘들면서도 동시에 달리는 보람을 잘 느낄 수 있는 부분이다. 그리고 나보다 빨리 달리는 사람을 보며 기가 죽기도 하고 옆에서 나를 응원해주는 사람들로부터 힘을 받기도 한다. 노년기는 신체, 정신적 기능이 저하되는 시기이다. 그러므로 노년기에는 사는 것이 지치고 의욕이 없어 아무것도 하지 못하는 사람이 많다. 반면 그럼에도 불구하고 자신의 목표를 달성하기 위해 끊임없이 노력하는 사람도 있다. 마라톤 또한 후반부에 체력이 거의 바닥나 속도가 느려지는 사람이 많이 생긴다. 하지만 마찬가지로 그런 어려움을 극복하고 마라톤의 골인 지점까지 달려가는 사람도 있다. 하지만 100m 경주는 이런 구분이 무의미하다. 그러므로 인생살이를 육상으로 비유한다면 100m 경주보다는 마라톤에 가깝다.

• 전체를 부분으로 쪼개어 제시함

3. 서론 쓰기

① 최근 전 세계 최대의 동영상 사이트인 유튜브(YouTube)가 뮤직비디오 서비스를 연말부터 유료화할 것이라는 소문이 돌고 있다. 돈을 내면 광고 없이 뮤직비디오를 감상하고 다운로드할 수 있으나 돈을 내지 않으면 광고를 시청해야 하고 다운로드도 불가능하다는 것이다. ② 유튜브의 경우는 뮤직비디오지만, 음원에 대해서는 이미 대다수의 사이트가 유료화를 실시하고 있다. 언뜻 생각하면 유료화는 당연한 것 같다. 우리가 지불하는 금액의 일부가 저작권료로 음악가들에게 돌아가고, 음악가들은 경제적 수입을 바탕으로 계속해서 창작 활동을 할 수 있기 때문이다. ③ 그러나 겉으로 보이는 것과는 달리, 음악 서비스 유료화는 음악가들에게 득이 아닌 실이 된다.

필자는 위 서론을 주의 끌기(①), 배경 설명(②), 결론 제시(③)로 구성하였다. 앞 장에서 살핀 것처럼 '방법 진술'을 제외한 서론의 요소는 충실하게 다 들어 있다. 1,500자 내외의 짧은 글에서 '방법 진술'은 없어도 된다. 이 서론을 보면 본론에서는 음악 서비스 유료화가 어떤 점에서 음악가들에게 실이 되는지를 규명할 것으로 예측할 수 있다. 서론은 이 정도로 구성하면 된다.

4. 결론 쓰기

> ① 지금까지 음악 서비스 유료화가 음악가들에게 그들의 창작품에 대한 정당한 대가를 지불하여 긍정적인 영향을 줄 것이라 흔히 여겨지는 것과 달리, 신인 가수들의 진출을 방해하고 경제적으로도 음악가들에게 이득이 되지 않음을 살펴보았다. ② 뮤직비디오 서비스를 유료화할 것이라는 유튜브도, 유료 음원 서비스를 제공하던 사이트들도, 그리고 음악가들도 다시 한번 음악 서비스 유료화의 실효성에 대해서 고민해봐야 할 것이다.

필자는 위 결론을 요약+결론 재진술(①), 제언(②)으로 구성하였다. 이 정도로 괜찮기는 하지만 좀 보완한다면 앞 장에서 살핀 '전환(주의 환기)'를 추가할 수 있을 것이다.

참고하도록 필자가 작성한 글의 제목과 본론을 소개한다.

제목: 음악 서비스 유료화의 허와 실

본론

음악 서비스 유료화는 신인 가수들이 음악계에 진출하는 진입장벽을 높인다. 미국 소녀들의 대통령이라 불리는 아이돌 가수 저스틴 비버는 전형적인 '유튜브 스타'이다. 그의 뮤직비디오는 유튜브에서 9억 번 이상 조회되며 선풍적인 인기를 끌었다. 신인 소년 가수가 한순간에 미국 최고의 스타가 된 것이다. 이제는 전 세계에서 모르는 이가 없는 싸이 역시 유튜브의 무료 뮤직비디오 서비스가 없었다면 그 이름을 알리지 못했을 것이다. 싸이의 강남스타일 뮤직비디오는 유튜브에서 18억 번 이상 조회되었고 지구 반대편에 살고있는 브라질에까지 싸이의 이름을 알리는 결정적인 역할을 했다. 만약 유튜브의 뮤직비디오 서비스가 유료였다면 사람들은 저스틴 비버 같은 신인 가수나 싸이 같은 지구 반대편의 가수 음악을 선뜻 들어보지 못했을 것이다. 따라서 음악 서비스 유료화는 신인 가수들이 대중들과 음악계에 자신들을 알릴 기회의 문을 줄인다.

경제적인 측면에서 살펴봐도 음악 서비스 유료화는 음악가들에게 이득이 되지 못한다. 음악가들이 자신들의 창작품을 통해 수입을 얻는 방법은 음원 판매로 발생하는 저작권료뿐만 아니라 음반과 공연을 통한 수익 등 매우 다양하다. 그렇기에 음악 서비스를 무료화하면 음악가들이 경제적으로 곤란해질 것이라는 주장은 옳지 못하다. 오히려 음원과 뮤직비디오를 무료로 대중에게 제공함으로써 음악가는 대중에게 자신을 부각하고, 음반과 공연처럼 음원보다 비싼 형태의 창작품을 소비할 열렬한 팬들을 만들 수 있다. 예를 들어 세계 3대 오케스트라의 하나로 꼽히는 베를린 필하모닉 오케스트라(이하 베를린 필)는 홈페이지와 유튜브 등을 통해 공연 영상의 일부를 무료로 제공한다. 영상을 본 사람들 중 일부는 베를린 필의 공연 영상 전체가 실린 DVD를 구매하거나 베를린 필의 공연을 직접 관람하러 간다. 이러한 전략을 통해 베를린 필은 침체되어 가는 클래식 음악계에서도 여전한 CD/DVD 판매와 공연 매진과 같은 수입을 얻고 있다. 즉, 음악 서비스 무료화가 더 큰 경제적인 이득을 가져다주는 것이다.

5. 제목 붙이기

윗글의 제목은 '음악 서비스 유료화의 허와 실'이었다. 적절하다고 본다.

글에서 제목을 매력적으로 붙여야 한다. 읽을거리가 넘쳐나는 세상에서 제목이 독자를 끌어당겨야 한다. 제목 붙이는 방법은 다음 세 가지다.

첫째, 가장 일반적인 방법은 논제를 짧은 문장이나 구절로 압축하여 표현하는 것이다. 인터넷과 관련된 글일 경우, '인터넷의 효용', '인터넷의 발달 과정', '인터넷의 부작용' 등으로 글의 논제를 그대로 제목으로 정하는 것이다.

둘째, 글 내용 가운데 일부를 발췌하는 것이다. 글 속에서 중요한 부분이나 흥미로운 부분을 그대로 또는 약간 변형하여 제목으로 사용하는 것이다. '인터넷에 집착하면 사회성 떨어진다'와 같은 신문 기사 제목이 그 예다. 글의 가장 중요한 요소인 주제를 그대로 제목으로 잡은 것이다.

셋째, 유사한 것에 빗대어 제목을 정하는 것이다. 이것은 논법의 하나인 유추를 활용하는 것이라 할 수 있다. 제목은 글 내용을 압축적으로 제시해야 할 뿐만 아니라 독자의 주의를 끌어야 하기 때문에 이런 방법이 사용되기도 한다. '인터넷, 분별없는 학생들의 백과사전' 같은 식이다.[30]

---

30 서울대학교 대학국어편찬위원회(2012:41-42)에 제시한 것을 요약하였다. 보다 자세한 것은 이 책을 참조할 수 있다.

6. 서론 쓰기, 결론 쓰기, 제목 붙이기

참고하도록 필자가 쓴 원문의 제목, 서론, 결론을 소개한다.

제목: 누구를 위한 청소년 투표권인가

서론

'학생들에게도 투표권을!' 선거연령 하향을 주장하는 사람들의 구호이다. 독립운동과 민주화 과정에 있어서 학생들은 당당한 주연이었다. 광주학생 항일 운동과 4·19혁명의 시발점이 된 2·28 대구 학생의거는 모두 학생들이 주축이 되어 일어났다. 그렇다면 현대 청소년, 만 18세를 기준으로 하면 고등학교 3학년들에게도 투표권이 주어져야 할까? 미성숙한 학생들은 투표권을 잘 활용할 수 없고, 교육 현장의 정치화만 야기하는 결과를 낳을 것이다. 따라서 18세 선거권은 허용되어서는 안 된다.

결론

자신의 목소리가 반영되지 못하는 것에 대한 청소년들의 반발은 일리 있는 불만이다. 민주주의 사회에서 투표권이 없다는 것은 정책의 고려 대상에서 상당히 밀려난다는 것을 의미하기 때문이다. 그러나 청소년들이 다른 사람의 의견에 휩쓸리지 않고 자기만의 신념으로 투표를 하는 것은 너무나도 어려운 일이다. 우리는 우리가 너무나도 미숙함을 잘 알고 있다. 우리가 학교 안에 있기 때문에 더욱 그렇다. 투표는 온전히 자기의 생각에 따랐을 때 비로소 의미가 있는 것이다. 우리는 어른들의 정치적 도구로 이용되어서는 안 된다. 우리의 소중한 한 표가 낭비되지 않기 위해서는 역설적으로 몇 년간의 기다림이 필요하다.

6. 퇴고

1. 좋은 글의 요건

좋은 글이 갖추어야 할 일반적인 요건은 여러 가지인데 논리적인 글에서 특히 중요한 것은 다음과 같다.[31]

▶ **통일성:**

한편의 글은 하나의 결론으로, 또 하나의 문단은 하나의 주제로 진술되어야 한다. 결론이나 주제와 관련이 적거나 없는 내용은 없어야 한다. 상반된 내용이나 자료가 없어야 한다.

▶ **연결성:**

본론의 각 문단이 글의 결론을, 문단의 각 내용이 문단 주제를 잘 뒷받침하도록 효과적인 순서로 배열되어야 한다.

▶ **경제성:**

필자의 의도를 실현하는 데 필요한 만큼의 언어를 사용해야 한다. 불필요한 반복이나 군더더기가 있거나, 또는 필요한 내용이 누락되어서는 안 된다.

---

31 자세한 것은 이대규(1995:36-47)을 참조할 수 있다. 거기서는 '통일성, 일관성, 경제성, 명료성, 균형'을 좋은 글의 요건으로 제시했다. '일관성'을 여기서는 '연결성'으로 바꾸었다. '균형'은 서론, 본론, 결론의 길이가 알맞아야 한다는 조건이다.

▶ 명료성:

내용이 분명하게 표현되어야 한다. 대부분의 독자가 같은 의미로 해석할 수 있어야 한다. 추상 진술 위주거나 비유를 많이 쓰면 안 된다. 앞의 세 조건—통일성, 연결성, 경제성—을 갖춘 글은 명료하다.

▶ 정확하고 풍부하고 효과적인 단어와 문장:

단어를 규범에 맞게, 문장을 문법에 맞게 사용한다.(정확성) 다양한 어휘와, 구조와 길이가 다양한 문장을 사용한다.(풍부성) 단어와 문장을 의미 전달에 가장 적절한 것으로 선택하고 명료하게(애매모호하지 않게) 사용한다.(효과성)

물음에 답하면서 위의 각 조건을 익혀 보자.

가. 통일성

> ① 1990년대 이후에 한국 영화도 작품성과 흥행 면에서 외화 못지않은 경쟁력을 갖추게 되었다. ② 1990년대는 '한국영화 르네상스'라고도 불리운다. '블록버스터'라는 단어가 방화에 더해지기 시작한 시대이기도 하다. 대표작으로는 쉬리(1999), 투캅스시리즈(1994, 1996), 장군의 아들(1990), 편지(1997) 등이 있다. 특히 쉬리는 600만 관객을 동원하며 한국영화에 100만 관객 시대를 열었다. ③ 90년대 한국영화는 영화법의 개정으로 표현의 다양함이 보장되었고, 한국 사회의 발전과 중산층의 등장으로 문화에 대한 관심이 증폭되면서 호황기를 맞이할 수 있었다.

①이 문단의 주제 진술이고 나머지는 뒷받침 진술이다. ②는 흥행 작품 사례이고 ③은 한국 영화가 경쟁력을 갖추게 된 까닭이다. ②와 ③은 각각 ①과 관련이 있지만, 이 둘을 묶어서 한 문단에 두는 것은 통일성에 어긋난다. 문단을 구분해야 한다. 통일성과 별개로 ②에서 흥행 경쟁력을 갖춘 작품 예만 제시하고 작품성 측면의

예시는 없다. 저 예시 작품들이 작품성과 흥행 양쪽 모두에 관련된 것이라면 그것을 언급해야 한다. 따라서 경제성에도 문제가 있다.

나. 연결성

> ① 인생살이는 육상으로 치면 100m 경주가 아니라 마라톤과 같은 것이다. ② 100m경주의 의의는 주어진 짧은 시간동안 경쟁자들을 제치고 실적을 내야 하는 데에 있다. ③ 허나, 마라톤은 아주 오랜 시간동안 자신과의 싸움을 하는 육상 종목이다. ④ 100m 경주는 선수들은 다른 선수들을 이기는 데에 모든 신경을 집중해야 한다. ⑤ 그러나 우리가 세상을 살아가면서 남들과의 경쟁에 에너지를 과하게 쓰는 것은 의미가 없다. ⑥ 마라톤은 완주 자체만 하더라고 큰 의미가 있는 운동 종목이기 때문에 실적 보다는 완주 그 자체에도 큰 의의를 둘 수 있다. ⑦ 인생도 마찬가지이다. 마라톤을 뛰는 마음으로 남들을 의식하지 않고 스스로와의 싸움과 인내에 집중을 한다면 그대로 의미가 있다.

이 문단은 유추 논법으로 전개되었다. ①이 다른 진술을 지배한다. ②~⑦는 '100m 경주 > 마라톤 > 100m 경주 > 인생살이 > 마라톤 > 인생살이'로 전개되어 매우 혼란스럽다. 이를 '100m 경주 > 마라톤 > 인생살이' 순으로 아래와 같이 재배열하면 의미 전달이 훨씬 잘 된다.

> ① 인생살이는 육상으로 치면 100m 경주가 아니라 마라톤과 같은 것이다. ② 100m경주의 의의는 주어진 짧은 시간동안 경쟁자들을 제치고 실적을 내야 하는 데에 있다. ④ 100m 경주는 선수들은 다른 선수들을 이기는 데에 모든 신경을 집중해야 한다. ③ 허나, 마라톤은 아주 오랜 시간동안 자신과의 싸움을 하는 육상 종목이다. ⑥ 마라톤은 완주 자체만 하더라고 큰 의미가 있는 운동 종목이기 때문에 실적 보다는 완주 그 자체에도 큰 의의를 둘 수 있다. ⑦ 인생도 마찬가지이다. ⑤ (그러나→삭제) 우리가 세상을 살아가면

서 남들과의 경쟁에 에너지를 과하게 쓰는 것은 의미가 없다. ⑦ 마라톤을 뛰는 마음으로 남들을 의식하지 않고 스스로와의 싸움과 인내에 집중을 한다면 그대로 의미가 있다.

다. 경제성

① '양성 평등'이라는 측면에서 보면 조선 시대가 고려 시대보다 더 후퇴했다고 할 수 있다. ② 고려와 같은 경우에는 일부일처제가 시행되었고 유산은 남자한테만 상속한다는 것은 불법이었다. ③ 이에 반해서 조선 시대는 유교 사회로 유교 사회에서는 인간이 지켜야 할 5가지 도리 중 부부유별을 강조하였다. 남자와 여자는 각자 맡은 일이 있으며 서로 다른 사람의 일을 침범하지 않는다는 뜻이다. 하지만, 실제로는 여성은 집 안에만 있어야 하고 부부간의 소통과 애정이 단절되었다. ④ 뿐만 아니라 당시 조선시대에서는 일부다처제가 허용되었음을 알 수 있는데 ⑤ 이를 통해서 조선 시대가 고려 시대보다 양성평등의 측면에서 더 후퇴했다고 할 수 있다.

①은 주제 진술이고 ⑤는 주제를 다시 한번 진술한 것이다. ②, ③, ④는 고려 시대와 조선 시대를 비교한 부분인데 고려 시대와 관련해서는 일부일처제와 유산 상속, 둘을 제시하고 있고 조선 시대와 관련해서는 부부유별 윤리의 부작용과 일부다처제, 둘을 언급하고 있다. 일부일처제와 일부다처제는 같은 기준에 따라 언급한 것인데, 유산 상속과 부부유별 윤리의 부작용은 서로 관련이 없다. 고려 시대에 있었던 부부간의 도리에 대한 언급, 조선 시대의 상속 제도에 대한 언급이 누락되어 경제성을 어기고 있다. 그리고 ③은 너무 길다. 이것도 비경제적이다.

라. 명료성

교육의 사전적 의미는 지식 교육과 품성, 체력을 단련하여 성숙치못한 심신 발육을 뜻한다. 이러한 점을 미루어 볼 때 교육은 개념적 수단으로서 역할을 수반한다. 즉 현상을 깨닫는 삶이 인간다운 삶이라는 말과 같은 맥락에서 해석된다. 이때 두 가지 형태의 삶은 교육을 통해 이룰 수 있다는 공통점이 있다. 또 공교육 습득은 대다수에게 행해짐으로, 이런 삶의 기회는 많은 이들에게 제공되지만 수동적인 교육자와 피교육자에겐 그런 삶이 의미가 없다는 단점도 배제할 수 없다. 뿐만 아니라 공교육 습득자만이 이러한 삶을 사는가에 대한 의문은 극단적인 경우 미성숙자의 급격한 증가로 공교육의 가치를 상실시킬 염려도 있다.

이 글은 추상적 진술 위주로 되어 있어서 필자가 말하려고 하는 바를 파악하기 힘들다. 한마디로 명료하지 못하다. 명료성과 별개로 이 글은 주제가 애매하여 통일성도 모자라고, 여러 가지 접속어로 문장을 연결하고 있는데 이런 연결이 논리적으로 맞지도 않다. 구체적 진술을 보강하여 2-3문단으로 확장해야 하겠다. (이런 점에서 경제성도 문제가 된다.)

마. 단어와 문장 사용의 오류

먼저 각 글에서 크게 문제가 되는 것만 뽑아 본다.

● 단어 사용의 오류

가: 한국영화(>한국 영화: 띄어쓰기 일관성), 불리운다(>불린다: 비표준어), 투캅스시리즈(>투캅스 시리즈: 띄어쓰기)

나: 100m경주(>100m 경주: 띄어쓰기), 시간동안(>시간 동안: 띄어쓰기), 허나(하지만: 비표준어), 자신과의(>자신과: '의' 불필요), 100m 경주는(>100 경주에서(는): 조사), 실적 보다는(>실적보다는: 조사 붙여쓰기),

다: 고려와 같은 경우에는(>고려 시대에는: 고려 시대에 대해 언급해야 함), 유산은(>유산

을: 더 좋겠음), 유교 사화에서는(>이 사회에서는: 동일 어구 반복, '사화'는 오자), 뿐만

아니라(>이뿐만 아니라: '뿐'은 조사 또는 의존명사임), 조선시대(조선 시대: 일관되게 띄

어쓰기)

라: 심신 발육(>심신 성장: 마음과 발육은 어울리지 않음), 성숙치못한(>성숙지 못한: '성숙

하지'의 준말은 '성숙지'이고 띄어 쓰는 것이 좋음), 개념적 수단으로서(>개념적 수단의:

조사 오류), 삶의 기회는(>삶의 기회가: 조사 교체해야), 공교육 습득자(>공교육 이수

자: 단어 오류), 뿐만 아니라(>이뿐만 아니라: 위 설명 참조)

● 문장 사용의 오류

나: 스스로와의 싸움과 인내에 집중을 한다면(>인내로 스스로와의 싸움에 집중한다면:

'인내에 집중한다면' 오류)

다: ~ 허용되었음을 알 수 있는데(> ~ 허용되었음을 알 수 있다.: 문장을 끊어야 뒤의 '이를'

이 '부부유별 윤리의 부작용'과 '일부다처제' 둘 다를 대용하게 됨)

라: 첫 문장(>교육은 사전적으로 지식 교육 및 품성과 체력 단련을 통해 성숙지 못한 학생들의

심신을 성장시키는 것을 뜻한다. 또는 교육의 사전적 의미는 ~ 성장시키는 것이다.: 주어-서

술어 호응 불일치, '지식 교육과 품성, 체력을 단련하여'는 접속 오류), 공교육 습득은 대다

수에게 행해짐으로(>공교육은 대다수가 받음으로: 주어-서술어 호응 이상), 마지막 문

장(>공교육을 이수해야만 이러한 삶을 살 수 있는가에 대해 의문을 품기 시작하면 공교육

의 가치를 낮게 평가하게 된다. 그러면 공교육을 소홀히 하게 되어 교육을 제대로 받지 못한

미성숙한 사람이 급격하게 증가할 것이다.: 이 정도로 자세하게 진술해야 그나마 뜻이 어느

정도 통할 듯함)

내용 오류에 비해 단어나 문장 오류는 사소하게 보일 수 있다. 또 단어와 문장을
쓰면서 실수를 할 수는 있다. 그러나 이런 오류나 실수가 잦으면 실력이 모자란 것
으로 읽혀 글 내용이 아무리 좋아도 설득력이 반감된다. 사소한 오류나 실수도 고
쳐서 글을 제출하는 것이 좋다.

2. 글쓰기 윤리[32]

가. 비윤리적 행위

글쓰기 윤리에 어긋나는 행위 중 가장 문제가 되는 것은 표절이다. 표절이란 적절한 인용 표시 없이 다른 사람의 글 일부를 베끼거나 짜깁기에 사용하거나, 다른 사람의 독창적인 생각을 자신의 것인 양 제시하는 것이다. 또 자기가 이전에 발표한 글을 출처 표시 없이 사용하는 것도 표절에 해당한다.

표절 외에도 신뢰성이 낮거나 부정확한 자료를 활용하는 것, 반박하기 어려운 반론이 있을 때 숨기는 것, 상대 의견을 고의적으로 잘못 인용하는 것, 독자가 이해하지 못하도록 고의적으로 어렵게 쓰는 것, 거꾸로 복잡한 내용을 지나치게 단순화하는 것 등도 윤리적으로 문제가 된다.[33]

나. 인용: 다른 사람의 아이디어 활용

1. 직접 인용: 다른 사람의 글을 인용할 때, 필자가 표현한 그대로 옮기는 것을 말한다. 대개 큰따옴표를 친다. 긴 것(보통 석 줄 이상)은 독립된 문단으로 만들되, 본문과 앞뒤로 한 줄 띄우고 해당 문단에 들여쓰기를 하는 등 편집 서식을 달리하여 구분이 나도록 해야 한다.
2. 간접 인용: 참조한 타인의 아이디어를 간단히 언급하거나, 타인의 글을 요약하거나 또는 바꿔 써서 제시하는 것이다. "홍길동에 따르면", "홍길동의 〈조선 시대 적서 차별에 관한 고찰〉에 따르면" 등으로 시작하며 제시한다.
3. 재인용: 가급적 원문을 찾아보면 좋지만 그렇지 못할 때는 재인용할 수 있다. 이때는 원문의 출처, 원문을 인용한 글의 출처를 모두 밝혀야 한다.

---

32 서울대학교 대학국어편찬위원회(2012:20-28)를 주로 참조하고, 이 외에 김형규 외(2010:24-40), 김태훈 외(2017:237-241) 등도 참조함.

33 W. 부스 외, 양기석 옮김(2000:376), 〈최후의 몇 가지 고려할 사항―연구활동과 윤리〉, 《학술논문작성법》, 나남. 서울대학교 대학국어편찬위원회(2012:22)에서 재인용함.

다. 출처 밝히기

인용 출처를 밝힐 때는 독자가 확인해 볼 수 있도록 인용한 부분이 실린 자료의 정보를 제시해야 한다. 편집자/저자/필자 이름, (역자명-번역 도서), 도서명, 출판사, 출판 연도, 쪽(인용한 부분이 실린 곳) 등을 밝힌다. 그 방법은 주석 방식에 따라, 또 출처의 종류, 곧 단행본, 사전, 논문, 신문 기사, 인터넷 자료 등에 따라 조금 다르다.

서울대학교 대학국어편찬위원회(2012:26-28)에서는 주석 방식에 따른 출처 표시의 차이를 말하고 있다. 예를 들면 아래와 같다.

- 내각주: (이대규, 1995:31)
- 외각주: 이대규, 《수사학—독서와 작문의 이론》, 신구문화사, 1995, 31면.

한편 김태훈 외(2017:241)에서는 이와 달리, 다음과 같은 외각주 방식을 제시한다.

- 이대규(1995), 《수사학—독서와 작문의 이론》, 서울: 신구문화사, 31면.

그러나 참고 문헌 목록에 도서 정보가 제시되기 때문에 외각주 참조주도 내각주 방식으로 달아도 문제가 없을 것이다.

● 출처의 종류에 따른 참조주[34]

- 단행본: 이대규(1995:21-22)를 참조함.
- 번역본: 사와다 노부시게, 고재운 옮김(2017:46)을 참조함.
- 논문: 김명순(2003:3-4)[35]을 참조함.

---

34 〈한글맞춤법〉의 문장 부호 규정에 따르면, 책 제목이나 신문 이름 등을 나타낼 때는 겹낫표(『 』)나 겹화살괄호(《 》)를 쓰되, 이것을 대신하여 큰따옴표(" ")도 쓸 수 있다고 한다. 또, 소제목, 그림이나 노래와 같은 예술 작품의 제목, 상호, 법률, 규정 등을 나타낼 때는 홑낫표(「 」)나 홑화살괄호(〈 〉)를 쓰되, 이것을 대신하여 작은따옴표(' ')도 쓸 수 있다고 한다.

35 참고 문헌 목록에 "김명순(2003), 〈쓰기 교육과 장르 중심 쓰기 지도〉, 《국어교과교육연구》, 제5호 별쇄(2003.6.), 국어교과교육학회."가 올라 있으면 저렇게 출처를 밝혀도 되겠다.

- 외서: D. S. Carver & M. F. Scheier(1981:8)[36]을 참조함.
- 사전: "논증", 서울대학교 교육연구소(2015:188)을 참조함.
- 신문 기사: '코로나19 치료제 넘어야 할 산 많다', 《동아일보》, 2020. 6. 18. A33면.
- 인터넷 자료: (최내현)[37], '바보야, 문제는 포털의 익명성이야', 《시사IN》 57호, 2008. 10. 14.
  http://www.sisainlive.com/news/articleView.html?idxno=3047.
- 재인용: W. 부스 외, 양기석 옮김(2000:376), 〈최후의 몇 가지 고려할 사항—연구활동과 윤리〉, 《학술논문작성법》, 나남.[38] 서울대학교 대학국어편찬위원회(2012:22)에서 재인용함.

출처 표시 방식은 학술 분야에 따라 다를 수 있다. 특별히 요구하는 것이 없을 때는 특정 방식으로 일관성 있게 제시하면 된다.

글의 맨 뒤에 참고 문헌 목록을 제시할 때는 위에서 다룬 출처 제시 방법에서 소개한 주석을 참고하여 작성하면 된다.

우리가 칼럼, 논술문, 에세이 등을 쓸 때는 특별한 경우가 아니라면, 여기서 소개한 출처 밝히기, 참고 문헌 제시 등을 엄격히 따를 필요는 없다. 다만, 다른 사람의 아이디어나 말글을 인용할 때는 위에서 소개한 인용 방식을 지키면 된다.

라. 주석: 풀이 생략

3. 퇴고 연습: 풀이 생략

---

36 참고 문헌 목록에 "D. S. Carver & M. F. Scheier(1981), Attention and self-regulation: A control-theory approach to human behavior, New York: Springer-Verlag."라는 책명이 올라 있어야 한다. 김태훈 외(2017:241)에서 책명 인용함.

37 인용문에 필자 이름을 넣었다면 빼도 된다.

38 원문 출처는 참고 문헌 목록에 없으므로 주석에서 제시한다.

7. 정의

1. 정의의 어려움과 필요성

가. 정의의 어려움

우리가 일상적으로 자주 사용하는 말은 정의가 쉬운 듯해도 따지고 보면 정의란 매우 어렵다. 예시문을 보며 네 가지 정도로 정리할 수 있다.

1. 내포 파악의 어려움: '인간'의 정의가 힘든 까닭은 인간의 내포를 파악하기가 쉽지 않기 때문이다. 인간만이 가진 속성이 인간의 내포가 된다.
2. 외연 확정의 어려움: '초콜릿' 정의를 둘러싼 논쟁은 초콜릿의 외연을 어떻게 잡을 것인가와 관련된다. '토마토'가 과일인지 채소인지를 둘러싸고 미국에서는 대법원 판결까지 간 적이 있다.
3. 애매함: 단어의 애매함이 정의를 어렵게 만든다. '모르다'라는 말은 애매하다. 그 뜻이 완전 무지에서 조금 모르는 상태까지 여러 가지로 해석된다. 메노는 '모르다'를 '완전 무지'를 의미하는 것으로 간주하여 잘못 판단하고 있다.
4. 모호함: 단어의 모호함이 정의를 어렵게 만든다. '아동'이라는 단어는 분명한 기준이 필요하다. 법에는 연령 규정이 되어 있다.

나. 정의의 필요성

정의가 어렵지만 외면할 수 없다. 논리적인 의사소통에 정의는 꼭 필요하기 때문이다. 그 필요성을 두 가지로 정리할 수 있다.

1. 이해관계 조정: '초콜릿' 논쟁은 이해관계가 얽혀 있다. EU에서는 코코아 버터만 사용한 제품만 초콜릿으로 인정해 수출입을 자유롭게 허가한 반면, 식물성 기름을 섞은 제품에 대해서는 수출입을 금하고 있었다. (최훈 2018:111-112) 또 '아동'의 정의에 따라 선생님에 대한 사법 처리가 달라진다. 이해관계 때문에 정의가 어렵기도 하지만 거꾸로 이해관계를 조정하기 위해서 정의가 필요하다.
2. 정확하고 효과적인 소통: 단어는 애매하고 모호한 측면이 있기 때문에 이것을 없애지 않고서는 소통에 어려움이 있을 수 있다. '모르다'나 '아동'의 의미를 정확하게 규정하면 불필요한 논란을 없앨 수 있다.

이 외에도 신조어를 정확하게 사용하려면 정의가 필요할 것이다.

2. 정의의 형식

정의는 피정의항과 정의항으로 구성된다. 아래와 같다.

인간은   이성적   동물   이다.
피정의항 + 정의항(종차 | 유개념) + 이다(동의)

엄밀하게 정의를 내릴 때는 피정의항과 정의항이 외연이 일치해야 하고, 논리적으로 필요충분조건 관계라야 한다.

하지만 엄밀한 정의를 내리기 어려운 단어도 많다. 이럴 때는 좀 느슨하게 정의를 내릴 수도 있는데 이럴 때는 내포를 나열하면 된다.

1. 총각은 성년이고 미혼인 남자다. (엄밀한 정의)
2. 화가 난 사람이란 얼굴이 상기되거나, 주먹을 불끈 쥐거나, 눈을 부라리거나, 고함을 지르거나, 욕설을 하는 사람이다. (느슨한 정의)

엄밀한 정의는 '총각'의 예처럼, 정의항에 나열된 내포가 '그리고' 관계로 기술되어 있다. 저 속성 중 하나라도 빠지면 '총각'이 아니다. 그러나 느슨한 정의는 '화가 난 사람'의 예처럼, 정의항에 나열된 내포가 '또는' 관계로 기술되어 있다. 화가 날 때 사람마다 표현이 다르기 때문이다. 어떤 사람이 저 속성을 모두 다 나타낸다면 화가 난 것이 틀림없다고 볼 수 있지만 한두 가지만 보인다고 화가 나지 않았다고 말할 수 없다.[39]

3. 여러 가지 정의[40]

정의를 내리는 방법에는 여러 가지가 있다. 대표적인 것은 정의의 형식에서 살핀 것처럼 피정의항과 정의항을 '이다'로 연결한 동의 형식에 의한 것이다.

가. 사람이란 를 가리킨다.[41]
나. 사람이란 김갑주, 이을주, 박병주, 최정주, 정무주 등을 말한다.

'가'는 실물이나 그림 등을 보여주는 비언어적인 정의로 직시적 정의라고 한다. '나'는 개념이 적용되는 예를 들어서 피정의항의 하위 종류나 사례를 열거하여 외연을 확인하는 정의다. '가, 나'는 외연을 확인하는 정의인데 내포 제시가 없어서 이것만으로는 한계가 있다.

다. 사람이란 생각을 하고 언어를 사용하며 도구를 만들어 쓰고 사회를 이루어

---

39 엄밀한 정의와 느슨한 정의에 관해서는 이용걸(1982:51-63)을 참조하면 큰 도움을 받을 것이다. 거기에는 속성을 '정의적 특성', '의미준거', '우연적 특성'으로 나누어 정의에 대해 상세하게 설명하고 있다. '총각'이나 '화가 난 사람'의 예도 거기 있는 것을 가져왔다.

40 정의의 방법에 대해서는 이용걸(1982:67-78, 85-99), 이대규(1995:189-192), 서울대학교 대학국어편찬위원회(2012:81), 김희정·박은진(2020:140-151) 등을 참조.

41 그림은 https://blog.naver.com/chglgh/221250784626에서 가져옴.

사는 동물이다. (표준국어대사전)

라. 사람이란 동물계, 척삭동물문, 포유강, 영장목, 사람과, 사람속에 속하는 생물 종이다.

마. 사람이란 권리와 의무의 주체인 인격자를 말한다. 자연인(自然人)과 법인(法人)을 포함한다. (표준국어대사전)

바. 인간이란 아무 조건 없이 사랑해 주는 대상이 필요한 존재이다.

'다'는 사전적 정의다. 가장 흔하고 자주 사용되는 정의다. '라'는 이론적 정의다. 생명과학 이론을 기초로 해서 정의한 것이다. '마'는 전문적 정의다. 법률적 맥락에서 전문적인 의미를 부여한다. '바'는 설득적 정의다. 어떤 태도(긍정적/부정적) 유발을 목적으로 단어가 지닌 의미 중에 특정한 의미만을 강조하는 것이다. '사람은 만물의 영장이다.'나 '인간은 습관의 묶음이다.' 등의 정의도 마찬가지다. 이 넷은 내포를 밝히는 내포적 정의다.

사. 사람이란 말에는 다른 뜻도 있는데 누군가가 어떤 사람을 두고 "제발 사람 노릇 좀 해라."라고 할 때 '제발 품위 있게 행동하라.'라는 뜻이다.

아. 사람이란 다른 사람의 기대와 관심으로 격려를 받으면 마음과 언행이 긍정적인 방향으로 바뀌는 존재이다.

'사'는 피정의어가 사용되는 문맥을 제시하여 간접적으로 정의하는 문맥적 정의다. '갑돌이가 갑순이를 사랑한다는 것은 갑순이를 잠시 보지 않으면 보고 싶고 갑순이와 늘 같이 있고 싶고 모든 것을 갑순이와 나누고 싶은 마음을 갖게 되었다는 뜻이다.'도 마찬가지다. '아'는 실험이나 관찰 같은 조작적 경험과 그 경험의 결과로 정의하는 조작적 정의다. '다른 사람의 기대와 관심으로 격려를 받으면'은 관찰을 나타내고, '마음과 언행이 긍정적인 방향으로 바뀌는'은 관찰의 결과를 진술한 것이다. '비누는 물을 묻혀서 비비면 거품이 나는 물건이다.' 같은 정의도 마찬가지다.

자. 인간이란 사람을 가리킨다.

차. 사람의 15세기 말은 '사룸'이다. '사룸'은 동사 '살-'에 접미사 '-움'이 결합한 명사이다. 16세기 이후로 '사람'이 되면서 현재에 이르렀다. 살아 있는 것이 어디 사람뿐이겠는가? 어원이 저렇다는 것은 사람이란 결국 살아 있는 존재의 대표라는 뜻이 아닐까?

'자'는 동의어 정의다. 피정의항의 동의어나 유의어로 정의하는 것이다. 이런 정의는 '사람'에 대해서 알고 '인간'에 대해서 모르는 사람에게 적절하다. 유아나 외국인을 가르칠 때 쓸 수 있다. '차'는 어원을 밝혀서 단어의 의미에 대한 이해를 돕는 어원적 정의다. 어원적 정의에서는 피정의항의 본래 의미와 변천된 의미 또는 현재의 의미를 밝히기도 한다. '대책(對策)이란 본래 과거 시험의 한 과목으로, 응시자가 왕이나 황제가 내린 물음(이 물음이 적혀 있는, 대나무를 된 것을 책이라 함)에 대답하여 쓴 글이었다. 나중에 고위 벼슬아치가 치국에 대한 임금의 물음에 대한 답변으로서의 책략이라는 의미로 쓰이다가 요즘은 어떤 일에 대처할 계획이나 수단을 의미하게 되었다.'가 그 예다.

4. 좋은 정의

김희정 · 박은진(2020:142-144, 151)에서는 '단어 정의에 적용되는 대략적 규칙'이라는 이름으로 좋은 정의의 기준을 다음과 같이 제시했다.

1. 정의항은 피정의항의 본질적인 의미를 드러내야 한다.
2. 정의항은 너무 넓어서도, 너무 좁아서도 안 된다.
3. 피정의항은 정의항에 있는 단어를 사용하지 않아야 한다.
4. 정의항은 피정의항의 의미를 애매하지도 모호하지도 않게 해야 한다. 분명하고 명료하게 해야 한다.
5. 긍정어를 써서 정의할 수 있다면 부정어를 사용하지 않아야 한다.

가. 가시광선이란 특정 주파수의 전자기파로서 눈으로 볼 수 있으며 그 색을 구분할 수 있는 빛을 의미하며, 흰빛을 프리즘에 통과시켰을 때 나타나는 여러 종류의 색을 띤 빛을 말한다.

사전적 정의와 조작적 정의를 혼합한 확대 정의.

좋은 정의.

나. 달력이란 1년의 날짜와 명절 등을 순서대로 정리해 놓은 표나 책자를 의미하며, 동양의 경우 달이 차고 이지러지는 것을 기준으로 삼아 날짜를 구분하였기 때문에 달력이라는 이름이 붙었다.

사전적 정의와 어원적 정의를 혼합한 확대 정의.

좋은 정의

다. 물이란 수소와 산소를 2대 1의 비율로 밀폐된 공간에 넣고 가열하면 일어나는 수소의 연소반응에 따라 생성되는 물질을 말한다.

조작적 정의

좋은 정의

라. 문학은 주로 정서에 영향을 주려고 창조하고 정서적 경험을 하려고 감상하는 예술로 시, 소설, 수필, 희곡 등이 있다.

전문적 정의와 예시적 정의를 혼합한 확대 정의.

정의항이 너무 넓다. 음악, 미술, 무용 등도 포함될 수 있다. 정의항에 '언어'라는 표현을 포함해야 한다.

마. 소설은 시가 아닌 문학 작품이다.

사전적 정의를 시도했다.

정의항이 너무 넓다. 종차 진술에 부정어를 사용했기 때문이다. '인물의 성격과 사건 진행을 중심으로 구성되는' 정도의 종차 진술을 하면 될 것이다.

바. **인간이란 생각하는 갈대다.**(파스칼)

비유를 사용하여 정의항이 명료하지 않다. 하지만 인간의 속성을 예리하게 포착했다. '인간'과 같은 복잡한 단어는 여러 가지 측면을 구분하여 정의를 내려야 할 것이다.

사. **철학이란 무엇인가? 김 박사 형제는 철학이 다르다. 진화론자인 형은 세계가 어떤 물질이 무한한 시간 속에서 우연한 변화를 통해 형성되었고 운행된다고 보지만, 목사인 그 동생은 세계가 신에 의해 창조되어 형성되었고 필연적인 목적에 따라 운행된다고 본다는 점에서 그 철학이 다르다. 철학은 이런 것이다.**

문맥적 정의(철학이 포함되는 문장-철학이 다르다-을 표현하여 그 문장과 동의 또는 유의적 의미를 띤 다른 문장[그 다음 문장]을 제시하여 '철학'을 정의함.) 철학은 세계관이라는 의미이다. 내포적 정의가 어렵거나 부적절할 때 사용하면 좋다.

문맥적 정의는 내포를 제시하지 않는다는 점에서 좋은 정의는 아니다.

아. **듣는 사람이 무슨 뜻인지 모르고, 말하는 사람조차 자신이 무슨 말을 하는지 모르면, 그것은 철학이다.**(볼테르, 김용규 2011:278)

철학에 대한 비판적 태도를 유발하려는 의도로 내린 설득적 정의.

단어의 여러 속성 가운데 한 면을 부각하고 있어서 좋은 정의는 아니다.

5. 정의 관련 오류

가. **봄철에 방화에 의한 산불이 더러 발생한다. 방화 대책을 꼼꼼히 세워야 한다.**

동음이의어 오류. '방화'는 한자어로서 저 둘은 동음이의어이다. 앞엣것은 '방화(放火)'로 '불을 지르다'는 뜻이고, 뒤엣것은 '방화(防火)'로 '불을 끄다'는 뜻이다. 공교롭게도 발음과 표기가 같지만, 정반대의 뜻을 가진 말이다. 정확한 의미 전달을 방해할 수 있다.

나. 아인슈타인이 시간의 상대성을 말했는데 이것은 확실히 진리다. 4교시 수업 시간은 다른 시간보다 훨씬 길지만, 점심시간은 얼마나 빨리 지나가는지 모른다.

　　애매어 오류. '상대성'이란 말을 애매하게 사용했다. 아인슈타인의 '상대성'은 물리적 상대성이고 뒤의 사례는 심리적 상대성을 말하는데 둘을 혼동하고 있다.

다. 이번 특별재난지원금은 서민들에게만 지급되어야 한다.

　　모호어 오류. '서민'의 기준을 제시해야 한다.

라. 아버지께서 급우들과 사이좋게 지내라고 하셨다. 그래서 갑주하고 사이좋게 지내지 않아도 된다. 갑주는 다른 반 친구기 때문이다.

　　강조의 오류. 아버지의 말 가운데 '급우'를 강조하여 수용했다. '사이좋게 지내라'가 아버지의 진의이다.

마. "지난번 과제, 갑주 도움으로 A 받았지, 맞지?" "A 아닌데요. B+인데요." "그래? 언제부터 갑주 도움 받은 거야?"

　　복합질문의 오류. 하나의 질문에 두 개의 질문을 담아서 교묘하게 물었다.

바. 외국인 노동자들의 산업재해 사고가 빈발하고 있다. 참으로 안타깝다. 인종차별 문제를 빨리 극복해야 한다.

　　허수아비 논증이 오류. 은밀한 재정의의 오류. 산업재해 문제를 인종차별 문제로 재규정하고 있다.

사. 김갑주 박사는 틀림없이 공산주의자다. 그는 칼럼에서 자본주의의 문제점을 조목조목 지적하며 비판했다.

　　흑백논리의 오류. 자본주의를 비판한다고 공산주의자라고 볼 수는 없다. 보통 반대 개념을 모순 개념으로 오해하여 말할 때 발생한다.

아. 인간이란 조금만 힘이 생기면 다른 사람을 부려먹으려고 덤비는 종족이다.

　　설득적 정의 오류. 설득적 정의는 다른 사람에게 대상에 대하여 긍정적 또는 부정적 태도를 유발하려는 의도로 내리는 것이어서 오류라고도 볼 수 있다.

6. 정의의 적용

법에서는 정의가 매우 중요하다. 법에 정의가 되지 않은 범죄는 이른바 죄형법정주의에 따라 그것이 범죄라 하더라도 처벌할 수 없다. 법조인들은 특정 범죄에 대하여 어떤 법 조항을 적용할 수 있느냐를 놓고 고심을 하며 서로 다툰다.

1의 사례에 적용할 수 있는 법 조항은 2의 제308조(사자의 명예훼손)이다. 춘원은 이미 죽은 사람이기 때문이다. 혹 그의 후손의 명예를 훼손했다고 생각하여 다른 조항을 적용할 수 있다고 생각할지 모르나 그렇지 않다. 그런 규정이 없기 때문이다. 다만 제312조에 의해 죽은 사람의 후손이 고소를 할 수는 있다. 사자 명예훼손은 이른바 친고죄이기 때문이다.

쟁점은 김항일 씨의 말이 '허위의 사실'인가 여부다. 살아 있는 사람에 대한 명예훼손은 제307조에 따르면 '사실 적시'에 의한 것이라 하더라도 처벌할 수 있지만 죽은 자에 대한 명예훼손은 '허위 사실 적시'에 대해서만 벌하기 때문이다.

춘원의 친일 행위는 사실이므로 김항일 씨의 지적이 춘원의 명예를 훼손했다고 볼 수 없다. 만약 김항일 씨가 거짓 사실을 들어서 거칠게 항의를 했다면 사자 명예훼손이 성립할 것이다.[42]

7. 정의 읽기: 이스포츠는 새로운 문화이다

가. 전제와 결론

▶ 전제:

이스포츠(e-sport)는 스포츠이거나 스포츠가 아닌 새로운 문화다.

만약 이스포츠(e-sport)가 스포츠라면, (신체 활동에 의한 것이어야 하고, 영원해야 한다.)

그런데 이스포츠(e-sport)는 신체 활동이 아니고 영원하지도 않다.

---

42 한기찬(2019:196)을 참조함.

따라서 이스포츠(e-sport)는 스포츠가 아니다.

▶ **결론:**

그러므로 이스포츠(e-sport)는 스포츠와 다른 새로운 문화다.

*( ) 부분은 명시적으로 진술되지 않은 것임

*논리 구조를 이렇게 파악해 보니 전체가 귀류법으로 조직되어 있다. 정의를 익히는 자리이므로,
  이 귀류법의 논리성은 판단하지 않는다. (귀류법에 관해서는 '복합 논법'에서 익힐 것임)

나. 정의의 사용

정의를 정리하면 다음과 같다.

1. 스포츠란 운동과 같은 뜻으로, 일정한 규칙과 방법에 따라 신체의 기량이나
   기술을 겨루는 일 또는 그런 활동이다.

2. 스포츠는 영원하다.

다. 정의의 방식

'나'의 1은 사전적 정의다. 2는 설득적 정의다. 필자가 이스포츠(e-sport)가 스포
츠가 아니라는 것을 논증하기 위해 내린 정의이다.

라. 정의의 적절성 검토

사전적 정의는 적절하다. 전통적이고 보수적인 정의이다.

설득적 정의(스포츠는 영원하다)를 정당화하기 위해 필자는 스포츠가 지속적이라
는 증거를 제시하고 있다. 그런데 "비록 특정 스포츠를 즐기는 사람들이 없어지더
라도 그 스포츠 자체는 존재하며, 그 스포츠를 즐기고 싶은 사람이 생겨난다면 다
시 그 스포츠는 활성화될 것이다."라는 구절이 문제다. 이런 논리라면 "스타크래프
트 프로리그는 해체되었고 추억에 잠겨 있는 일부 플레이어들만 스타크래프트를
종종 즐길 뿐이다."로 보아서 이스포츠(e-sport)도 지속적이라고 봐야 하지 않을까?

8. 비교

1. 비교 논법의 구성과 특성

가. '들어가며' 글의 논리 구조

▶ **전제:**

   1. 우수한 과학자란 사회에 더 큰 영향을 미치고, 당대의 사회에 더 큰 공헌을 한 과학자다.

   2. 뉴턴이 아인슈타인보다 사회에 더 큰 영향을 미치고, 당대의 사회에 더 큰 공헌을 했다.

▶ **결론:** 뉴턴이 아인슈타인보다 더 우수하다.

❖ 형식화

• 전제: 만약 a, b, … 기준에서 A가 B보다 F하다면, A는 B보다 F하다.

  기준 a, b, … 에서 A가 B보다 F하다.

• 결론: 그러므로 A가 B보다 F하다.

나. 비교의 논리 구조

> 1. 갑주는 을주와 몸무게가 비슷하고 을주는 병주와 몸무게가 비슷하다. 따라서 갑주는 병주와 몸무게가 비슷하다.

> 2. 갑주는 을주보다 키가 크고, 을주는 병주보다 키가 크다. 따라서 갑주는 병주보다 키가 크다.
> 3. 눈이 큰 사람은 눈이 작은 사람보다 대체로 겁이 많다. 갑주는 을주보다 눈이 크다. 따라서 갑주는 을주보다 겁이 많다.

1과 2의 논리 구조는 다음과 같다.

- 전제: A는 B보다 F하다. B는 C보다 F하다.
- 결론: 따라서 A는 C보다 F하다.

3의 논리 구조는 다음과 같다.

- 전제: A는 B(~A)보다 F하다. x는 y보다 A하다.
- 결론: 따라서 x는 y보다 F하다.

위의 1과 2는 전제가 참이라면 결론이 참이 되는 연역 논법이라면, 3은 전제가 참이더라도 결론의 참을 보증하지 못하는 귀납(넓은 뜻)이다.

비교의 전제는 비교 기준에 대한 진술과 기준에 따라 대상을 맞대어 본 진술이고, 결론은 대상들 사이의 유사성이나 차이점, 또는 둘 다에 대해 판단을 내린 진술이다.

다. 비교 기준

비교 논법 사용에서 가장 중요한 것은 비교 기준의 설정이다. '들어가며'에서 살핀 글의 비교 기준은 '사회에 끼친 영향'과 '당대 사회에 공헌' 둘이다. '나'의 예시에서는 '몸무게', '키', '눈의 크기'가 각각 비교 기준이다. 비교 기준이 의미가 있고 충분하면 좋은 비교가 된다. 같은 대상을 비교하더라도 비교 기준이 달라지면 전혀 다른 판단이 나올 수 있다.

2. 비교의 갈래: 기준별 비교와 대상별 비교

비교로 글을 전개하는 방법에는 기준별 비교와 대상별 비교가 두 가지가 있다.[43] 제4장에서 이미 익힌 개요 모형을 다시 한번 상기하자.

❖ 비교 논법 개요 모형 1 [기준별 비교]
   1. 서론: (+비교 기준 제시)
   2. 본론 1: 기준 1에 의한 대상 비교
   3. 본론 2: 기준 2에 의한 대상 비교
   4. 본론 3: 기준 3에 의한 대상 비교
   …
   5. 결론

❖ 비교 논법 개요 모형 2 [대상별 비교]
   1. 서론: (+비교 기준 제시)
   2. 본론 1: 대상 1의 특성
   3. 본론 2: 대상 2의 특성
   …
   4. 결론

한편 아래와 같은 개요 모형에서는 본론 1, 2를 기준별 또는 대상별로 전개할 수 있을 것이다.

---

43 서울대학교 대학국어편찬위원회(2012:123-124)에서 기준별 · 대상별 비교로, 이대규(1995:119-206)에서는 연속적 · 비연속적 비교로, 김태훈 외(2017:170)에서 기준별 · 항목별 비교로 구분함.

❖ 비교 논법 개요 모형 3

    1. 서론: (+비교 기준 제시)

    2. 본론 1: 공통점[/차이점]

    3. 본론 2: 차이점[/공통점]

    …

    4. 결론

원문은 기준별로 비교하며 전개됐다면 재구성한 글은 대상별로 비교하며 전개되었다.

3. 좋은 비교

가. 비교의 논리성

1. 전 학기의 평점 평균이 높은 학생은 그렇지 않은 학생보다 우수하다. 갑주는 을주보다 전 학기 평점 평균이 높다. 따라서 갑주는 을주보다 우수하다.
2. 전 학기 평점 평균이 높고 연구 실적이 좋은 학생은 그렇지 않은 학생보다 우수하다. 갑주는 을주보다 전 학기 평점 평균이 높고 연구 실적이 좋다. 따라서 갑주는 을주보다 우수하다.
3. 전 학기 평점 평균이 높고 예의가 바른 학생은 그렇지 않은 학생보다 우수하다. 갑주는 을주보다 전 학기 평점 평균이 높고 예의가 바르다. 따라서 갑주는 을주보다 우수하다.
4. 갑주는 을주보다 키가 크다. 갑주는 을주보다 몸무게가 많이 나간다. 따라서 갑주는 을주보다 몸이 튼튼하다.
5. 갑주는 을주보다 키가 크다. 을주는 병주보다 몸무게가 많이 나간다. 따라서 갑주는 병주보다 신체가 크다.

1~3을 먼저 비교해 보자. 1은 전제에 제시된 비교 기준이 하나고 2와 3은 각각 둘씩이다. 1과 2를 비교해 볼 때, 기준이 하나인 1보다 기준이 둘인 2가 논리성이 더 강하다. 그런데 3은 기준이 둘이기는 하지만 하나는 수용하기 쉽지 않다. 곧 '예의 바름'을 '우수하다'의 비교 기준으로 삼은 것은 수용하기 어렵다. 비교 기준이 많다고 무조건 좋은 것은 아니다. 적절한 기준이면서 결론을 내리기에 충분해야 한다.

4는 결론이 문제다. 결론에서 진술한 속성(몸이 튼튼하다)이 전제(키, 몸무게)와 직접적 관련이 없다. 아래처럼 결론을 바꾸면 논리성이 강해진다.

4. 갑주는 을주보다 키가 크다. 갑주는 을주보다 몸무게가 많이 나간다. 따라서 갑주는 을주보다 신체가 크다.

5는 비교 대상 셋을 연쇄 비교를 하는 것이므로 더 충분한 정보가 필요하다. 곧 갑주와 을주의 몸무게 정보, 을주와 병주의 키 정보 등이 있어야 저 결론을 뒷받침할 수 있다. 전제가 충분하지 않다.

나. 좋은 비교를 위한 조건

비교 기준이 중요하다. 비교 기준이 결론의 속성과 관련이 있는 적절한 기준이라야 하고 풍부해야 한다.

4. 비교 읽기: 인공지능, 그 선악의 경계

가. 비교 기준과 비교 대상

- 비교 기준: 도덕적 기준의 학습(공통점 기준), 욕망의 유무(차이점)
- 비교 대상: 강인공지능과 인간

나. 논리 구조

▶ **전제:**

   1. '선하다'는 것은 도덕적인 기준에 맞는 데가 있다는 뜻이다.

   2. 강인공지능은 인간과 마찬가지로 도덕적 기준을 학습할 수 있다.

     증거: 강인공지능은 인간과 같거나 높은 수준의 지능과 학습 능력을 가진다.

   3. 강인공지능은 인간과 달리 악하게 될 가능성은 없다.

     증거: 학습에도 불구하고 인간이 악하게 되는 것은 욕망이 이성을 앞서기 때문이다.

     증거: 강인공지능은 욕망을 지니지 않아서 학습한 대로 행동한다.

▶ **결론:** 강인공지능은 선할 것이다.

다. 논리성

   1. 전제가 수용 가능한가?

     전제 1은 선함에 관한 사전적 정의이므로 수용 가능하다.

     전제 2도 수용 가능하다.

     전제 3도 삼단논법의 결론이어서 이 결론의 전제가 참이라면 수용 가능하다.

   2. 전제가 충분한가?

     전제가 셋이어서 충분하다. 그리고 반대 전제를 검토했다. 그러나 강인공지능이 악을 학습할 가능성과 관련하여 반박받을 수 있다. 여기에 대한 검토가 더 필요하다.

   3. 전제와 결론이 관련 있는가?

     전제와 결론이 관련성이 깊다.

   4. 결론이 수용 가능한가?

     위 세 가지 조건을 충족하므로 결론의 개연성은 높다. 반대 전제를 검토한다면 개연성을 더 높일 수 있다.

라. 비교 방식

기준별 비교, 강인공지능과 인간의 공통점과 차이점을 기준별로 제시하고 있다.

마. 필자 생각 판단: 풀이 생략

5. 비논증적[설명적] 비교 읽기: SAC 디자인팀

가. 비교 대상

2012년 디자인 팀과 2013년 디자인 팀

나. 비교 기준

- 공통점 기준: 팀 구성, 작업 내용, 작업 기간
- 차이점 기준: 팀 운영 방식, 실제 참여 인원, 공식성 여부

다. 비교 방식

- 공통점: 대상별 전개 (2문단)
- 차이점: 기준별 전개 (3문단)

9. 연역

1. 연역 논법의 유형

> 1. 모든 포도는 과일이다. (그리고) 청포도는 모두 포도다. (따라서) 모든 청포도는 과일이다.
> 2. 만일 똘망이가 반려견이라면 똘망이는 개다. (그리고) 똘망이가 개라면 똘망이는 동물이다. (그러므로) 똘망이가 반려견이라면 똘망이는 동물이다.
> 3. 똘망이는 반려견이거나 반려묘이다. (그리고) 똘망이는 반려견이 아니다. (그러므로) 똘망이는 반려묘다.

가. 유형별 논법의 차이점

각 논법의 공통점은 전제가 둘이고 결론이 하나로 되어 있다는 것이다. 그리고 전제가 개별적으로 결론을 지지하는 것이 아니라 전제 둘이 함께 결론을 지지하고 있다는 것이다. 그래서 삼단논법이라 부른다.

차이점을 살피자. 1은 전제 둘과 결론이 모두 정언 명제로 되어 있다. 제2장에서 살핀 것처럼 정언 명제란 범주적 명제라고 하는데 어떤 부류가 다른 부류에 포함되는 여부를 판단한 진술이다. 이런 논법을 정언 삼단논법이라 한다.

2는 전제 둘과 결론이 모두 가언 명제이다. 이런 논법을 가언 삼단논법이라 한다.

3은 전제 하나가 선언 명제이다. 그리고 전제 하나와 결론이 정언 명제이다. 이런 논법을 선언 삼단논법이라 한다.

한편, 다음과 같은 연언 논법도 연역 논법의 한 유형이다.

> a. 똘망이는 반려견이다. (그리고) 똘망이는 안내견이다. (그러므로) 똘망이는 반려견이고 안내견이다.
> b. 똘망이는 반려견이고 안내견이다. (그러므로) 똘망이는 반려견이다. (또는 똘망이는 안내견이다.)

a는 전제 둘이 정언 명제이고 결론은 연언 명제이다. b는 전제가 연언 명제이고 결론은 정언 명제이다.

연언 명제는 두 연언지[반려견, 안내견]가 참일 때만 전체 명제가 참이 되므로 직관적으로 논리성을 판단할 수 있다. 또 이런 연언 명제의 속성 때문에 어떤 연언 명제가 참이라면 어느 연언지든 참이라고 추론할 수 있다. 연언 논법은 그 논리성이 명료하여 여기서는 따로 세워서 다루지는 않겠다.

나. '들어가며'의 글(축구는 예술이다)

전제 둘과 결론이 모두 정언 명제로 되어 있는, 정언 삼단논법이다.

2. 정언 삼단논법

정언 삼단논법이란 정언 명제(범주적 명제) 셋과 개념 셋으로 이루어지는 연역을 말한다.

가. 세 개념
- 대개념[대명사]: 과일
- 소개념[소명사]: 청포도
- 매개념[중개념, 중명사]: 포도

정언 명제에 쓰인 '이다'는 모두 포함 관계를 나타낸다. 결론의 주어('청포도')가 술어('과일')에 포함된다는 것이 결론이다. 결론의 주어를 '소개념', 결론의 술어를 '대개념'이라 한다. 결론 명제에는 나타나지 않고 전제 명제에만 나오는 개념을 '매개념'이라 한다. '매개념'은 '소개념'과 '대개념'의 관계를 매개한다. 여기서는 '포도'가 그 역할을 한다.

나. 대전제, 소전제, 결론

1. 모든 포도는 과일이다.
2. 청포도는 모두 포도다.
3. 그러므로 모든 청포도는 과일이다.

3이 결론이고 1, 2 둘이 전제다. 소개념[결론의 주어]이 들어 있는 2가 소전제, 대개념[결론의 술어]이 들어 있는 1이 '대전제'이다.

다. '들어가며' 글 익힘

'축구는 예술이다'의 논리 구조는 아래와 같다.

1. 교감의 매개 역할을 하는 것은 예술이다.
2. 축구는 사람들의 감정을 전달하는 매개체 역할을 충분히 수행한다.
3. 축구는 예술이다.

대개념은 '예술', 소개념은 '축구', 매개념은 '교감의 매개 역할을 하는 것[감정 전달의 매개체]'이다.

대개념을 품은 1이 대전제, 소개념을 품은 2가 소전제이다.

라. 정언 삼단논법의 형식

정언 삼단논법은 4가지 정언 명제 가운데 셋을 조합하여 논법으로 구성한 것이다. 제2 장에서 익힌 정언 명제는 아래와 같다.

> • 모든 S는 P이다.　　　　　　　　　(전칭 긍정 명제)
> • 모든 S는 P가 아니다.　　　　　　　(전칭 부정 명제)
> • 어떤 S는 P이다.　　　　　　　　　(특칭 긍정 명제)
> • 어떤 S는 P가 아니다.　　　　　　　(특칭 부정 명제)
> 　*S는 주어[주개념], P는 술어[빈개념]

이것을 형식화하면 아래와 같다.

모든[/어떤] b는 c다[/가 아니다].
(그리고) 모든[/어떤] a는 b다[/가 아니다].
(그러므로) 모든[/어떤] a는 c다[/가 아니다].

위 식은 매개념을 대전제의 주어, 소전제의 술어 자리에 배치한 것이다. 그러나 매개념이 대전제의 술어에도, 소전제의 주어에도 올 수 있고, 대전제와 소전제의 주어 자리에, 또는 술어 자리에 올 수도 있다. 이를 격(figure)이라 하는데 매개념의 위치에 따라 네 가지 격이 가능하다. 매개념이 대전제-주어, 소전제-술어에 위치하는 것을 1격, 매개념이 대전제-술어, 소전제-술어에 위치하는 것을 2격, 매개념이 대전제-주어, 소전제-주어에 위치하는 것을 3격, 매개념이 대전제-술어, 소전제-주어에 위치하는 것을 4격이라 한다.

또 4개의 정언 명제를 대전제, 소전제, 결론에 배치하면 64개 식(mood)이 나온다. 64가지 식과 4가지 격으로 계산하면 이론적으로 256가지의 논리 구조가 가능

하다. 이 가운데 타당한 형식은 15~24개 정도로 알려져 있다.[44]

마. 정언 삼단논법의 논리성

> 모든 포도는 과일이다. (그리고) 청포도는 모두 포도다. (따라서) 모든 청포도는 과일이다.
>
> 모든 b는 c다. (그리고) 모든 a는 b다. (따라서) 모든 a는 c다.

　　논법의 논리성을 따지기 위해 기호를 사용하여 형식화해 보는 것이 좋다. 전제는 모두 참이므로 수용 가능하다. 그리고 전제가 둘이므로 충분하다. 전제와 결론의 관계가 적절한지 여부는 형식의 문제다. 각 전제가 결론에 나오는 두 개념을 하나씩 나누어 가지면서 같은 매개념은 공유하는 관계여야 한다. 또 명제의 종류 및 격(매개념의 위치)에 따라 형식의 적절성 여부가 달려 있다. 위 논법의 세 명제는 모두 전칭 긍정 명제이고 격의 위치로 볼 때 제1격이다. 이런 형식으로 된 정언 삼단논법은 무조건 적절하다. 정언 삼단논법을 포함한 연역 논증에서는 전제 조건이 충족되고 전제와 결론의 관계가 적절하면 결론은 항상 수용 가능하다. 그래서 결론 조건을 따질 필요가 없다. 그래서 어떤 연역 논법의 결론이 수용하기 어려울 때는 전제 조건이나 전제와 결론의 관계 조건을 검토해 보아야 한다.

　　정언 삼단논법을 포함한 연역 논증의 논리성은 타당성과 건전성으로 따져왔다. 타당하다는 것은 전제와 결론의 관계에 관한 것으로 논법의 형식이 전제가 참이면 결론이 참이 되는 형식을 갖추었다는 의미이다. 건전하다는 것은 타당한 형식에 더하여 전제가 모두 참이라는 것을 뜻한다.

　　타당성을 따지기는 매우 어렵다. 이론적으로 정언 삼단논법은 256가지 형식이 가능하다고 했는데, 같은 형식으로 된 논법 가운데 개념을 대체해서 전제들이 참인데 결론이 거짓으로 나오는 예를 찾는다면 그 형식의 논법은 타당성이 없다는

44　정언 삼단논법의 논리 구조에 관해서는 김은진·박희정(2020:343-348)을 참조함.

식으로 검증한다. 또 벤 다이어그램을 활용하여 타당성을 따질 수도 있다.

위 논의를 종합하면 좋은 논증의 조건이 연역에서는 아래와 같이 해석된다.

1. 전제가 수용 가능한가?

   전제 모두가 참이라야 한다.

2. 전제가 충분한가?

   삼단논법이므로 최소한 둘은 되어야 한다. (복원 가능한 전제까지 포함)

3. 전제와 결론이 관련이 있는가?

   각 전제가 결론에 나오는 두 개념을 하나씩 나누어 가지면서 같은 매개념은 공유하는 관계여야 한다. 그리고 형식적으로 타당해야 한다. (형식화하여 검증해야 함)

4. 결론이 수용 가능한가?

   결론이 참이라야 한다. 그런데 위 세 가지 조건을 충족하면 연역 논법의 결론은 무조건 참이 된다. 위 세 가지 조건을 충족한 연역 논증을 건전하다고 말한다.

바. 정언 삼단논법의 논리성 연습

> 1. 모든 사람은 반지하에 산다. 소크라테스는 사람이다. 그러므로 소크라테스는 반지하에 산다.

1은 '모든 a는 b다. c는 a다. 그러므로 c는 b다.'의 식이다.

1. 전제가 수용 가능한가?

   첫째 전제가 거짓이어서 수용 불가하다.

2. 전제가 충분한가?
전제가 둘이므로 충분하다.

3. 전제와 결론이 관련이 있는가?
첫 전제는 결론에 나오는 '반지하에 산다'와 매개념 '사람'으로 되어 있고, 둘째 전제는 결론의 '소크라테스'와 매개념 '사람'으로 되어 있다. 또 'a=사과, b=과일, c=홍옥'으로 대체하면 '모든 사과는 과일이다. 모든 홍옥은 사과다. 그러므로 모든 홍옥은 과일이다.'로 되어 타당한 형식이다.

4. 결론이 수용 가능한가?
위의 첫째 조건이 충족되지 않았으므로 결론은 수용 불가하다.

이 논법은 전제와 결론의 관계는 괜찮지만(타당하지만), 전제 하나가 참이 아니어서 수용하기 어렵다. 따라서 건전한 논증이 아니다. 전제가 참이라면 건전한 논증이 된다.

> 2. 어떤 사람은 원룸에 산다. 플라톤은 사람이다. 그러므로 플라톤은 원룸에 산다.

2는 '어떤 a는 b다. c는 a다. 그러므로 c는 b다.'의 식이다.

1. 전제가 수용 가능한가?
전제 둘 모두 참이다. 수용 가능하다.

2. 전제가 충분한가?
전제가 둘이므로 충분하다.

3. 전제와 결론이 관련이 있는가?

첫 전제는 결론에 나오는 '원룸에 산다'와 매개념 '사람'으로 되어 있고, 둘째 전제는 결론의 '플라톤'과 매개념 '사람'으로 되어 있다. 매개념의 위치가 1과 같아서 격은 1과 같지만, 첫 전제가 특칭 긍정 명제로 되어 있다는 점에서 1과 식이 다르다. 전제와 결론의 관계가 타당한지 따지기 위해 다른 개념으로 대체해 보자. 전제가 참인데도 결론이 거짓으로 나오도록 개념을 대체해 보자. 거짓 결론을 먼저 만들기 위해, 'c=사람, b=식물'을 대입하자. 그러면 '그러므로 (모든) 사람은 식물이다.'라는 거짓 결론이 나온다. 다음 두 전제가 참이 되도록 'a=생물'을 대입하면 전제는 '어떤 생물은 식물이다.', '(모든) 사람은 생물이다.'가 된다. 참인 전제에서 거짓인 결론이 도출되는 형식이므로 부당하다. 이를 반례법이라 한다.[45]

4. 결론이 수용 가능한가?

위의 셋째 조건이 충족되지 않았으므로 결론은 수용 불가하다.

이 삼단논법은 전제는 참이지만 타당한 형식이 아니라서 건전하지 않은 논증이다.

> 3. 한국 국적을 가진 사람은 모두 한국인이다. 아리스토텔레스는 한국인이다. 그러므로 아리스토텔레스는 한국 국적을 가졌다.

3은 '모든 a는 b다. c는 b다. c는 a다.'의 식이다.

1. 전제가 수용 가능한가?

전제 둘 모두가 참이어서 수용 가능하다.

2. 전제가 충분한가?

전제가 둘이므로 충분하다.

---

45 반례법에 관해서는 김희정·박은진(2020:161-163)을 참조함.

3. 전제와 결론이 관련이 있는가?

첫 전제는 결론에 나오는 '한국 국적을 가진 사람'과 매개념 '한국인'으로 되어 있고, 둘째 전제는 결론의 '아리스토텔레스'와 매개념 '한국인'으로 되어 있다. 매개념이 두 전제의 술어로 되어 있어 1, 2와 격이 다르다. '한국인'은 사전에 '한국 국적을 가졌거나 한민족의 혈통과 정신을 가진 사람'으로 정의되어 있다. 전제와 결론의 관계를 따지기가 쉽지 않다. 'a=식물, b=생물, c-고양이'를 대입해 보자. '모든 식물은 생물이다. 모든 고양이는 생물이다. 모든 고양이는 식물이다.'로 이 형식의 논법은 부당하다는 것을 알 수 있다.

4. 결론이 수용 가능한가?

위의 셋째 조건이 충족되지 않았으므로 결론은 수용 불가하다.

정언 삼단논법의 논리성은 전제가 모두 참이고, 전제와 결론이 타당한 형식으로 연결되어야 한다는 것이 중요하다. 이 두 가지를 갖추었을 때 건전한 논증이라고 한다.

3. 가언(조건적) 삼단논법

가언(조건적) 삼단논법이란 가언 명제에 의한 삼단논법 논증을 말한다. 가언 명제(조건적 복합명제)란 단순 명제 둘이 조건 관계로 연결된 복합명제인데 조건절을 전건이라 하고 나머지를 후건이라 한다.

a. 만일 똘망이가 개라면   b. 똘망이는 동물이다.

위 가언명제에서 a는 전건이고 b는 후건이다.

가. 가언 삼단논법의 형식 1

전제들과 결론이 모두 가언 명제인 삼단논법의 형식은 아래와 같다.

> 만일 똘망이가 반려견이라면 똘망이는 개다. (그리고) 똘망이가 개라면 똘망이는 동물이다. (그러므로) 똘망이가 반려견이라면 똘망이는 동물이다.

만일 p라면 q다. (그리고) q라면 r이다. (그러므로) p라면 r이다.

나. 가언 삼단논법의 형식 2

> 만일 똘망이가 개라면 똘망이는 동물이다. (그리고) 똘망이는 개다. (그러므로) 똘망이는 동물이다.

만일 p라면 q다. (그리고) p다. (그러므로) q다.

이 논법은 전제 하나만 가언 명제이고 나머지는 정언 명제이다. 일반적으로 논리적 글쓰기에는 이 형식의 논법이 많이 쓰인다.

다. 가언 삼단논법의 논리성

> 만일 똘망이가 개라면 똘망이는 동물이다. (그리고) 똘망이는 개다. (그러므로) 똘망이는 동물이다.

1. 전제가 수용 가능한가?

가언 전제, 정언 전제 모두 수용 가능하다.

2. 전제가 충분한가?

전제가 둘이어서 충분하다.

3. 전제와 결론이 관련이 있는가?

전제는 가언 전제와 그 가언 전제의 전건을 긍정한 정언 전제로 되어 있다. 결론은 가언 전제의 후건을 긍정한 정언 명제다. 이것은 타당한 형식이다.

4. 결론이 수용 가능한가?

위의 세 조건을 충족했으므로 결론은 수용 가능하다.

이 삼단논법은 건전한 논증이다.

두 번째 형식의 가언 삼단논법은 가언 전제의 전건과 후건의 관계로 그 타당성을 판단한다. 다음은 타당한 형식의 논증이다.

- 긍정식: 가언 전제[전건-후건], 전건 긍정(전제 2), 후건 긍정(결론)

  만약 p이면 q다. p다. (그러므로) q다.
- 부정식: 가언 전제[전건-후건], 후건 부정(전제 2), 전건 부정(결론)

  만약 p이면 q다. q가 아니다. (그러므로) p가 아니다.

라. 가언 삼단논법의 논리성 익힘

1. 만일 똘망이가 개라면 똘망이는 동물이다. 똘망이는 개가 아니다. 그러므로 똘망이는 동물이 아니다.

1은 전제가 수용 가능하고 충분하다. 다만 전제와 결론의 관계가 '전건 부정-후건 부정'이어서 타당하지 않다. 전제와 결론의 관계가 타당하지 않으므로 결론은 수용 불가하다. '똘망이'가 '개'가 아니더라도 '고양이'라면 동물이다. 가언 전제(첫 전제)에는 '똘망이가 개라면'이라는 조건에 대한 판단만 있을 뿐이다.

> 2. 만일 똘망이가 개라면 똘망이는 동물이다. 똘망이는 동물이다. 그러므로
> 똘망이는 개다.

2도 전제는 문제가 없다. 그러나 전제와 결론은 '후건 긍정-전건 긍정'의 관계인데 이 형식은 타당하지 않아 결론은 수용하기 어렵다.

> 3. 만일 똘망이가 개라면 똘망이는 동물이다. 똘망이는 동물이 아니다. 그
> 러므로 똘망이는 개가 아니다.

3도 전제는 문제가 없다. 전제와 결론의 관계는 (후건) 부정식으로 타당하다. 따라서 결론도 수용 가능하다.

4. 선언 삼단논법

선언 삼단논법이란 선언 명제에 의한 삼단논법 논증을 말한다. 선언 명제(선택적 복합명제)란 단순 명제 둘 이상이 선택절로 연결된 복합명제이다. 선언명제를 이루는 단순 명제를 선언지라 한다.

가. 선언 삼단논법의 형식 1

> 똘망이는 반려견이거나 반려묘이다. (그리고) 똘망이는 반려견이 아니다.
> (그러므로) 똘망이는 반려묘다.
> p이거나 q다. p가 아니다. 그러므로 q다.

이 선언 삼단논법은 선언 명제의 두 선언지 가운데 하나를 부정한 다음, 다른 하나를 긍정하는 방식이다.

나. 선언 삼단논법의 형식 2

> 똘망이는 반려견이거나 반려묘이다. (그리고) 똘망이는 반려견이다. (그러므로) 똘망이는 반려묘가 아니다.
> p이거나 q다. p다. 그러므로 q가 아니다.

이 선언 삼단논법은 선언 명제의 두 선언지 가운데 하나를 긍정한 다음, 다른 하나를 부정하는 방식이다.

다. 선언 삼단논법의 논리성

> 1. 똘망이는 반려견이거나 반려묘이다. (그리고) 똘망이는 반려견이 아니다. (그러므로) 똘망이는 반려묘다.
> 2. 똘망이는 반려견이거나 반려묘이다. (그리고) 똘망이는 반려견이다. (그러므로) 똘망이는 반려묘가 아니다.

1, 2의 논리성을 따져 보자.

1. 전제가 수용 가능한가?
   전제는 수용 가능하다.

2. 전제가 충분한가?
   전제가 둘이어서 충분하다.

3. 전제와 결론이 관련이 있는가?

  선언 전제의 두 선언지[반려견, 반려묘]가 배제적이어서, 그중 하나를 부정하는
  전제와 다른 하나를 긍정하는 결론, 또는 하나를 긍정하는 전제와 다른 하나를
  부정하는 결론의 관계는 타당하다.

4. 결론이 수용 가능한가?

  선언 전제의 두 선언지[반려견, 반려묘]가 배제적인 관계이므로 어느 하나가 참
  이라면 다른 하나는 거짓이 된다. 결론은 수용 가능하다.

다음 논법을 보자.

> 똘망이는 저 사람의 반려견이거나 안내견이다. (그리고) 똘망이는 저 사람
> 의 반려견이다. (그러므로) 똘망이는 저 사람의 안내견이 아니다.

  이 논법에서 선언 전제의 두 선언지[반려견, 안내견]는 배제적이지 않다. (포괄적
이라 한다.) 둘 다 참이 될 수 있다. 따라서 이 논법의 결론은 수용하기 어렵다.
  한편 아래 논법의 논리성을 보자.

> 똘망이는 저 사람의 반려견이거나 안내견이다. (그리고) 똘망이는 저 사람
> 의 반려견이 아니다. (그러므로) 똘망이는 저 사람의 안내견이다.

  선언 전제의 두 선언지가 위와 마찬가지로 포괄적이지만 선언지 하나를 부정하
고 다른 하나를 긍정한다고 해도 결론은 수용 가능하다.
  이상의 탐구를 종합해 보자.
  선언 전제의 두 선언지가 배제적이든 포괄적이든, 선언지 하나는 부정하고 다른
선언지를 긍정하는 결론을 도출하는 형식은 언제나 결론이 참이 되고 논리성이 강
하다. 그러나 선언지 하나를 긍정하고 결론에서 다른 하나를 부정하는 형식은 두

선언지의 관계에 따라 논리성이 달라진다. 두 선언지가 배제적일 때는 결론이 참이지만 포괄적일 때는 거짓이 된다. 선언 삼단논법의 논리성을 판단할 때는 선언 전제에 나온 두 선언지의 관계가 배제적인지, 포괄적인지 잘 살펴야 한다. '또는'의 애매성을 제거하려면 "둘 다는 아니다."라는 토를 달아야 한다.

5. 당위 논법[46]

우리가 글을 쓸 때 이유를 들어 어떤 의견을 제안할 때가 많다. 이때 사용하는 논법이 당위 논법이다. 당위 논법은 전제의 일부가 당위 명제이고 결론이 당위 명제인 논법이다. 당위 명제는 어떤 신념, 의무, 문제 해결 방안 등을 제시하는 진술로 가치 판단이 담겨 있다. 그 표준적 진술은 '~해야 한다' 또는 '~하지 말아야 한다'이다.

---

1. 안락사는 행복하게 죽을 권리를 누리게 한다. (사람의 모든 행복추구권은 보장되어야 한다.) 따라서 안락사는 허용되어야 한다.
2. 살인은 다른 사람의 목숨을 빼앗는 범죄다. (모든 범죄자는 그에 상응하는 벌을 받아야 한다.) 살인 범죄자는 모두 사형해야 한다.

가. 당위 논법의 논리 구조

전제 1: 사실 진술(제안의 이유)

전제 2: [당위적인 일반적인 원리-주로 생략됨]

결론: 따라서 당위를 나타내는 진술(의견)

---

46 이대규(1995:240-241)에서는 '설득'이라 불렀다. 이대규에서는 '설득'을 '논증'으로 보지 않고 따로 제시했다. 김희정·박은진(2020:509-518)에서는 '도덕 논증'이라 했는데, 거기에는 당위 논법에 대해 자세하게 논하고 있다.

나. 당위 논법의 특성

당위 논법은 전제가 참이면 결론이 참이 되는 형식이므로 연역이다. 정언 삼단 논법의 형식이기는 하나 전제 하나와 결론이 당위 명제로 되어 있다는 것이 다르다. 또 당위 명제로 된 전제는 생략되는 것이 일반적이다.

다. 당위 논법의 논리성

1. 전제가 수용 가능한가?

   1과 2의 사실 진술인 전제는 참이다. 1의 당위 전제는 참이다. 그러나 2의 당위 전제에서 '상응'의 개념이 애매하다.

2. 전제가 충분한가?

   둘 다 충분하다. 다만 2에 암묵된 가정, '사형은 범인의 목숨을 빼앗는 형벌이다.' 가 깔려 있다.

3. 전제와 결론이 관련이 있는가?

   타당한 삼단논법의 형식이다.

4. 결론이 수용 가능한가?

   1은 수용 가능하다. 2의 결론이 수용 가능하다면 사형 제도가 해묵은 논쟁거리가 안 되었을 것이다. 사형 자체가 국가에 의한 살인이라는 것이 문제다. 또 2에서 '상응'의 애매함 때문에 논란이 있을 수 있다. '죽음'의 범죄에 꼭 '죽음'의 형벌만 이 상응하는 것인지, 다른 형벌(예를 들면, 가석방 없는 종신형)은 상응한다고 볼 수 없는지 등의 논의가 가능하다.

6. 생략 삼단논법

생략 삼단논법이란 말 그대로 전제의 일부나 결론을 생략하여 제시하는 변형된 삼단논법을 말한다. 생략 삼단논법의 논리성을 파악하려면 생략된 명제를 복원할 수 있어야 한다. 또 일부 논자들은 논증에서 불리한 전제를 의도적으로 생략할 수 있으므로 잘 따져봐야 한다.

가. 생략된 명제를 되살려서 논리성 판단하기

1. 저 친구는 나만 보면 웃는다. 나를 좋아하는 것이 분명하다.
   ▶ 전제(생략): 나를 보고 웃는 사람은 나를 좋아하는 사람이다.
   ▶ 논리성: 가언 삼단논법의 긍정식이어서 전제와 결론의 관계는 타당하다. 다만 생략된 전제가 참이 아니어서 수용 불가하다. 건전하지 않다.(논리성이 약하다.)

2. 갑주가 고급 아파트 단지에 사는 것을 보니. 갑주네 집은 틀림없이 부유하다.
   ▶ 전제(생략): 고급 아파트 단지에 사는 사람은 부유하다.
   ▶ 논리성: 생략된 전제를 복원하면 정언 삼단논법이다. 전제와 결론의 관계는 타당하다. 다만 생략된 전제가 참일 개연성은 높지만 참은 아니다. 따라서 논리성이 강하지 않다.

3. 코로나 19로 보안이 강화되어 출입증이 있어야 연구동에 들어갈 수 있다. 그런데 출입증을 집에 두고 왔다.
   ▶ 결론(생략): 연구동에 들어갈 수 없다.
   ▶ 논리성: 전제 둘은 참이고 충분하다. 전제와 복원된 결론으로 보면 가언 삼단논법의 부정식으로 타당하다. 따라서 논리성이 강하다.

4. 민주화를 위해 헌신한 분들에게도 국가가 서훈해야 한다. 민주화를 위한 헌신은 독립이나 호국을 위한 헌신 못지않은 큰 공로이기 때문이다.
   ▶ 전제(생략): 국가에 큰 공을 세운 사람에게는 서훈해야 한다.

▶ 논리성: 당위 논법이다. 생략된 명제와 제시된 명제는 참이다. 전제와 결론의 관계도 타당하다. 논리성이 강하다.

나. 생략된 전제 복원하기

실천적 지혜가 있는 사람은 덕이 있는 성품을 가진 사람이다. 그런데 덕을 아는 것만으로 실천적 지혜가 있는 사람이 될 수는 없다. 실천적 지혜가 있는 사람은 덕을 알 뿐만 아니라 그것을 실행에 옮기는 사람이다. 그리고 그런 사람이 실천적 지혜가 있다고 할 수 있다. 그런데 (   ). 따라서 실천적 지혜가 있는 사람은 자제력도 있다.

다음과 같이 기호화하여 논리 구조를 파악해 보자.

A 실천적 지혜가 있는 사람, B 덕이 있는 성품을 가진 사람, C 덕을 아는 것, D 덕을 실행에 옮기는 사람, E 자제력이 있다.

전제: A이면 B.

　C 그리고 ~A.

　A이면 (C 그리고 D).

　(C 그리고 D) 이면 A.

　(　　　)

결론: 따라서 A이면 E.

생략된 전제: '덕을 알고 실행에 옮기는 사람은 자제력이 있다.'나 '자제력이 없는 사람은 덕을 알고 실행에 옮기지 않는다.'라는 의미의 명제일 것이다.[47]

47　김우진(2018:143, 415-416)을 참조함.

다. 생략 가능한 명제

누구나 쉽게 복원 가능한 명제는 생략할 수 있다. 이런 명제는 생략하는 것이 오히려 경제적이고 강조의 효과가 있다. 연역은 전제들이 결론을 확증적으로 뒷받침하는 논법이므로 전제들이 참이고 충분하다면, 또 전제와 결론의 관계를 예측할 수 있다면, 결론을 명백하게 도출할 수 있기 때문에, 결론도 생략할 수 있다.

아리스토텔레스는 확실한 지표(보편타당한 지식; 모든 물체는 위에서 아래로 떨어진다 등), 일반적 통념(사회가 일반적으로 인정하는 상식; 부모는 자식을 사랑한다 등), 지표(증거가 될 만한 것, 그러나 확실하지 않을 수도 있으므로 조심해야 함) 등을 생략 가능한 전제로 보았다.[48]

7. 연역의 논리성과 오류

연역의 논리성은 타당성과 건전성으로 따져왔다. 타당성은 전제와 결론의 관계로 살피고, 건전성은 전제의 수용 가능성으로 따지면 된다.

가. 개나리는 모두 노랗다. 따라서 어떤 개나리도 노랗지 않은 것은 없다.
전제와 결론이 표현만 다를 뿐 똑같은 명제다. 따라서 전제가 없는 논법이다. 전제가 충분하지 않고 전제와 결론의 관계도 타당하지 않다. 순환논법 오류라 한다.

나. 모든 배추는 작물이다. 모든 배추는 채소다. 따라서 모든 채소는 작물이다.
명제 셋이 전칭 긍정 명제이고, 매개념이 대전제와 소전제의 주어 위치에 있다. 이런 형식은 부당한 형식이다. '모든 사람은 포유류다. 모든 사람은 동물이다. 따라서 모든 동물은 포유류다.'라는 부당한 예를 들 수 있다.

---

48 김용규(2011:57-60)에서 재인용함.

다. 모든 배추는 작물이다. 모든 배추는 채소다. 따라서 어떤 채소는 작물이다.

위 논법과 달리 결론 명제가 특칭 긍정이다. 이런 형식은 타당하다. '모든 사람은 포유류다. 모든 사람은 동물이다. 따라서 어떤 동물은 포유류다.'도 타당하다.

라. "새 스마트 폰? 기말시험 망쳤는데 국물도 없어."

숨겨진 전제는 "기말시험을 잘 치는 경우에 한해 새 스마트 폰을 사주겠다."가 될 것이다. 곧 "기말시험을 망치면 스마트폰을 사 주지 않겠다. 기말시험을 망쳤다. 그래서 새 스마트 폰을 사줄 수 없다."로 논법을 정리할 수 있다. 전건을 긍정하는 타당한 형식이다. 전제도 통념에 비추어 볼 때 참이다. 건전한 논증이다.

마. 전문직에 종사하는 40대 한국인 가운데 비혼주의자가 제법 있다. 우리 수학 선생님은 40대다. 그러므로 우리 수학 선생님은 비혼주의자다.

논법을 재구성하면 "어떤 전문직 종사자 40대 한국인은 비혼주의자다. 우리 수학 선생님은 40대 전문직 한국인이다. 따라서 우리 수학 선생님은 비혼주의자다."라는 정언 삼단논법이 될 것이다. 첫째 전제는 특칭 긍정 명제이고 둘째 전제와 결론은 전칭 긍정 명제이다. 매개념은 대전제의 주어, 소전제의 술어 위치에 있다. 이 형식은 부당한 형식이다. 이것을 따지지 않더라도 이 논법은 전제가 참이더라도 결론의 참을 확증적으로 보장하지 못하므로 전제와 결론의 관계가 타당하지 않다는 것을 알 수 있다. 건전하지 않은 논증이어서 논리성이 약하다. 결론을 '우리 수학 선생님은 비혼주의자일 가능성이 높다.'로 바꾸면 논리성이 약간 강화될 것이다.

바. "아이디 '창'은 범인이 아니야. '창' 또는 '송곳'이 범인인데 경찰이 '송곳'을 범인으로 체포했잖아."

선언 삼단논법이다. 선언 전제의 두 선언지는 배제적 관계가 아니다. 두 사람이 공범일 수 있다. 타당한 형식이 아니다. 선언지 긍정의 오류라 한다.

사. "야, 갑주가 나를 좋아하나 봐. '논리와 글쓰기' 과목에서 모르는 것이 있으면 나한테 계속 묻고 있어."

생략된 전제는 "모르는 것을 나에게 묻는 것은 나를 좋아한다는 증거다." 정도 될 것이다. 그런데 이 생략된 전제가 참인지 의심스럽다. 논리성이 약하다.

아. 그는 참 나쁜 사람이다. 내 마음을 자꾸 훔쳐 간다.

생략된 전제를 복원하여 논법을 재구성하면 "다른 사람의 것을 훔치는 것은 나쁘다. 그는 내 마음을 훔친다. 그는 나쁘다."가 될 것이다. 훔치는 것을 '마음'에까지 적용하여서 오류다. 성급한 특수화의 오류라 한다. 논리적으로는 이러하지만 우리는 저런 표현을 멋있다고 생각한다. 논리의 한계다.

8. 연역 읽기: 인간 본성은 악한가

가. 논리 구조

▶ 전제:

1. 만약 인간의 본성이 선하다면 사회에는 범죄가 없고 법도 필요 없을 것이다.

2. 사회는 법 없이 돌아가지 않고 온갖 범죄들이 행해지고 있다.

▶ 결론:

따라서 인간의 본성은 선하지 않다. (*'인간의 본성은 악하다.'는 곤란함)

나. 논법

논리 구조로 볼 때 가언 삼단논법을 사용하여 글을 전개했다.

다. 논리성

1. 전제가 수용 가능한가?

전제 2는 참이다. 그러나 전제 1이 참인지에 대해 논란이 있을 수 있다. '선하다'가 애매하기 때문이다. 약간 선함에서부터 완전히 선함까지 그 의미의 폭이 넓다.

2. 전제가 충분한가?
   충분하다.

3. 전제와 결론이 관련이 있는가?
   가언 삼단논법의 후건 부정식이므로 타당한 형식이다.

4. 결론이 수용 가능한가?
   '따라서 인간의 본성은 전혀 선하지 않다. 오히려 인간의 본성은 악하다고 보는 것이 바람직하다.'에서 뒤 문장을 빼는 게 좋다. 선과 악은 모순 관계가 아닌 반대 관계다. 필자는 서론에서 '타블라 라사 설'까지 확인했기에 더 그렇다.

이 글은 전제 1이 참이라는 것을 더 입증하고 결론을 조정한다면, 꽤 논리성이 강한 논증을 사용했다고 본다.

10. 귀납

1. 귀납 논법의 유형

1. 한국과학영재학교 학생들을 대상으로 야간 자율학습에 대해 설문조사를 실시했다. 그 결과, 1학년 학생의 73%, 2학년 학생의 65%, 3학년 학생의 58% 학생들이 이 제도가 학습에 효과가 크지 않다고 답했다. 그러므로 이 제도는 당초 취지와는 달리, 실효성이 크지 않다.
2. 저명한 영재교육 전문가 김갑주 박사는 강제성은 창의성의 가장 큰 적이라고 말했다. 한국과학영재학교의 야간 자율학습 제도는 매우 강제적인 성격이 강하여 영재교육을 추구하는 학교의 방향과 맞지 않는다. 이 제도는 폐지되어야 한다.
3. 한국과학영재학교 학생들을 대상으로 실시한, 야간 자율학습에 관한 설문조사에서 1학년 학생 73%가 이 제도의 폐지에 찬성했다. 을주는 현재 한국과학영재학교 1학년에 재학 중이다. 을주는 이 제도의 폐지에 찬성할 것이다.

가. 통계 논법, 권위에 의한 귀납

'들어가며'에서 다룬 글에서, 귀납의 전제는 어떤 부류의 표본이었다. 사례나 표본에서 확인한 속성을 부류 전체에 일반화하는 것을 귀납적 일반화라 한다.

그러나 1, 2는 전제가 귀납적 일반화의 전제와 그 성격이 다르다. 1의 전제는 통계 자료다. 결론을 확률적으로 뒷받침할 뿐이다. 통계·확률적 귀납이다. 2의 전제는 영재교육 전문가의 의견이다. 귀납에서 검증된 전문가의 의견을 전제로 삼을 수는 있지만, 결론을 확증적으로 뒷받침한다고 보기 어렵다. 둘 다 전제가 결론을 확증적으로 뒷받침할 수 없으므로 귀납으로 본다.

3은 통계적 삼단논법이다. 연역의 정언 삼단논법과 유사하지만, 전제가 결론을 확증적으로 뒷받침하지 못하므로 귀납으로 친다.

나. 결론 표현에 따른 논리성 변화

> 1. 그러므로 이 제도는 당초 취지와는 달리, 실효성이 크지 않다. → 그러므로 이 제도는 당초 취지와 달리, 실효성이 전혀 없다.
> 2. 이 제도는 폐지되어야 한다. → 이 제도는 보완되어야 한다.

귀납의 결론은 일반화한 진술이고, 또 논자가 과거, 현재, 미래의 모든 사례를 조사할 수 없으므로, 결론이 반박당할 가능성은 늘 남아 있다. 따라서 귀납의 결론은 논리적 강도에 맞게 적절하게 표현해야 한다.

1은 원 결론보다 강도가 센 표현으로 바뀌었다. 귀납의 논리성이 약화된다. 2는 원 결론보다 강도가 약한 표현으로 바뀌었다. 귀납의 논리성이 강화된다.

다. 전제 추가에 따른 논리성 변화

> 1. 야간 자율학습에 관한 다른 조사를 보면 1학년 학생의 58%, 2학년 학생들의 55%, 3학년 학생들의 62%가 직전 학기에 비해 평점 평균이 상승한 것으로 나타났다. 이 현상은 상승 비율과 상승 폭의 측면에서 중위권(상하위 각 20%를 제외) 학생들에게 더 두드러졌다.
> 2. 영재학교에서 5년간 학생들을 지도한 경험이 있는 A 대학 교육학과 이을주 교수는 잠재력이 아무리 뛰어난 학생이라도 학업에 집중하는 시간이 어느 정도 확보되지 않는다면 잠재력을 제대로 발휘할 수 없다고 주장했다.

귀납은 유의미한 전제가 많을수록 그 논리성의 강도가 강화된다. 또 예외적 전제나 반대 전제가 있으면 그 논리성의 강도가 약화된다.

1은 야간 자율학습이 실효성이 있다는 증거가 된다. 2는 소견(전문가 의견) 증거로 또한 야간 자율학습의 필요성을 인정하는 전제 역할을 할 수 있다. 이런 증거들은 '들어가며'에서 다룬 글의 귀납적 결론을 약화시킨다.

라. 귀납 논법의 논리성 해석

1. 전제가 수용 가능한가?

   전제가 참일 개연성이 높아야 한다. 그러려면 표본 가치가 있는 전형적인 전제, 해당 분야와 일치하는 전문성을 가진 사람의 소견 전제, 최신의 통계 자료 등을 사용해야 한다.

2. 전제가 충분한가?

   이 기준은 귀납 같은 비연역 논증에 중요하다. 사례가 많을 때는 통계 자료를, 사례의 균질성이 낮을 때는 다양한 사례를 제시하고, 또 결론의 논리성을 약화시키는 반대 전제를 검토해야 한다.

3. 전제와 결론이 관련이 있는가?

   결론이 전제를 일반화해야 한다.

4. 결론이 수용 가능한가?

   이 기준 또한 귀납 같은 비연역 논증에 중요하다. 결론이 사실과 대응하거나 기존의 지식 체계에 정합적이거나 실제적 유용성이 있거나, 또는 그럴 개연성이 높아야 한다. 또 결론이 논리적 강도에 맞게 적절하게 표현되어야 한다.

   *논리적[귀납적] 강도: 귀납의 결론이 참일 가능성의 정도를 말한다. 귀납적 강도가 높을수록 설득력 있는 논증이 된다.

   *결론의 표현: 귀납의 강도에 따라 표현 조절해야 한다. 귀납의 강도가 낮을 때는 결론을 단정적으로 표현하면 성급한 일반화의 오류가 발생한다. 대개 '⋯⋯한 경향이 있다', '⋯⋯처럼 보인다', '나는 ⋯⋯라고 제안한다' 들처럼 개연성을 인정하도록 표현하는 것이 좋다.

이 조건들을 사용할 때, 참·거짓이라는 이치 논리로 판단하기보다는 가능성 정도로 판단하는 것이 좋겠다.

2. 귀납의 논리성

> 1. 불교는 인도, 유교는 중국을 발상지로 하고 있다. 이슬람교 역시 중동을 발상지로 하는 동양 종교다. 기독교는 흔히 서양 종교로 알고 있지만, 그 발상지인 이스라엘이 분명 아시아 지역이므로 동양 종교다. 우리가 기독교를 서양 종교로 생각하는 것은 우리나라에 기독교를 전래한 사람들이 주로 서양 사람들이기 때문이다. 그러므로 세계의 대종교는 모두 대등한 가치를 지닌다.

1. 전제가 수용 가능한가?
   전형적인 전제이고 발상지 정보도 맞으므로 수용 가능하다.

2. 전제가 충분한가?
   대종교 넷을 들어 충분하다. 기독교가 예외적 사례일 수 있어서 부연 설명을 했다.

3. 전제와 결론이 관련이 있는가?
   전제는 발상지를, 결론은 대등한 가치를 말하여 관련이 없다. 결론이 전제를 일반화하고 있지 않다.

4. **결론이 수용 가능한가?**
   전제와 결론이 관련이 없으므로 결론은 수용 불가하다.

2. 문법적 기능이 같은 두 가지 조사 중에서 자음으로 시작되는 것은 끝음절이 모음으로 끝나는 말에 붙고, 모음으로 시작되는 것은 자음으로 끝나는 말에 붙는다. '바위'에는 주격조사 '가'가 붙고 '구름'에는 '이'가 붙는다. 목적격 조사 '를/을', 보조사 '는/은', 부사격 조사 '로/으로' 등도 마찬가지다.[49]

1. 전제가 수용 가능한가?

전형적인 전제이고 설명도 맞으므로 수용 가능하다.

2. 전제가 충분한가?

조사 넷을 들어 충분하다. 그러나 반대 전제 '와/과'를 검토하지 않았다. 일부러 무시했다면 비윤리적이다. 어떤 형태로든 언급해야 한다.

3. 전제와 결론이 관련이 있는가?

결론이 전제를 일반화하고 있다.

4. 결론이 수용 가능한가?

결론이 사실과 대응하고, 동사에 붙는 '니/으니', '면/으면' 등의 어미에도 적용할 수 있어서 실제적인 유용성이 있다. 그러나 '와/과'라는 반례가 있으므로 결론의 표현을 논리적 강도에 맞게 조절해야 한다.

---

49 이대규(1995:220)의 것을 일부 손질하여 인용함.

3. 한국은행은 얼마 전 제2분기(4~6월) GDP(국내총생산) 통계를 발표하면서 "민간소비가 전년 같은 기간 대비 2.7% 증가했다."며 "내수(內需) 쪽 증가세가 예상보다 활발히 확대되고 있다."고 밝혔다. 통계상 민간소비가 지난해 같은 기간에 비해 2.7%나 증가했으니 작년 마이너스로 곤두박질쳤던 내수 경기가 큰 폭으로 회복되었다는 것이다. (*참고: 민간소비 금액은 국내소비 금액과 해외소비 금액의 합이다.)

1. 전제가 수용 가능한가?

통계 자료는 한국은행 것이어서 신뢰성이 있다. 그리고 최신 통계이다.

2. 전제가 충분한가?

'참고'를 보면 민간소비 금액은 국내소비 금액과 해외소비 금액을 합친 개념이다. 그런데, 국내소비 금액과 해외소비 금액에 대한 통계를 제시하지 않았다. 민간소비 금액이 전년 대비 증가하더라도 만약에 그것이 해외소비 금액의 증가에 의존한 것이라면, 내수 경기가 크게 회복되었다고 말하는 것은 기만이다.

"지난 2분기 중 가계의 해외소비 지출액(3조 1,1818억 원)은 작년 2분기보다 30% 가까이 늘어난 반면, 국내소비 지출액(82조 6,745억 원)은 1.5% 증가하는 데 그쳤다. 지난 2분기 민간소비 증가는 주로 해외에서의 지출액이 급증한 데 따른 것이었고 국내에서의 지출액은 거의 제자리걸음이었다. 그럼에도 불구하고 한국은행은 의도적으로 국내소비와 해외소비를 구별하지 않음으로써 마치 국내소비가 살아나는 것 같은 착각을 일으키게 한다." (김보현, 2015:82)

3. 전제와 결론이 관련이 있는가?

결론이 전제를 과도하기는 하지만 일반화하고는 있다.

4. 결론이 수용 가능한가?

　누락된 전제를 참고할 때, 결론이 사실과 대응하지 않는다. 수용하기 어렵다.

---

　4. 중학교에 다니는 A군과 B군의 장래성을 측정하는 테스트에서 각각 80점과 60점을 받았는데, 이것은 장차 A군이 B군보다 성공할 가능성이 크다는 것을 의미한다. 그들이 받은 테스트는 부모, 교사, 선배 등의 지도를 얼마나 잘 따르는가(20점), 학교 공부를 얼마나 열심히 잘하는가(20점), 자신에게 맡겨진 책임을 얼마나 성실히 수행하는가(20점), 규율을 얼마나 잘 지키고 정직한가(20점), 목표한 일을 반드시 이루고 말겠다는 의지력이나 성취동기(20점)의 5개 항목으로 구성되었다.

---

1. 전제가 수용 가능한가?

　전제는 참이다.

2. 전제가 충분한가?

　전제가 충분하지 않다. 총점 정보 하나만으로는 부족하다. 하위 항목 5개 가운데 장래의 성공 가능성과 더 깊이 관련된 항목의 점수까지 따져봐야 한다. 총점이 낮더라도 유의미한 항목의 점수가 더 높다면 오히려 성공 가능성이 더 높을 수 있다. 테스트의 신빙성을 높이기 위해서는 하위 항목을 조절하든가, 아니면 배점을 달리하든가 해야 한다.

3. 전제와 결론이 관련이 있는가?

　결론이 전제를 일반화하고 있다.

4. 결론이 수용 가능한가?

　전제가 불충분하여 결론의 개연성은 낮다. 성급한 일반화일 수 있다.

3. 귀납 관련 오류

가. 하루 10,000보 걷기는 만병통치약과 같다. 2010년 요추 디스크 시술 이후,
   나는 꾸준히 하루 평균 만 보를 걸어왔는데 그 이후로 감기 한 번 걸린 적이
   없다.

   전제 하나로 성급하게 결론을 내렸다. 성급한 일반화의 오류다.

나. 우리 학교 선생님들의 90%가 박사학위를 가지고 있다. 우리 담임 선생님도
   박사학위를 가진 것이 분명하다.

   결론이 참일 가능성은 크지만, 분명한 것은 아니다. 결론의 표현을 강도에
   맞게 조절해야 한다.

다. 게임이 학생들의 학업에 악영향을 끼친다고 할 수 없다. 일부 학생들을 보면
   그런 것 같기도 하지만 아직 결정적인 증거는 없다.

   증거가 없다고 어떤 현상이 일어나지 않는다고 판단할 수 없다. 증거가 어딘
   가에 있는데 아직 찾지 못했을 수도 있고 장차 나타날 수도 있기 때문이다.

라. 세계적인 물리학자 스티븐 호킹 박사는 2015년에 "인간보다 똑똑한 인공지
   능의 개발은 인류의 멸망을 초래할 수도 있다."라고 경고했다. 인류는 지금
   당장 인공지능 개발을 멈추어야 한다.

   스티븐 호킹 박사는 천체 물리학자이다. 한 분야에서 높은 수준의 성취를 이
   룬 전문가가 다른 분야에 관해 어떤 말을 할 때, 그 말은 보통 사람의 말보다
   는 신빙성이 있을 것이다. 그러나 호킹 박사는 인공지능 분야의 전문가는 아니
   다. 소견 전제를 사용할 때는 분야 적합성이 매우 중요하다.

마. 정병주는 학생회장 감이다. 3학년 선배들 2/3가 그를 지지하는 데는 다 이유가 있지 않을까?

다수가 지지한다고 해서 학생회장 자질이 충분한지는 알 수 없다. 다만, 당선 가능성은 높다. 다수 여론을 전제로 삼는 것은 오류 가능성이 크다.

4. 귀납 읽기: 포지션의 중요성

가. 논리 구조

- 전제:

  1. 야구에서 모든 포지션이 중요하다.

  2. 축구에서 모든 포지션이 중요하다.

  3. 농구에서 모든 포지션이 중요하다.

- 결론:

  (단체) 스포츠 종목에서 모든 포지션이 중요하다.

나. 글의 논리성

1. 전제가 수용 가능한가?

   전형적인 전제다. 전제들이 모두 참이다.

2. 전제가 충분한가?

   셋이어서 충분하다. 반대 사례(포지션이 별로 중요하지 않거나 특정 포지션의 비중이 지나치게 도드라진 스포츠 단체 종목)의 검토가 없지만 당연한 듯하다.

3. 전제와 결론이 관련이 있는가?

   결론이 전제들을 일반화하고 있다.

4. 결론이 수용 가능한가?

결론이 사실과 대응한다. 널리 알려진 상식에 정합적이다. 개연성이 높다. 결론이 논리적 강도에 맞게 적절하게 표현되었다.

다. 필자의 주장에 대한 판단: 풀이 생략

11. 유추

1. 유추 논법의 구성과 특성

가. 유추 대상과 빗댄 대상

유추 논법에서 논증하고자 하는 대상을 '유추 대상'이라 하고, 빗대기 위해 가져온 것을 '빗댄 대상'이라고 하자.

1. 유추 대상: 내 강아지, 빗댄 대상: 미정이 강아지
2. 유추 대상: 논리학, 빗댄 대상: 품세

나. 유추 논법의 전제와 결론

- 전제:
  1. 유추 대상과 빗댄 대상의 공유 속성
  2. 빗댄 대상에서만 확인된 속성
- 결론:
  빗댄 대상에서만 확인된 속성을 유추 대상에 가정함(가정된 속성)

• **전제:**

  1. 미정이 강아지와 내 강아지는 시추(종) 수컷이고, 건강 검진, 깨끗한 물과 사료, 매일 적당한 운동 등의 면에서 비슷하게 관리를 받고 있다.

  2. 미정이 강아지는 건강하게 잘 자란다.

• **결론:** 내 강아지도 건강하게 잘 지낼 것이다.

• **전제:**

  1. 품세는 무술의 기본이고 논리학은 말과 생각의 기본이다.

  2. 품세는 올곧은 정신을 갖게 하여 진정한 무술인이 되게 한다.

• **결론:** 논리학은 옳고 정당한 생각(도덕성)을 갖추게 하여 합리적이고 설득력 있는 사람이 되게 한다.

다. 유추 논법의 논리 구조

• **전제:**

  1. A, B, …, X 들은 a, b, c, … 들의 속성을 띤다.

  2. A, B, … 들은 z라는 속성을 갖고 있다.

• **결론:** X도 z를 갖고 있을 것이다.

라. 유추와 비교

• **유사점** : 둘 이상의 대상을 두고 그 속성을 다룸

• **차이점** : 비교는 같은 영역에 속하는 것들끼리 맞대고, 맞대는 대상의 비중이 비슷하지만(대상 모두가 논제가 됨), 유추는 다른 영역에 속하는 것들도 빗댈 수 있고 비중이 다르다. (한 대상만 논제가 됨) 비교는 차이점도 다루지만, 유추는 유사성만 다룬다.

마. 유추와 귀납

- **유사점** : 전제가 참이라도 결론이 참임을 확정적으로 뒷받침하지 못한다. 새로운 지식을 발견하도록 하는 진리 확장적 논증이다. 유추는 넓은 의미의 귀납의 한 종류다.

- **차이점** : 귀납(좁은 의미)은 전제와 결론에 언급되는 것들이 '특수-일반'의 관계이지만, 유추는 두 대상이 유사한 속성을 공유하는 관계로서 범주 상 상하 관계는 아니다.

2. 유추의 논리성

가. 유추 논법의 논리성 해석

1. 전제가 수용 가능한가?
제시된 공유 속성이 유추 대상과 빗댄 대상과 각각 관련이 있고 본질적인 속성이라야 한다. 가정된 속성(빗댄 대상에만 확인되고 유추 대상에 가정할 속성)이 빗댄 대상과 관련이 있고 본질적이라야 한다.

2. 전제가 충분한가?
공유 속성이나 가정된 속성이 충분해야 한다. 결론을 약화시키는 속성을 검토해야 한다. (빗댄 대상의 수가 충분하고 다양하면 좋다.)[50]

3. 전제와 결론이 관련이 있는가?
빗댄 대상을 적절하게 선택해야 한다. 유추 대상과 본질적인 차이가 있는 빗댄 대상일 때는 조심해야 한다.

---

50 유추는 대개 빗댄 대상이 하나다. 만약 적극적으로 논증을 펼치려면 둘 이상이어도 좋을 것이다.

4. 결론이 수용 가능한가?

가정된 속성을 유추 대상에 적용할 때, 사실과 대응하거나 기존의 지식 체계에 정합적이거나 실제적 유용성이 있거나, 또는 개연성이 높아야 한다. 결론을 논리적 강도에 맞게 표현해야 한다.

나. 유추의 논리성 익힘

···▶ 강아지

1. 공유 속성이 유추 대상과 빗댄 대상, 둘 다와 관련이 있고 본질적이다. 가정된 속성이 빗댄 대상과 관련이 있고 본질적이다. 전제가 수용 가능하다.
2. 네 개의 공유 속성은 충분하다. 결론을 약화시키는 속성에 대한 검토는 없다. 전제는 비교적 충분하다.
3. 빗댄 대상이 유추 대상과 동질적 범주의 것이어서 관련이 깊다.
4. 가정된 속성을 유추 대상에 적용하는 데는 문제가 없다. 표현도 적절하다. 결론은 수용 가능하다.

···▶ 논리학

1. 공유 속성이 유추 대상과 빗댄 대상, 둘 다와 관련이 있고 본질적이다. 가정된 속성이 빗댄 대상과 관련이 있고 본질적이다. (품세 수련이 정신 수련에까지 이어지는 것이 이상적이다.) 전제가 수용 가능하다.
2. 공유 속성은 하나다. 결론을 약화시키는 속성에 대한 검토는 없다. 전제가 충분하지는 않다. 그러나 제시된 공유 속성이 매우 강력하다.
3. 논리학을 무술의 품세에 빗대어 '생각의 품세'라 한 것은 이질적 범주의 것에 빗댄 것이어서 인상 깊다. 그런데 품세는 신체 단련과 관련된다면 논리학은 생각 단련과 관련된다. 품세 수련이 정신 수련까지 나아간다고 치더라도 논리학 익힘이 도덕성 함양에까지 나아갈까?
4. 논리학이 도덕성을 함양한다면 가정된 속성의 유추 대상 적용은 문제가 없다.

3. 유추 관련 오류

가. 사람들은 자기 차에 대해서는 아무 불평 없이 몇 달마다 한 번씩 정기적으로 서비스와 점검을 받는다. 그런데 왜 자기 몸은 이와 유사하게 돌보지 않는가?

- **유추 대상**: 사람의 몸
- **빗댄 대상**: 차

1. 전제가 수용 가능한가?

공유 속성은 제시되어 있지 않다. 추정하면 사람의 몸과 자동차는 여러 기관과 요소로 구성되어 있고, 에너지로 움직이고, 시간이 지남에 따라 부분이나 요소들이 닳고 고장이 난다는 등의 속성을 공유하고 있다. 공유 속성이 유추 대상과 빗댄 대상과 각각 관련이 있고 본질적인 속성이다. 가정된 속성(정기적인 서비스와 점검)이 빗댄 대상과 관련이 있고 본질적이다.

2. 전제가 충분한가?

위와 같이 추정한다면 공유 속성은 충분하다. 가정된 속성은 둘이다. 결론을 약화시키는 속성을 검토하지 않았다. 전제가 충분하지 않다.

3. 전제와 결론이 관련이 있는가?

자동차를 빗댄 대상으로 선택했는데 자동차는 무생물이고 사람은 생물이라 본질적인 차이가 있다.

4. 결론이 수용 가능한가?

가정된 속성(정기적인 서비스, 점검)을 사람의 몸에 적용할 때, 점검을 건강 검진 정도로 해석하면 문제가 없다. 정기적 서비스란 차의 각종 소모품을 교체한다는 뜻인데, 사람의 몸에서 기관이나 장기를 교체하는 것은 아직 활발하지 않다. 미래에는 이것도 가능할 것이다. 결론의 표현을 조절하면 좋겠다.

나. 인호, 수현, 경수, 철환이는 모두 왼손잡이이고 정보과학을 잘한다. 수현, 철환, 경수는 모두 부산 출신이다. 따라서 인호도 부산 출신일 것이다.

• **유추 대상**: 인호 • **빗댄 대상**: 수현, 경수, 철환

1. 전제가 수용 가능한가?

　공유 속성(왼손잡이, 정보과학 잘함)이 유추 대상과 빗댄 대상과 각각 관련이 있지만 본질적이지 않다. 우연의 일치다. 가정된 속성(부산 출신)이 빗댄 대상과 관련이 있지만 본질적이지 않다.

2. 전제가 충분한가?

　공유 속성이 둘이다. 결론을 약화시키는 속성을 검토하지 않았다.(예를 들면, 수학 성적의 차이 등)을 검토해야 한다. 전제가 충분하지 않다.

3. 전제와 결론이 관련이 있는가?

　유추 대상과 빗댄 대상 모두 사람이어서 동질적 범주로 관련이 있다.

4. 결론이 수용 가능한가?

　부산 출신이라는 가정된 속성을 인호에게 적용할 근거가 약하다. 개연성이 매우 낮다.

다. '사람에게서 머리를 자르면 그는 죽는다. 마찬가지로 국가에서 왕을 없애버리면 그 나라는 망한다.'

　• **유추 대상**: 국가 • **빗댄 대상**: 사람

1. 전제가 수용 가능한가?

　머리는 사람과 관련이 있고 본질적이다. 그러나 왕은 국가와 관련이 있지만, 본질적이라고 볼 수 없다. 가정된 속성(자르면 죽는다)이 빗댄 대상(사람)과 관련이 있고 본질적이다.

2. 전제가 충분한가?

공유 속성이 하나다. 결론을 약화시키는 속성을 검토하지 않았다. 전제가 충분하지 않다.

3. 전제와 결론이 관련이 있는가?

사람을 빗댄 대상으로 선택했는데, 사람은 유기체이고 국가는 그렇지 않아서 본질적인 차이가 있다.

4. 결론이 수용 가능한가?

머리를 자르면 사람이 죽지만, 왕이 없어진다고 국가가 망하는 것은 아니다. 정합적이지 않고 개연성도 낮다.

라. 벌은 자신의 집을 지키기 위해 목숨을 버리기까지 한다. 그래야만 자신의 여왕과 자신의 사회를 지킬 수 있기 때문이다. 사람도 마찬가지로 자신의 사회와 군주를 위해 목숨을 버릴 줄 알아야 한다.

　　• **유추 대상**: 사람　　　• **빗댄 대상**: 벌

1. 전제가 수용 가능한가?

벌에게 여왕과 군집 생활은 본질적이다. 그러나 사람에게 사회생활은 본질적이라 하더라도 군주는 본질적일 수 없다. '목숨을 버린다'는 가정된 속성은 벌에게 본질적이다. 전제를 수용하기 어렵다.

2. 전제가 충분한가?

공유 속성이 둘이다. 결론을 약화시키는 속성을 검토하지 않았다.

3. 전제와 결론이 관련이 있는가?

벌과 사람은 생명체이긴 하지만 차원이 다른 사회생활을 하고 있다. 빗댄 대상 선택이 적절하지 않다.

4. 결론이 수용 가능한가?

'목숨을 버리는 행위'는 벌에게 본능적이지만 사람에게는 선택의 문제다. 정합적이지도 않고 개연성도 낮다. 결론을 수용하기 힘들다.

마. 정글에서 사자와 같은 포식자가 임팔라와 같은 피식자를 죽이는 것은 당연하다. 인간 사회에서 강한 자가 약한 자를 희생시키는 것을 비난해서는 안 된다.

• **유추 대상**: 인간 사회　　• **빗댄 대상**: 정글

1. 전제가 수용 가능한가?

인간 사회와 정글에 강자와 약자가 있다는 것은 관련이 있고 본질적이다. 정글에서 포식자가 피식자를 죽이는 것은 생존을 위해 필수 불가결한 것이므로 본질적이다.

2. 전제가 충분한가?

공유 속성은 하나 제시되어 있다. 결론을 약화시키는 속성을 검토하지 않았다. 충분하지 않다.

3. 전제와 결론이 관련이 있는가?

인간 사회 현상을 다루기 위해 정글에 빗댄 것은 다루는 속성에 따라 적절성이 달라질 것이다.

4. 결론이 수용 가능한가?

정글에서 포식자가 피식자를 죽이는 것과 인간 사회에서 강자가 약자를 희생시키는 것은 성격이 완전히 다르다. 전자는 생존을 위해 어쩔 수 없는 것이지만, 후자는 그렇지 않다. 또 포식자와 피식자는 다른 종이지만, 인간 사회에서 강자와 약자는 같은 인간이다. 따라서 저 결론은 사실과 대응하지도 않고 정합적이지도 않아서 수용하기 어렵다.

4. 비논증적[설명적] 유추

> 1. 수소 원자의 지름을 축구장의 크기라고 한다면 원자핵의 지름은 축구장 한복판의 벼룩 한 마리의 크기에 비유된다. 원자와 탁구공의 크기를 비교하면 그 비율은 탁구공과 지구의 크기의 비율과 같은 정도이다.
> 2. 수소 원자의 크기는 10^{-10}m 정도이고 그 중심부에 10^{-15}m 정도의 크기를 가지는 원자핵이 존재하고 있으며 원자의 질량은 거의 모두 원자핵에 집중되어 있다.

가. 설명적 유추의 장점

1과 2 모두 수소 원자에 대해 기술하고 있다. 1은 비유적 표현이고 2는 사실적 표현이다. 하지만 2로는 수소 원자와 원자핵의 크기가 선뜻 이해가 안 되지만, 1로는 쉽게 이해가 된다.

나. 귀납적 유추와 설명적 유추의 공통점과 차이점

'들어가며'에서 다룬 글과 1은 둘 다 다루고 싶은 대상을 다른 영역의 대상에 빗대어서 말하고 있다는 점에서 유사하다. 하지만, '들어가며'의 글은 논증을 목적으로 하고 1은 설명[논리학 용어로는 '기술']51을 목적으로 한다.

5. 유추 읽기: 성장의 비료

가. 유추 대상과 빗댄 대상

· **유추 대상**: 학생(의 성장)

---

51 '설명'이라는 말은 수사학에서는 '정보나 지식을 전달함'으로 쓰이고, '논리학'에서는 인과 관계를 규명하는 것으로 쓰인다.

- **빗댄 대상**: 작물(의 생장)

나. 논리 구조

- **전제:**

  1. 비료를 잘 사용하면 작물이 생장을 잘하듯이 사교육을 적절히 활용하면 학생은 효율적으로 공부를 할 수 있다.

  2. 비료는 과도하지 않게, 종류별로 맞게, 때에 맞추어 사용해야 효과가 있다. (비료를 잘못 사용하면 역효과가 난다.)

- **결론:**

  사교육도 과도하지 않게, 자기에 알맞은 형태로, 적절한 때에 사용해야 효과가 있다. (사교육도 잘못하면 부작용이 생긴다.)

다. 논리성 검토

1. **전제가 수용 가능한가?**

   비료와 작물의 생장은 관련이 있고 본질적이다. 그런데 사교육과 학생의 효율적 공부는 관련은 있지만 본질적이지는 않다. (한국에서는 본질적인가?) 가정된 속성(적당한, 종류에 맞는, 때에 맞는 비료 주기)도 작물의 생장에 본질적이다.

2. **전제가 충분한가?**

   공유 속성은 하나다. 대신에 가정된 속성이 셋이다. 결론을 약화시키는 속성을 검토해야 한다.

3. **전제와 결론이 관련이 있는가?**

   학생의 성장을 작물의 생장에 빗댄 것은 적절하다.

4. **결론이 수용 가능한가?**

   가정된 속성(비료의 적절한 사용 요령 세 가지)을 학생에게 적용하는 것은 개연성이 높다. 결론의 표현도 적절하다.

라. 필자의 주장 평가: 풀이 생략

6. 비논증적[설명적] 유추 읽기: "로미오와 줄리엣"을 통해 화학적 세계를 깨닫다

가. 유추 대상과 빗댄 대상
- **유추 대상:** 로미오와 줄리엣의 사랑
- **빗댄 대상:** 이온결합[52]

나. 유추 대상과 빗댄 대상의 유사성
- **결합 과정:**

  이온결합: 활성화 에너지, 작살 메커니즘, 접근과 이온결정

  로미오와 줄리엣: 양가 부모 반대, 사랑의 작살, 접근과 결혼

- **결정의 특성:**

  이온결합: 외부 자극, 금속 양이온과 비금속 음이온이 같이 떨어짐

  로미오와 줄리엣: 부모님과 시민들의 성화, 죽음을 함께 함

다. 검토
1. 유추 대상과 빗댄 대상이 공유하고 있는 유사성이 각각에 대해 관련이 있고 본질적인가?

   그렇다.

52　학생의 의도는 저것이었지만 거꾸로 봐도 괜찮을 듯하다.

2. 대응되는 속성의 유사성이 높은가?

   그렇다.

   이 유추 글은 이온결합만 알고 로미오와 줄리엣의 이야기를 모르는 독자나 거꾸로 이온결합은 모르고 로미오와 줄리엣의 이야기를 알고 있는 독자, 모두에게 모르는 것에 대한 이해를 재미있게 제공한다.

12. 가추

1. 가추 논법의 특성과 구성

가. 가추 논법의 특성

> 1. 이 주머니에서 나온 콩들은 모두 하얗다. 콩 a가 이 주머니에서 나왔다. 콩 a는 하얗다.
> 2. 콩 a, b, c가 이 주머니에서 나왔다. 이 콩들은 하얗다. 이 주머니에서 나온 콩들은 모두 하얗다.
> 3. 이 주머니에서 나온 콩들은 모두 하얗다. 콩 a가 하얗다. 콩 a는 이 주머니에서 나왔(을 것이)다.[53]

1은 가언 삼단논법(연역)이다. 'p이면 q이다. p다. 그러므로 q다.'로 정리할 수 있고, 전건 긍정식이므로 타당하다. (p: 콩이 이 주머니에서 나왔다. q: 콩이 하얗다.) 전제가 참이라면 결론은 필연적으로 참이 된다.

2는 귀납 논법이다. 경험한 개별 사실들을 일반화하여 보편적 결론을 내린 것이다. 전제가 참이더라도 이 결론은 필연적으로 참일 수 없고 참일 개연성만 있을 뿐이다.

3이 가추다. 삼단논법 형식으로 정리하면 'p이면 q이다. q다. 그러므로 p다.'(콩 a가 이 주머니에서 나왔다면 하얗 것이다. 콩 a가 하얗다. 그러므로 콩 a가 이 주머니에서 나왔

---

53 김용규(2011:145)에 나온 퍼스의 사례를 일부 수정하여 인용함.

다.)가 된다. 이는 후건 긍정식으로 논리적으로는 오류다. 하지만 다른 가능성(콩 a
가 다른 주머니에서 나올 가능성이나 다른 데서 가져올 가능성 등)을 검증하여 배제해 나
간다면 결론은 참이 될 수 있다.

연역은 '필연적으로 일어날 사실'을 알려 준다면, 귀납은 '개연적으로 일어날 사
실'을 알려 준다. 귀납의 결론은 전제의 양적 확장이다. 그러나 가추는 '이미 일어
났지만, 아직 모르는 사실'을 알려 준다. 가추의 결론은 전제의 질적인 확장이다.[54]

나. 가추 논법의 구성

- **전제:**
  1. 만약 p라면 q다.
  2. q다.
- **결론:** 따라서 p다.

이 논리 구조는 앞에서도 설명한 것처럼 후건 긍정식이어서 논리적으로 오류다. 그
러나 다른 가능성을 배제하면 좋은 추론이 된다. 이 구조를 다음과 같이 풀 수도 있다.

> **⋯⋅ 원인 규명**
>
> 만약 p가 일어나면 q가 일어날 것이다.
> q가 관찰되었다.
> 따라서 p가 일어났다. (p가 원인이다.)
>
> 어떤 현상 s를 설명해야 한다. (s의 원인을 밝혀야 한다.)
> 만약 p, q, r 들이면 s가 일어날 것이다.
> 조사해 보니 q, r 들은 증거가 불충분하다.
> 따라서 p가 s의 원인일 가능성이 있다.

---

54 자세한 논의는 김용규(2011:146-147)에 나와 있다.

> 만약 가설 p가 참이라면, 그것으로부터 연역된 어떤 예측 q는 참이다.
> 그 예측 q는 참인 것으로 관찰되었다.
> 그러므로 가설 p는 참이다.

가설의 반증 절차의 구조는 아래와 같다.

만약 가설 p가 참이라면, 그것으로부터 연역된 어떤 예측 q는 참이다.
그 예측 q는 거짓인 것으로 관찰되었다.
그러므로 가설 p는 거짓이다.

이 구조는 후건 부정식으로 논리적으로 타당하다.

2. 가추의 논리성

가. 홈스의 관찰과 추리

홈스는 왓슨 박사가 그날 아침에 한 우체국에 다녀왔으며, 거기서 전보를 보냈다고 불쑥 말했다. "맞네!" 왓슨 박사는 놀라며 대답했다. "둘 다 맞네! 그런데 자네가 그런 결론에 어떻게 도달했는지 나는 전혀 알지 못하겠네." 홈스는 다음과 같이 말한다.

홈스: 그것은 아주 간단하네. 나는 자네 신발 등에 불그스름한 흙이 약간 묻어있는 것을 관찰할 수 있었네. 위그모어 거리에 있는 우체국 맞은편의 포장도로가 파헤쳐져서 흙이 덮여있었는데, 그 흙을 밟지 않고 우

---

55 가설의 입증 절차 및 반증 절차는 김희정 · 박은진(2020:505-506)을 참조함.

체국에 들어가기란 매우 곤란하지. 그 흙은 내가 아는 한 이 주변에서는 찾아보기 힘든 독특한 불그스름한 색조를 띠고 있지. 내가 관찰한 것은 이것이 전부이고 나머지는 연역해 낸 거야.

왓슨: 그러면 전보를 보냈다는 것은 어떻게 연역해 냈는가?

홈스: 그거야 뻔하지. 나는 아침 내내 자네의 맞은편에 앉아있었기 때문에 자네가 편지를 쓰지 않았다는 것을 알고 있었네. 또 나는 열려있는 자네의 책상 서랍에서 많은 우표와 두꺼운 엽서 뭉치를 보았지. 그렇다면 전보를 보내는 일 말고 자네가 무슨 일로 우체국에 갔겠는가? 다른 요인들을 모두 제거해 보게. 그러면 남아있는 것이 틀림없이 진리라네.[56]

···▶ 홈스의 추리 1

- **관찰**: 왓슨의 신발 등에 불그스레한 흙이 묻어있다.
- **가설**: 왓슨이 오늘 아침 위그모아 거리에 있는 우체국에 다녀왔다.

···▶ 홈스의 추리 2

- **관찰**: 1. 왓슨은 전보를 보내거나 편지를 부치려면 우체국에 간다.
  2. 왓슨이 오늘 아침 우체국에 다녀왔다.
  3. 왓슨은 편지를 쓰지 않았다.
- **가설**: 왓슨은 전보를 보냈다.

---

56 A. Conan Doyle, The Sign of Four(Garden City, N. Y. : Doubleday & Co. 1974), pp. 17-18. [앤서니 웨스턴 (Anthony Weston), 이보경 역(2009:123-127), 필맥.]에서 재인용. 김용규(2011:139-140)에서도 이 부분의 예문을 사용하여 가추를 설명하고 있다. 그런데 예문이 세부적인 면에서 좀 다르다.

나. 가추와 연역

가추의 연역적 성격을 밝히기 위해 '홈즈의 추리'를 논리 구조로 정리해 보자.

홈스의 추리 1

- **전제:**
  1. 만약 왓슨이 오늘 아침 위그모어 거리에 있는 우체국에 다녀왔다면, 그의 신발 등에 붉그스레한 흙이 묻었을 것이다.
  2. 왓슨의 신발 등에 붉그스레한 흙이 약간 묻어있다.
- **결론:** 왓슨은 오늘 아침 위그모어 거리에 있는 우체국에 다녀왔다.

이 논법은 연역 논법의 형식을 취하고 있다. 다만, 후건 긍정식으로 오류다. 다른 가능성(오직 우체국 근처에만 그런 붉그스름한 흙이 있고, 그 흙을 밟지 않고는 우체국에 들어가기가 매우 곤란하다 등)을 검증하여 배제해 나간다면 결론은 참이 된다.[57]

홈스의 추리 2

- **전제:**
  1. 만약 왓슨이 전보를 보내거나 편지를 부치려면 우체국에 간다.
  2. 왓슨이 오늘 아침 우체국에 다녀왔다.
  3. 왓슨은 편지를 쓰지 않았다.
- **결론:** 왓슨은 전보를 보냈다.

이것도 후건 긍정의 오류다. 다만, 다른 가능성('친구를 만나기 위해', '화장실이 급해서' 등)을 검증하여 배제해 나간다면 결론은 참이 된다.

---

57 김용규(2011:148-149)를 참조함.

다. 좋은 가추

● 관찰된 현상: 6, 가설: 3+3

▶ 경쟁 가설
덧셈: 1+5, 2+4, …

뺄셈: 7-1, 8-2, …

곱셈: 2*3

나눗셈: 12/2, 18/3, ….

등 여러 가지다.

▶ 조건 확인 및 경쟁 가설 검토
1. 그런데 조사를 해 보니 6보다 큰 숫자는 사용할 수 없었다. 또 뺄셈, 곱셈과 나눗셈은 불가능한 상황이었다. 결국, 덧셈만 가능하다. 이러면 경쟁 가설의 수가 줄어든다. 뺄셈, 곱셈, 나눗셈의 각 경우는 증거력이 없고 따라서 경쟁 가설이 될 수 없다.
2. 덧셈 가운데도 경쟁 가설은 많다. 1+5, 2+4, 3+3, 2+2+2 등등. 좀 더 조사를 해 보니 숫자는 둘만 사용 가능했다. 그리고 두 숫자가 같은 수여야 했다. 따라서 3+3을 제외한 덧셈의 여러 가설은 경쟁에서 탈락한다.

▶ 결론: 그러므로 3+3이다.
"3+3이면 6이다."라는 가언 명제가 참이므로 3+3은 6의 충분조건이다. (필요조건은 아니다.) 그런데 다른 조건의 가능성이 사라졌다. 그래서 원래는 필요조건이 아니지만 필요조건처럼 되었다. (곧 3+3이 아니면 6이 나올 수 없는 상황이었다.)

라. 가추의 논리성 해석[58]

1. 전제가 수용 가능한가?

가설이 현상을 설명해야 한다. (가설이 참이라면 현상이 일어나야 한다.)

---

58 김광수 외(2001:187-188)의 '가설추리의 평가'를 참조함.

2. 전제가 충분한가?

가설의 증거가 충분해야 한다. 경쟁 가설을 검토해야 한다. 제안한 가설이 경쟁 가설에 비해 증거가 충분해야 한다.

3. 전제와 결론이 관련이 있는가?

전제들이 참이라면 가설이 설명력이 높아야 한다.

4. 결론이 수용 가능한가?

위 세 조건을 충족하면 가설은 수용 가능하다. 이에 더하여 가설이 정합적이고, 경쟁 가설에 비해 간결해야 한다.

3. 가추 관련 오류

가. 오늘 미적분학 시험을 망친 것은 아침에 바나나를 먹었기 때문이다. 중학교 2학년 때인가부터 중간고사나 기말고사 치는 날, 바나나를 먹으면 그날 시험을 망친 적이 잦았다.

이른바 징크스이다. 우연한 일치일 뿐이다. 인과 관계는 시간적 선후 관계를 바탕으로 하지만 시간적 선후 관계가 있는 것이 모두 인과 관계인 것은 아닌데, 이를 혼동했다. 단순한 상관 관계를 인과 관계로 착각할 때 이런 오류가 발생한다.

나. 선배들 말로는 수학 고수들만 암호학 과목을 수강한다고 한다. 수학 고수가 되기 위해 나도 다음 학기에 암호학을 수강해야겠다.

인과를 혼동했다.

다. 김 박사의 이 논문이 대단하다고들 하는데 연구 윤리를 위반했을 가능성이 있다. 김 박사가 석사 과정에 재학하며 발표했던 한 논문이 데이터 조작 시비에 휘말린 적이 있기 때문이다.

　이른바 발생학적 오류다. 초기 단계의 속성이 계속 유지된다는 가정이 문제다.

라. 금요일 야간 자율학습을 폐지해 달라는 학생들의 요구를 수용해서는 안 된다. 그것을 들어주면 금요일 야간 외출을 허용해 달라고 요구할 것이다. 또 그것을 들어주면 기숙사 아침 점호도 폐지해 달라고 요구할 것이고, 주간에 상시 기숙사 출입을 허용해 달라고 요구할 것이다. 마침내 학생들의 생활 지도를 할 수 없는 지경에 이를 것이다.

　이른바 도미노 오류다. 일어나지 않은 연쇄 반응을 가정하였다. 원인을 확대 적용했다.

마. 열 번 찍어 안 넘어가는 나무가 없다고 했다. 그녀는 나의 데이터 신청을 아홉 번이나 거절했다. 이번이 열 번째니, 이번에는 꼭 들어줄 것이다.

　이른바 도박사의 오류, 또는 몬테 카를로의 오류이다. 모든 독립 사건이 선행 사건과 독립적으로 일어난다는 확률론의 가정을 받아들이지 않음으로써 생긴다.

바. 갑주와 함께 수강한 '문학'과 '세계사의 이해' 과목은 성적이 잘 나왔다. 그런데 을주와 함께 수강한 '논리와 글쓰기'와 '정치와 경제' 과목은 성적이 별로다. 3학년 때는 갑주와 함께 수강하는 과목을 늘리고 을주와는 어떤 과목도 함께 수강하지 말아야겠다.

　이른바 공통원인 무시의 오류다. 하나의 사건이 둘 이상의 결과를 일으킬 수 있는데, 결과끼리를 인과 관계로 파악하는 것이다. 특정 과목의 성적은 선생님의 성적 부여 경향, 과목의 난이도, 학생의 적성 등이 공통원인으로 작동한다.

4. 가추 읽기: 외모지상주의, 학습되는 게 아니라 본능이다

가. 규명하고자 한 문제 현상

외모 중시 경향

나. 문제 현상을 규명하기 위해 세운 가설

외모지상주의 원인은 유전자에 각인된 본능이다.

다. 가설 증명

- **가설의 직접 증명**: 인간의 진화 과정에서 변화한 신체 구조와 지향한 외모 사이에 밀접한 연관성이 있다.
- **경쟁 가설 비판**: 대중 매체, 외모에 의한 차별 대우 등은 외모지상주의의 원인이 아니라 결과다.

라. 글의 논리 구조

이 글에 녹아 있는 가추의 논리 구조는 아래와 같이 정리할 수 있다.

가설의 직접 증명

- **전제**: 만약 외모지상주의가 인간의 본능 때문이라면, 인간의 신체 변화와 지향한 외모 기준의 변화가 밀접한 연관성이 있을 것이다.

  구석기 시대와 현대를 비교할 때, 인간의 신체 변화와 외모 기준의 변화가 함께 일어났다는 것을 알 수 있다.
- **결론**: 그러므로 외모지상주의는 인간의 본능 때문에 생겨났다.

경쟁 가설 비판

- **전제:**

  1. 만약 대중 매체와 연예인의 영향, 외모에 의한 차별 대우가 있다면 외모지 상주의가 생겨났을 것이다.

  2. 대중 매체나 연예인이 외모지상주의의 원인이라는 가설은 설명력이 부족 하다.

  3. 외모에 의한 차별이 외모지상주의의 원인이라는 가설은 인과 관계를 혼동 한 것이다.

- **결론:** 따라서 다른 요인이 외모지상주의의 원인일 것이다.

마. 가추 논법의 논리성 검토

1. 전제가 수용 가능한가?

   특정 외모 선호가 정말 본능이라면 외모지상주의를 설명할 수 있다.

2. 전제가 충분한가?

   생존에 유리하도록 변화한 신체와 변화된 외모 기준이 궤를 같이한다고 해서 외모 중시 경향을 본능으로 간주할 수 있을까?

   4-5세 아이들이 미녀를 고르는 실험은 강력한 증거가 된다.

   대중 매체나 연예인 때문에 사람들이 외모를 중시한다는 것은 현실적이지 않 다는 논의는 가능하다. 또 외모로 인한 차별 대우는 외모지상주의의 결과라는 논의도 일면 수긍이 간다. 그러나 둘은 악순환 관계라고 봐야 하지 않을까?

3. 전제와 결론이 관련이 있는가?

   일부 전제들이 미심쩍어서 가설이 설명력이 높다고 볼 수는 없다.

4. 결론이 수용 가능한가?

가설이 정합적이고, 경쟁 가설에 비해 간결한 듯하다.

바. 필자의 주장에 대한 판단: 풀이 생략

13. 복합 논법

1. 대증식[59]

논리성이 강한 글을 쓰려면 어떤 글을 삼단논법 하나로 전개할 수는 없다. 삼단논법의 전제 하나 또는 둘을 증명하는 과정을 거쳐야 논리성이 강한 글이 되기 때문이다. 대증식이란 삼단논법의 전제를 단순히 제시만 하지 않고 다른 논법으로 증명하는 과정을 두어 논증을 더욱 강화한 논법을 말한다.

- 단일 대증식: 삼단논법의 전제 하나만 증명함(자명한 전제는 증명하지 않음)
  논리 구조: 전제 1—전제 2—전제 2의 증거—결론
- 이중 대증식: 삼단논법의 전제 둘 다를 증명함
  논리 구조: 전제 1—전제 1의 증거—전제 2—전제 2의 증거—결론

가. '들어가며'에서 다룬 글의 논리 구조

'들어가며'에서 다룬 글에서 각 문단의 중심 내용은 다음과 같다.

1. 인간의 행위는 자연의 법칙을 따른 것이다.
2. 해밀턴 법칙은 자연의 법칙이다.
3. 인간의 행위는 해밀턴 법칙을 따른다.

---

59 김용규(2011:62-67)를 참조함.

4. 인간은 자연의 법칙을 따라 행동한다.

논리 구조는 다음과 같이 정리할 수 있다.

- **전제:**
1. 해밀턴 법칙은 자연의 법칙이다. (2)
   증거: 모든 생명체에 적용되는 법칙은 자연의 법칙이다.
   증거: 해밀턴 법칙은 모든 생명체에 적용된다.
2. 인간의 행위는 해밀턴 법칙을 따른다. (3)
   증거: 의학의 발달, 자연 재해 예방은 해밀턴 법칙을 따른 것이다.
   증거: 희귀병을 앓고 있는 아이들의 엄마도 해밀턴 법칙을 따르고 있다.
   증거: 안중근 의사 모친 조 마리아 여사의 순국 권유도 해밀턴 법칙을 따른 것이다.
- **결론:** 인간의 행위는 자연의 법칙을 따른다. (1, 4)

윗글의 전체 논리 구조는 정언 삼단논법이다. 그런데 삼단논법의 두 전제가 또 논증 과정을 거치고 있다. 첫째 전제는 다른 정언 삼단논법으로 증명하였고, 둘째 전제는 귀납 논법으로 증명하였다. 본론 1은 연쇄 삼단논법이고 본론 2가 대증식 이다.

나. 풀이 생략

2. 연쇄 삼단논법[60]

우리나라 헌법은 모든 국민의 천부인권을 인정하고 있다. 천부인권이란 모든 사람이 태어나면서 가지는 인간으로서의 존엄과 가치, 행복을 추구할 권리 등을 말한다. 대한민국 국민은 누구나 인간으로서의 존엄과 가치를 지니며 행복을 추구할 권리를 가진다. 국가는 모든 국민이 천부인권을 누릴 수 있도록 보장해야 한다. 장애인도 국가에 주민등록이 되어 있는 엄연한 대한민국 국민이다. 따라서 국가는 장애인이 인간으로서의 존엄과 가치, 행복추구권을 누릴 수 있도록 적절한 정책을 시행해야 한다.

가. 예시 글의 논리 구조

● 논법 1

- **전제**
  1. 우리나라 모든 국민은 천부인권을 가진다.
  2. 천부인권이란 모든 사람이 태어나면서 가지는 인간으로서의 존엄과 가치, 행복을 추구할 권리 등을 말한다.
- **결론**: 대한민국 국민은 누구나 인간으로서의 존엄과 가치, 행복을 추구할 권리 등을 가진다.

● 논법 2

- **전제**
  1. 대한민국 국민은 누구나 인간으로서의 존엄과 가치, 행복을 추구할 권리 등을 가진다. (논법 1의 결론)
  2. 장애인도 국가에 주민등록이 되어 있는 엄연한 대한민국 국민이다.

---

60 김용규(2011:67-70)를 참조함.

- **결론**: 장애인도 인간으로서의 존엄과 가치, 행복추구권을 누릴 수 있어야 한다.

● 논법 3

- **전제**
  1. 국가는 모든 국민이 천부인권을 누릴 수 있도록 보장해야 한다.
  2. 장애인도 국가에 주민등록이 되어 있는 엄연한 대한민국 국민이다.
     (논법 2의 전제 2)
- **결론**: 국가는 장애인이 인간으로서의 존엄과 가치, 행복추구권을 누릴 수 있도록 적절한 정책을 시행해야 한다.

나. 연쇄 삼단논법

연쇄 삼단논법이란 둘 이상의 삼단논법을 모아 하나의 연결체를 만듦으로써 자신의 주장을 더욱 강화하는 논증으로, 앞에 오는 삼단논법의 결론을 뒤에 오는 삼단논법의 전제로 쓰는 것이다. 위 예문은 삼단논법 셋이 복합되어 있다.

연쇄 삼단논법의 일반적인 논리 구조를 형식화하면 아래와 같다.

전제 1 — 전제 2 — 결론 1(=전제 1') — 전제 2' — 결론 2

다. 만들어 보기: 풀이 생략

3. 귀류법

코로나 19 긴급재난지원금과 관련하여 소득 수준에 상관없이 전 가구에다 지급하자는 의견과 일부 가구를 선별해서 지급하자는 의견이 맞서고 있다. 선별 지원이 합리적이긴 하지만 이게 쉽지 않다. 만약 선별 지급을 한다면, 그 선별 기준이 모호하여 형평성 문제가 발생하는 것은 명약관화다. 어떤 것을 기준으로 하든 코로나 19로 인한 경제적 타격을 정확하게 기준에 반영할 수는 없다. 또 선별 작업에 시간과 비용이 많이 들고, 따라서 지원금 지급이 늦어질 수 있다. 이렇게 되면 긴급이라는 효과가 없어진다. 따라서 보편 지급이 현실적으로 적절하다.

가. 예시 글의 논리 구조

- **전제:**
    1. 긴급재난지원금과 관련하여 선별 지급 의견과 보편 지급 의견이 맞서고 있다.
    2. 선별적으로 지급한다면 형평성 문제가 발생하고 긴급하게 지원하기 힘들다.
    3. 형평성 문제가 발생하고 긴급 지원이 어려운 것은 수용하기 어렵다.
    4. (생략-선별 지급은 수용하기 어렵다.)
- **결론:** 긴급재난지원금은 보편 지급이 적절하다.

● **논법 1: 선언 삼단논법**

- **전제**
    1. 긴급재난지원금과 관련하여 선별 지급 의견과 보편 지급 의견이 맞서고 있다.
    2. (생략-선별 지급은 수용하기 어렵다.)
- **결론:** 긴급재난지원금은 보편 지급이 적절하다.

- **전제**
  1. 선별적으로 지급한다면 형평성 문제가 발생하고 긴급하게 지원하기 힘들다.
  2. 형평성 문제가 발생하고 긴급 지원이 어려운 것은 수용하기 어렵다.
- **결론:** (생략-선별 지급은 수용하기 어렵다.)

나. 귀류법

결론과 모순되는 다른 의견을 옳다고 가정하고, 이 가정으로부터 도출된 것이 거짓이거나 모순이거나 상식적으로 받아들이기 어렵다는 것을 지적함으로써 원래의 결론이 옳다는 것을 논증하는 논법이다. 귀류법은 선언 삼단논법이 암묵적으로 바탕에 깔려 있고 나머지는 가언 삼단논법으로 이루어진다.

그 논리 구조를 형식화하면 아래와 같다.

- **전제**
  1. (p 또는 ~p이다.) (암묵적)[61]
  2. 만약 p가 참이 아니라면(~p라면) q이다.
  3. 그런데 q는 수용하기 어렵다.
  4. 따라서 ~p는 수용하기 어렵다. (가언 삼단논법의 결론)
- **결론:** 결국 p가 참이다.

다. 귀류법 검토

아래 기준으로 예시 글을 검토해 보자.

---

61 이 아이디어는 채석용(2012:111)을 참조함.

1. (암묵적) 전제의 두 선언지가 모순 관계인가? (전제 1 검토)

   선별 지급과 보편 지급은 모순이라 볼 수 있다.

2. 가언 삼단논법의 전제는 수용 가능한가? (전제 2, 3 검토)

   수용 가능하다.

3. 가언 삼단논법의 결론(=선언 삼단논법의 전제)은 수용 가능한가? (전제4 검토)

   수용 가능하다.

라. 논리성 연습

> 만약 지구가 움직인다고 생각해 보자. 그러면 지구의 무게는 다른 물체보다 엄청나게 무겁기 때문에 지상의 어느 물체보다도 빨리 낙하할 것이다. 동물이나 집같이 상대적으로 가벼운 물체들은 공중에 떠서 뒤에 남게 되고 지구 자체는 굉장한 속도로 낙하해서 우주 밖으로 날아가 버릴 것이다. 그러니 어떻게 지구가 움직이겠는가? 당치도 않은 이야기이다.

논리 구조

- **전제**
  1. (암묵적) 지구는 움직이거나 움직이지 않는다.
  2. 지구가 움직인다면 지구는 **빠른** 속도로 낙하하여 우주 밖으로 날아가 버릴 것이다.
  3. (지구는 **빠른** 속도로 낙하하여 우주 밖으로 날아가지 않고 있다.-생략)
  4. (지구가 움직인다는 것은 사실이 아니다.-생략)
- **결론**: 지구는 움직이지 않는다.

윗글은 귀류법으로 전개되었다. 논리성은 아래처럼 따질 수 있다.

1. (암묵적) 전제의 두 선언지가 모순 관계인가? (전제 1)

   모순 관계이다.

2. 가언 삼단논법의 전제는 수용 가능한가? (전제 2, 3)

   전제 3은 수용 가능하나, 전제 2는 오류다. 지구가 빠른 속도로 낙하하여 우주 밖으로 날아가 버리지 않는 것은 지구가 움직이지 않기 때문이 아니라 다른 역학 관계 때문이다.

3. 가언 삼단논법의 결론은 수용 가능한가? (전제 4)

   가언 삼단논법이 후건 부정이어서 타당하기는 하나, 전제가 거짓이므로 건전하지 않은 논증이고, 따라서 결론은 수용하기 어렵다.

마. 만들어 보기: 풀이 생략

4. 양도 논법[딜레마 논법]

> 졸업 요건에 맞추려면 '문학과 사회'나 '소통과 화법' 중 한 과목은 수강해야 한다. '문학과 사회'는 내 적성에 맞아 재미가 있지만 좋은 성적을 받기가 어렵다. 공부 잘하는 친구들이 주로 수강하기 때문이다. '소통과 화법'은 성적을 괜찮게 받을 수 있지만, 내 적성에는 썩 맞지 않고 재미도 없을 것 같다. 이번 학기 성적이 대학 입시에 반영되므로 성적을 좋게 받아야 하지만, 적성에 맞지 않고 흥미를 느끼지 못하는 과목을 성적 때문에 꼭 수강해야 할까? 이래저래 고민이다.

가. 예시 글의 논리 구조

- 전제
  1. '문학과 사회'를 수강하면 좋은 성적을 받기 어렵고, '소통과 화법'을 수강하면 재미가 없을 것이다.
  2. '문학과 사회'를 수강하거나 '소통과 화법'을 수강해야 한다.
- **결론:** 이번 학기는 좋은 성적을 받기 어렵거나 아니면 재미없게 보내야 한다.

나. 양도 논법

  양도 논법은 딜레마 논법이라고도 한다. 딜레마란 보통 선택지 중 어느 하나를 고르기가 어려운 상황을 말한다. 양도 논법은 가능한 선택지를 모두 찾고, 각 경우로부터 어떤 결론이 도출되는지 생각한 후, 가능한 모든 선택지에서 특정 결론만 도출됨을 보이는 논법이다. 대개 두 개의 가언명제를 대전제로 하고 하나의 선언명제를 소전제로 하는 일종의 삼단논법이다. 소전제에서 전건을 긍정하는 것을 '구성적', 후건을 부정하는 것을 '파괴적'이라 하며, 도출된 결론이 정언명제인 것을 '단순하다'하고 선언명제인 것을 '복잡하다'고 한다. 이들을 짝지어 아래처럼 네 개의 형식으로 구분할 수 있다. (용어보다는 구조를 익히는 것이 중요하다.)

  1. 단순구성적: p이면 r이고, q이면 r이다. p 또는 q다. 그러므로 r이다.
  2. 단순파괴적: p이면 q이고, p이면 r이다. q가 아니거나 r이 아니다. 그러므로 p가 아니다.
  3. 복잡구성적: p이면 q이고, r이면 s이다. p 또는 r이다. 그러므로 q이거나 s이다.
  4. 복잡파괴적: p이면 q이고, r이면 s이다. q가 아니거나 s가 아니다. 그러므로 p가 아니거나 r이 아니다.[62]

---

62 '딜레마', 서울대학교 교육연구소(2015:232) 참조. 거기에는 논리적 연결사를 사용한 형식을 제시했는데 인용하면서 풀어 썼다.

위 예시 글은 그 논리 구조가 '복잡구성적'이다.

다. 양도 논법 검토

1. 가언명제로 된 전제는 수용 가능한가?

   (각 전제의 전건과 후건이 필연적인 관계인가? 최소한 하나의 전제가 수용 가능성이 낮다면, 결론은 도출되지 않는다.)

   수용 가능하다.

2. 선언명제로 된 전제는 수용 가능한가?

   (두 선언지가 모순 관계인가? 선언지가 모두 열거되지 않았다면 결론이 도출되지 않을 수 있다. '거짓 딜레마의 오류')

   수용 가능하다.

3. 선언 삼단논법의 전제와 결론이 관련이 있는가?

   (전제와 결론이 전제의 전건을 긍정하거나, 또는 후건을 부정하는 타당한 형식인가?)

   선언 전제의 후건을 부정하여 타당하다.

라. 다른 유형의 양도 논법

1. 북한이 핵무기를 고수하면 국제적인 제재로 결국 붕괴할 것이고, 핵무기를 포기하면 안전 보장책이 사라져 정권이 유지될 수가 없을 것이다. 북한은 핵무기를 고수하거나 포기해야 한다. 그러므로 북한의 붕괴는 시간문제다.

   이 양도 논법은 단순구성적이다. 형식화된 논리 구조는 다음과 같다. 위에서 p, q, r에 해당하는 명제는 찾기 쉽다.

   p이면 r이고, q이면 r이다. p 또는 q다. 그러므로 r이다.

2. 봄철에 비가 오지 않으면 농사짓는 큰아들은 힘들 것이다. 그리고 산불이 빈번하게 발생하여 산림청에 근무하는 작은아들도 출동이 잦아질 것이다. 큰아들과 작은아들 둘 다 잘 지냈으면 좋겠다. 그러므로 봄철에는 비가 자주 와야 한다.

이 양도 논법은 단순파괴적이다. 형식화된 논리 구조는 다음과 같다. 위에서 p, q, r에 해당하는 명제는 찾기 쉽다.

p이면 q이고, p이면 r이다. q가 아니거나 r이 아니다. 그러므로 p가 아니다.

3. 우리나라가 미국과 관계가 소원해지면 외교·안보 측면에서 큰 타격을 입을 것이고, 중국과 관계가 소원해지면 경제적으로 큰 타격을 입을 것이다. 선진국에 갓 진입한 우리나라는 외교·안보나 경제 어느 한쪽에서 타격을 입어서는 안 된다. 따라서 우리나라는 미국과 중국 사이의 갈등 상황에서 양국과 소원해지지 않도록 슬기롭게 대처해야 한다.

이 양도 논법은 복잡파괴적이다. 형식화된 논리 구조는 다음과 같다. 위에서 p, q, r, s에 해당하는 명제는 찾기 쉽다.

p이면 q이고, r이면 s이다. q가 아니거나 s가 아니다. 그러므로 p가 아니거나 r이 아니다.

마. 논리성 연습

만일 철수가 우수한 학생이라면 교사의 지도가 필요 없을 것이고, 철수가 열등한 학생이라면 교사의 지도는 소용이 없을 것이다. 그런데 철수는 우수한 학생이거나 아니면 열등한 학생이다. 그러므로 철수는 교사의 지도가 필요 없거나 교사의 지도가 소용이 없을 것이다.

논리 구조

- **전제:**

  1. 철수가 정말 우수한 학생이라면 교사의 지도가 필요 없을 것이다.
  2. 철수가 정말 열등한 학생이라면 교사의 지도는 소용이 없을 것이다.
  3. 철수는 우수한 학생이거나 열등한 학생이다.

- **결론:** 그러므로 철수는 교사의 지도가 필요 없거나 교사의 지도가 소용이 없을 것이다.

윗글은 양도 논법으로 전개되었다. 논리성은 아래처럼 따질 수 있다.

1. 가언명제로 된 전제들은 수용 가능한가? (전제 1, 2)

   (각 전제의 전건과 후건이 필연적인 관계인가? 최소한 하나의 전제가 수용 가능성이 작다면, 결론은 도출되지 않는다.)

   우수하거나 열등한 것은 절대적 개념이 아니다. 아주 우수한 상태부터 아주 열등한 상태까지 다양한 경우의 수가 있다. 전건과 후건이 필연적 관계가 아니어서 수용 불가하다.

2. 선언명제로 된 전제는 수용 가능한가? (전제 3)

   (두 선언지가 모순 관계인가? 선언지가 모두 열거되지 않았다면 결론이 도출되지 않을 수 있다. '거짓 딜레마의 오류')

   우수함과 열등함은 반대 관계이지 모순 관계가 아니다. 다양한 선언지가 존재한다. 이 양도 논법은 거짓 딜레마의 오류를 범하고 있다.

3. 선언 삼단논법의 전제와 결론이 관련이 있는가?

   (전제와 결론이 전제의 전건을 긍정하거나, 또는 후건을 부정하는 타당한 형식인가?)

   전제의 전건을 긍정하고 있어서 타당한 형식이긴 하다.

바. 만들어 보기: 풀이 생략

5. 복합 논법 읽기

1. '여성전용제도는 남성의 인권을 침해한다'

가. 논리 구조

- **전제:**

  1. (인권을 침해하는 제도는 폐지되어야 한다.-생략)

  2. 여성전용제도는 흑백 분리 정책과 유사하다.

  증거:

성차별, 남성차별	인종차별, 흑인차별 (짐 크로법)
남성으로부터 여성 보호(일부 취지)	흑인으로부터 백인 보호(취지)
여성 전용 제도	흑백 분리 정책

  3. (흑백분리 정책은 흑인의 인권을 침해했다.-생략)

  4. 여성전용제도는 남성의 인권을 침해한다.

- **결론:** 여성전용제도는 폐지되어야 한다.

나. 논법

● 논법 1: 연역[당위 논법]

- **전제**

  1. (인권을 침해하는 제도는 폐지되어야 한다.-생략)

  2. 여성전용제도는 남성의 인권을 침해한다.

- **결론:** 여성전용제도는 폐지되어야 한다.

● 논법 2: 유추 논법

- **전제**

  1. 여성전용제도는 흑백분리 정책과 유사하다.

  2. (흑백분리 정책은 흑인의 인권을 침해했다.-생략)

- **결론:** 여성전용제도는 남성의 인권을 침해한다.

다. 논리성 판단

1. 전제가 수용 가능한가?

논법 1: 생략된 당위 전제는 수용 가능하다. (자명하므로 생략된다.) 둘째 전제는 '논법 2'에서 충분히 논증되어서 수용 가능하다.

논법 2: 공유 속성이 각각에 대하여 관련이 있고 본질적이다. 가정된 속성(인권 침해)이 빗댄 대상(흑백 분리 정책)에 본질적이다.

2. 전제가 충분한가?

논법 1: 전제 1은 자명하므로 보통 당위 논법에서는 생략한다. 충분하다.

논법 2: 전제 둘로서 충분하다. 다만 전제 2를 명시적으로 제시했더라면 더 좋았을 것이다.

3. 전제와 결론이 관련이 있는가?

논법 1: 전제가 참이면 결론이 참이 되는 형식으로 타당하다.

논법 2: 빗댄 대상(흑백 분리 정책)이 적절하다.

4. 결론이 수용 가능한가?

논법 1: 당위 논법은 연역이어서 위 세 조건을 만족하면 결론은 수용 가능하다.

논법 2: 가정된 속성(인권 침해)을 유추 대상(여성전용제도)에 적용하는 데 문제가 없다. 개연성이 높다.

라. 필자 주장 판단: 풀이 생략

2. '도널드 트럼프는 극우파가 아니다, 포퓰리스트일 뿐'

가. 논리 구조

- **전제:**

  1. 트럼프들이 보수주의 우파라면 도덕과 전통을 중시하고, 현 체제를 지지하며, 급격한 변화나 선동에 거부감을 갖고, 품격이나 충성과 권위를 존중하며, 간접 민주주의와 엘리트주의적 성향을 띠고, 종교적으로 원리주의적 성향을 띨 것이다.

  2. 트럼프들이 자유주의 우파라면, 효율과 자유를 중시하고, 전통, 격식이나 도덕에는 무관심하며, 시장 질서를 절대적으로 지지하고. 복지를 개혁하고 규제 폐지하려 하고, 종교를 중시하지 않고, 개인의 자유를 존중하고 정부를 불신한다.

  3. 트럼프들은 보수주의 우파와 반대 성향을 보이거나 자유주의 우파와도 반대 성향을 보인다.

  4. 저들은 보수주의 우파가 아니거나 저들은 자유주의 우파도 아니다. (트럼프들은 우파가 아니다.)

  5. 미국의 포린 어페어는 저들을 대중영합주의[포퓰리즘]로 재분류했다.

  6. 저들은 반엘리트주의 성향을 띤다.

- **결론:** 도널드 트럼프와 현재 유럽의 소위 극우 정당들[트럼프들]은 우파가 아니며, 포퓰리스트들이다.

나. 논법

● 논법 1: 귀류법

- **전제**
  1. (좌파일 수는 없는) 트럼프들은 우파거나 우파가 아닐 것이다.
  2. 만약 트럼프들이 우파라면 보수주의 우파이거나 자유주의 우파이다.
  3. 트럼프들이 보수주의 우파도 아니고 자유주의 우파도 아니다.
- **결론**: 트럼프들은 우파가 아니다.

● 논법 2: 양도 논법

- **전제**
  1. 트럼프들이 보수주의 우파라면 보수주의 우파의 성향을 띨 것이고, 저들이 자유주의 우파라면 자유주의 우파의 성향을 띨 것이다.
  2. 저들은 보수주의 우파의 성향을 띠지 않고, 자유주의 우파의 성향도 띠지 않는다.
- **결론**: 저들은 보수주의 우파나 자유주의 우파가 아니다.

● 논법 3: 귀납 논법

- **전제**
  1. 미국의 포린 어페어는 저들을 대중영합주의[포퓰리즘]로 재분류했다.
  2. 저들은 반엘리트주의 성향을 띤다.
- **결론**: 트럼프들은 네오 나치들이다.

다. 논리성 판단

● 논법 1: 귀류법

1. (암묵적) 전제의 두 선언지가 모순 관계인가?
   우파 또는 우파 아님은 모순 관계다.

2. 가언 삼단논법의 전제는 수용 가능하며 충분한가?
   블런델-고스초크 모델이 참이라면 전제 2는 수용 가능하다. 전제 3은 양도 논법으로 증명이 되었으므로 증명 가능하다.

3. 가언 삼단논법의 결론은 수용 가능한가?
   전제가 모두 수용 가능하고 충분하므로 수용 가능하다.

● 논법 2: 양도 논법

1. 가언명제로 된 전제들은 수용 가능한가?
   블런델-고스초크 모델은 참이라면 전제 1은 수용 가능하다.

2. 선언명제로 된 전제는 수용 가능한가?
   전제 2는 부정 명제의 연언으로 되어 있다. 부정 명제의 연언은 드 모르간의 법칙에 따라 선언 명제의 부정으로 볼 수 있다. 수용 가능하다.[63]

3. 선언 삼단논법의 전제와 결론이 관련이 있는가? (타당한 형식인가?)
   타당하다.

---

63 드 모르간의 법칙에 대해서는 김희정·박은진(2020:271)을 참조함.

• 전제:

1. 미국의 포린 어페어는 저들을 대중영합주의[포퓰리즘]로 재분류했다.

2. 저들은 반엘리트주의 성향을 띤다.

-결론: 트럼프들은 네오 나치들이다.

1. 전제가 수용 가능한가?

전제 1은 관련 분야의 권위 있는 주장을 인용했다. 경험으로 보면 전제 2 도 수용 가능하다.

2. 전제가 충분한가?

귀납 논법의 전제가 둘이어서 그렇게 충분한 것은 아니다. 반대 사례도 검토하지 않았다.

3. 전제와 결론이 관련이 있는가?

결론이 전제를 일반화하고 있다.

4. 결론이 수용 가능한가?

개연성이 높아서 수용 가능하다.

라. 필자 주장 판단: 풀이 생략

이론 서적

김광수 · 김창호 · 민찬홍 · 이초식(2001), 《논리와 논술》, 한국방송대학교출판부.

김보현(2015), 《논증의 원리와 글쓰기》, 북코리아.

김영정 편저(2006a), 《사고와 논술-통합교과형 논술의 길잡이①-고등학교 기초 상》, 한국교육방송공사.

김영정 편저(2006b), 《사고와 논술-통합교과형 논술의 길잡이②-고등학교 기초 하》, 한국교육방송공사.

김영정 편저(2006c), 《사고와 논술-통합교과형 논술의 길잡이③-고등학교 발전 상》, 한국교육방송공사.

김영정 편저(2006d), 《사고와 논술-통합교과형 논술의 길잡이④-고등학교 발전 하》, 한국교육방송공사.

김용규(2011), 《설득의 논리학》, 웅진 지식하우스.

김우진(2018), 《김우진 논리학》, 헤르메스.

김종록 · 이관희(2011), 《과학 글쓰기 전략》, 도서출판 박이정.

김태훈 · 시정곤 · 이상경 · 전봉관 · 조윤정(2017), 《KAIST 글쓰기 강의》, 도서출판 역락.

김형규 · 문숙영 · 박재연 · 손유경 · 송하석 · 이경재 · 이광호 · 이병훈 · 이현석 · 최고원 · 송성기(2010),
《단계별로 익히는 실전 글쓰기》, 아카넷.

김희정 · 박은진(2020), 《비판적 사고를 위한 논리 <개정판>》, 아카넷.

사와다 노부시게, 고재운 옮김(2017), 《논리학 콘서트 <개정판>》, 바다출판사. [Nobushige Sawada(1976),
KANGAEKATA NO RONRI, Kodansha Ltd.]

서울대학교 대학국어편찬위원회(2012), 《대학국어―글읽기와 글쓰기》, 서울대학교출판문화원.

서울특별시교육청(2005), 《서울 학생 학력 신장을 위한 논술 지도 매뉴얼》.

서정혁(2015), 《논증》, 커뮤니케이션북스㈜.

앤서니 웨스턴, 이보경 옮김(2009), 《논증의 기술-논리적으로 생각하고 말하고 쓰기의 모든 것》, 필맥.
[Weston, Anthony(2000), A Rulebook for Arguments.]

이대규(1995), 《수사학―독서와 작문의 이론》, 신구문화사.

이용걸(1982), 《학습지도를 위한 논리》. 교육과학사.

채석용(2012), 《논증하는 글쓰기의 기술》, 원앤원북스.

최훈(2018), 《논리는 나의 힘》, 도서출판 우리학교.

탁석산(2010), 《핵심은 논증이다》, 김영사.

탁석산(2011), 《오류를 알면 논리가 보인다》, 책세상.

사전

고려대학교민족문화연구원(2009), 《고려대 한국어대사전》, 고려대학교민족문화연구원.

국립국어원, 《표준국어대사전》, https://stdict.korean.go.kr/main/main.do

국립특수교육원(2018), 《특수교육학 용어사전》, 개정판, ㈜도서출판 하우.

서울대학교 교육연구소(2015), 《교육학 용어사전》, 전정판, ㈜도서출판 하우.

읽기 자료

곽금주, 「'인지적 구두쇠'의 선택」, 《한겨레신문》, 2007. 11. 15.

　　　　http://hani.co.kr/arti/SERIES/56/250345.html

김윤철, 「대한민국은 민주공화국이다?」, 《경향신문》, 2013. 6. 24.

　　　　http://news.khan.co.kr/kh_news/khan_art_view.html?artid=201306242124465&code=990303

김형경, 「삶에 필요한 몇 가지 용기」, 《경향신문》, 2015. 1. 11.

　　　　http://news.khan.co.kr/kh_news/khan_art_view.html?artid=201501112023345&code=990100

배병삼, 「속성과 숙성」, 《한겨레신문》, 2008. 10. 13.

이승재, 「'기생충'이 미국 주류사회에 먹힌 진짜 진짜 이유」, 《동아일보》, 2020. 2. 14.

　　　　http://www.donga.com/news/Main/article/all/20200214/99684408/1

정운찬, 「중소기업도 성장기회 누려야 공정사회」, 《조선일보》, 2011. 3. 15.

　　　　http://news.chosun.com/site/data/html_dir/2011/03/15/2011031502677.html

최내현, 「바보야, 문제는 포털의 익명성이야」, 《시사IN》 57호 2008.10.14.

　　　　http://www.sisainlive.com/news/articleView.html?idxno=3047.

한기찬(2019), 《재미있는 법률여행3 형법》, 김영사.